삼포시대

2

삼포시대 2권

1판 1쇄 발행 2016. 6. 10

지은이   문성근
발행인   한수흥
발행처   효민디앤피 http://www.hyomindnp.com
           47283 부산광역시 부산진구 신천대로 102번길 17 (부전동)
           Tel. 051) 807-5100

디자인   이영환, 윤서영, 이윤아
교정·교열   윤망울
출판등록   3-329호
ISBN   979-11-85654-37-9 04810
           979-11-85654-35-5 (세트)

값 11,000원

삼포시대

오늘을 움직일 혁신적인 역사소설
THREE PORTS TIME

문성근 지음

효민디앤피

삼포시대

차례

16장 개업

개업

영학은 여러 가지 정황으로 볼 때 다시는 가희를 만날 수 없을 것이라는 절망감에 빠졌다. 자신은 가희가 없더라도 새로운 사랑을 이루고 살겠지만, 그녀는 사랑의 멍에로부터 평생 벗어나지 못할 것이라는 슬픔에 잠겼다. 영학의 가슴에는 뻥 뚫린 구멍으로 세찬 눈보라가 몰아치면서, 자신도 모르게 뜨거운 눈물이 흘러내렸다.

영학은 소피를 보러 간다며 밖으로 나와 눈물을 닦을 새도 없이 한참 동안 찬바람을 맞았다. 그러나 영학이 나오자 방안의 분위기가 금방 식는 바람에 밖에 오래 있을 수도 없어 도로 방에 들어가서는 애써 쾌활하게 대화를 이어 나갔다.

"신 의원님께서는 그 신묘한 안마술을 어떻게 배웠습니까? 능력은 없지만 제가 배워볼 수 없겠습니까?"

"아까도 말했지만 이 안마술은 정통 의술이라기보다는 무가의 가전비법에 가깝다네. 이 비법은 주로 손가락의 감각과 경험에 의존하지. 그래서 이 비법을 배우려면 우선 타고난 소질이 있어야 하지만 무엇보다도 어릴 때 수련을 시작해야 해. 손가락의 예민한 감각은 8세쯤이면 벌써 둔해지기 시작한다네. 그래서 아무리 감각이 뛰어나고 영리한 아이라도 8세 이전에 수련을 시작해야 돼. 전통무가에서는 자질이 있는 아이를 일찍이 선발해서 6~7세 때부터 수련을 시킨다네."

"그럼, 스승님은 언제부터 수련을 시작하였습니까?"

"나도 7세 때 조부로부터 수련을 받기 시작했지."

"저는 이미 나이가 들어버렸군요. 그렇다면 따로 후계자를 두고 있습니까?"

신 의원은 자세를 바꾸면서 아쉬움이 가득한 표정으로 말했다.

"아직 후계자를 정하지 못하였네. 타고난 감각과 영리함 그리고 혹독한 수련을 견딜 끈기와 인내심이 있어야 하는데, 아직 그런 아이를 보지 못했네. 아니, 그런 아이를 찾는다 하더라도 지금 조선의 사회에서는 무술이나 의술을 천업으로 여기기 때문에 부모들이 허용하지 않네. 나도 첫 아들을 후계자로 삼으려 했지만, 마누라가 막는 바람에 실패했네."

영학도 안타까운 심정을 토로했다.

"그럼 그 훌륭한 의술의 대가 끊길 수 있겠군요."

"대가 끊기는 것이 어디 이것뿐인가? 천문역법, 시계제조술, 청자

기술, 인쇄술, 측량술, 조선술, 화약제조술, 금속기술, 광산탐사술, 민속가요, 민속문학, 전통무술, 농목축업, 임업, 수산업 등 백성들의 생활에 꼭 필요한 기술이나 문화는 모두 대가 끊기고 있네.”

스승의 말에 김상욱이 말을 이었다.

“명에서는 직조 기술자, 도자기 장인, 차 명인, 술 도가, 대금업, 여관업, 무역업 따위를 수백 년 동안 가업으로 이어오면서 부와 명예를 누리는 가문이 수두룩하네. 왜국에도 가업을 잇는 가문이 수두룩하지. 명이나 왜의 백성들은 ‘다른 건 몰라도 이것 하나만큼은 내가 최고’라는 자부심으로 살아가는 백성들이 많네. 조선으로서는 꿈도 꾸지 못할 일이지. 아마 상것이 그런 말을 했다가는 양반에게 맞아 죽을 것이야.”

백찬기도 거들었다.

“그 뿐만이 아니지요. 명이나 왜국에는 해적가문도 있다고 합니다. 그들은 외국을 약탈하고, 외국인을 노예로 붙잡아 다른 나라에 팔아 먹는 악랄한 짓을 자행합니다. 그런데 이런 해적들도 자기네들 나라에서는 명예와 부를 누리고, 애국자로 대우 받습니다. 나라와 나라 간의 경쟁에는 피도 눈물도 없는 게 현실입니다. 그렇지만 조선의 양반들은 외국에는 찍 소리 못하고, ‘만만한 게 홍어 좆’이라고 제나라 백성들만 쥐어짜고 있습니다. 그러니 나라가 요 모양 요 꼴이지요.”

대화를 나누는 도중 영학은 갑갑함을 느껴 물었다.

“도대체 그 원인이 무엇일까요?”

그러자 백찬기가 대답했다.

"양반들이 이 나라 백성들을 사람으로 인정하지 않는데다 권력과 부, 명예, 향락을 모두 독차지하고 있기 때문이지요. 그러면서 양반들은 기득권을 지키기 위해 백성들은 어리석고 간악해 조금만 틈을 주면 '분수를 모르고 천지로 깨춤을 추기 마련'이고, 백성들의 생각과 말은 모두 하찮고 부질없으며, 그저 양반들의 눈치만 살피면서 입으로는 변명과 거짓말만 일삼는 무리라는 그릇된 인식을 온 나라에 퍼뜨려 놓았지요. 게다가 글공부를 통해 인격을 닦은 양반들이 굳건한 사명감과 충성심으로 짐승 같은 백성들을 철저히 통제하고 일일이 가르쳐야 한다고 백성들을 세뇌합니다."

김상욱도 이에 동의하며 비판을 이어갔다.

"양반들의 의식화와 세뇌는 백성들에 대한 통제와 과잉 형벌로 나타납니다. 관의 허가는커녕 관의 눈에 벗어나면 백성들은 살 수가 없습니다. 그러다보니 이 나라에는 괘씸죄가 제일 큰 관습범죄이지요. 괘씸죄의 판단은 양반의 전유물 아닙니까? 왕도 이 괘씸죄에 걸리면 쫓겨날 판이지요. 관의 수탈을 견디다 못해 산이나 섬에 들어가서 사는 것은 어마어마한 괘씸죄가 됩니다."

백찬기도 거듭 목소리를 높였다.

"원래 형벌이란 사회의 질서를 지키기 위한 필요최소한의 범위에 그쳐야 하지요. 그런데 조선의 형벌은 정치와 행정목적을 달성하는 수단으로 이용될 뿐이고 사회의 질서 따위는 안중에도 없지요."

"형벌이 정치나 행정의 수단이 되면, 반드시 남용될 수밖에 없는 것 아닙니까? 그리고 권력자에게 사유화될 위험도 커지고요."

영학의 물음에 김상욱과 백찬기가 차례로 대답했다.

"형벌은 정적이나 권력자에 밉보인 사람을 찍어 내는 데는 그 이상 효과적인 수단이 없겠지만, 그에 따른 부작용은 감당하기 어렵습니다."

"맞습니다. 조선은 권력자가 형벌을 이용하기가 너무 편하고 좋습니다. 수사기관이나 수사관들끼리 서로 실적경쟁을 시키고 그 실적을 인사고과에 반영하기만 하면 됩니다. 그러면 수사기관이나 수사관들은 실적에 목을 매고, 개처럼 충성하지요. 그들은 한 명의 진범을 잡기 위해서 백성 열 명이나 스무 명쯤 연좌시키는 데에 눈 하나 깜짝 않습니다. 오히려 뻔뻔하게 대를 위해 소를 희생시킨다고 말하지요. 그 때문에 백성들이 얼마나 주눅들고 그들의 삶이 얼마나 위축되는지 아무 관심도 없습니다. 그러면서 그들은 백성들을 더 많이 잡아들이고 더 가혹하게 처벌할수록, 능력 있고 충성스러운 관리라고 우쭐거립니다."

이야기를 나누면서 영학은 새삼 느끼는 바가 많아졌고, 점점 더 흥미를 느껴 다시 말을 이었다.

"그럼 조선에서 관리들의 죄는 사헌부, 양반의 죄는 의금부, 일반 백성의 죄는 형조, 한양의 죄는 한성부, 노비의 죄는 장예원으로 나눈 것은 형리들의 실적경쟁을 위한 것인가요?"

김상욱과 백찬기가 이에 수긍하며 씁쓸하게 말을 이어나갔다.

"그렇지요. 사실 관할에 따른 형벌기관의 구별은 아무 의미가 없습니다. 어떤 사건이라도 목격자나 발고자, 방조자, 하수인, 주모자를 조사하면, 양반, 상민, 노비, 관리, 한양사람이 관련되지 않는 경우는 거의 없습니다. 그래서 실제로는 사헌부, 의금부, 형조, 한성부, 장예원이 모든 사건을 관할할 수 있습니다."

"맞습니다. 그렇기 때문에 윗사람들은 입안의 혀처럼 구는 수사기관을 골라잡을 수 있지요. 아니면 사헌부, 의금부, 형조, 한성부, 장예원에다 모두 조사를 하라고 한 뒤, 경쟁을 시키면 이들은 무슨 수를 써서라도 윗사람이 원하는 답을 미리 알아서 갖다 바칩니다. 지금까지 조선에 여러 번의 사화(士禍)가 일어났고, 그때마다 사건이 걷잡을 수 없이 커져 수백, 수천의 목숨이 추풍낙엽으로 떨어진 것도 다 형벌만능주의와 수사기관의 실적경쟁 때문입니다."

백찬기의 말에 김상욱이 기묘사화 때의 상황을 예로 들었다.

"기묘사화 때도 주동자들은 조광조와 몇몇 추종자들을 찍어내려고 옥사를 시작했지요. 그런데 막상 옥사가 일어나게 되자 권력자에게 잘 보이기 위해 관리들이 경쟁적으로 자꾸 관련자들을 잡아들였지요. 이 바람에 결국 조선팔도에 피바람의 광풍이 몰아칠 정도로 걷잡을 수 없이 큰 사건이 되어버렸습니다. 실적경쟁이나 과잉충성이 없다면, 벌레가 파먹은 나뭇잎 하나 때문에 수백 명이 형장의 이슬로 사라지고, 수천 명이 노비로 전락하는 그런 참극은 일어날 수가 없지요."

백찬기 또한 이러한 현실에 안타까워했다.

"이런 일은 수많은 목숨이 희생되는 안타까운 일이기는 하지만 진짜 문제는 이런 사건이 백성들을 공포심에 사로잡히게 해 주눅 들게 만든다는 것입니다. 백성들이 주눅 들면 관의 눈치만 살피면서, 창의적이거나 전례가 없는 새로운 일은 절대로 하지 않으려고 하고, 남이야 죽든 말든 남의 일에 절대 참견하지 않으려고 합니다. 그래서 사회는 활력을 잃고, 인심은 각박해지면서 도덕이 무너지지요. 그렇지만 칼을 쥔 자들은 항상 그 칼을 마음껏 휘두를 기회만 엿보고 있답니다. 지금까지 역사를 보면 공명심과 과잉충성에 빠진 관리들이 거악을 척결함으로써 더 거대한 악에 봉사한 일이 얼마나 많았습니까?"

영학은 대화가 길어지면 길어질수록 충격이 깊어졌다. 그 충격에서 벗어날 틈도 없이 김상욱의 말이 이어졌다.

"그뿐만이 아니지요. 형벌로 끝나는 것이 아니고, 관에 잘 보이려는 언론이 문제입니다. 이로 인해 형벌의 피해자들은 사회적으로 온갖 불명예를 다 뒤집어씁니다. 과거 숱하게 일어난 사화에서도 형벌기관과 사간원이 결탁하지 않았습니까? 사간원은 왕이 옳지 못하거나 잘못된 일을 하지 못하도록 막는다고 하지만, 실제로 보면 왕의 눈과 귀를 가리고 언론을 독점하지요. 이 나라에서 사간원에 찍힌 사람은 어느 누구라도 살아남을 수 없습니다. 죄인의 입장에서 자신에게 내려지는 형벌은 얼마든지 감수할 수 있지만 언론에 의해 가해지는 비난은 정말 감당하기 힘든 치욕이지요."

"형벌만능주의와 언론의 독점에 따른 병폐가 당장 눈에 보이지 않으니 문제입니다. 그런데 우리나라의 형벌이 명이나 왜에 비해서 그렇게 혹독합니까?"

영학의 물음에 백찬기가 강한 어조로 말했다.

"혹독하다 못해 잔인하지요. 명나라의 충신 해서의 경우를 봅시다. 해서는 죽을 각오를 하고 황제를 바로 대놓고 비난했습니다. 그러나 만고의 폭군이라는 가정제도 해서를 죽이지 못하고 옥에 가둔 후 오히려 자기가 먼저 죽었지요. 사람의 발뒤꿈치를 자르는 월형이나 고자가 되게 하는 궁형은 얼핏 잔인한 것 같지만 사람의 목숨을 뺏는 것도 아니고, 대대손손 치욕을 주는 벌은 더더욱 아닙니다. 사후에 재기나 명예 회복이 얼마든지 가능하지요. 월형을 두 번이나 받았던 초나라의 화씨는 돌로 취급받은 보옥을 다듬어 화씨의 벽옥을 탄생시켜 나라의 보배로 만들었고, 궁형을 받았던 사마천은 후세에 길이 남을 사기(史記)라는 역사서를 저술하지 않았습니까? 지나의 역사에서 가문을 몰살시키는 모진 형벌은 어지러운 전란이나 왕조가 망할 때 말고는 거의 찾아보기 어렵습니다. 역사를 보면 신하의 가문을 몰살시킨 왕이나 황제는 얼마 있지 않아 자신도 몰락하거나 두고두고 세상으로부터 욕을 먹습니다. 그런데 조선에서는 전란이나 왕조의 멸망이 아니라 평상시의 권력투쟁으로 가문이 몰살당하는 일이 비일비재합니다."

백찬기나 김상욱은 평생을 아전으로 일하면서 쌓인 울분이 많았던 탓인지 속마음이 봇물 터지듯 쏟아져 나왔다.

"기술이나 문명이 발전하는 과정에는 시행착오가 없을 수 없습니다. 그런데 통제와 형벌이 기승을 부리는 사회에서는 시행착오가 용납되지 않지요. 그러면 사람들은 착오가 두려워 시행을 하지 않습니다. 그렇게 되면 사회가 발전하기는커녕 도로 후퇴할 수밖에 없지요. 집안에서 설거지를 하다 실수로 그릇을 깨뜨린 사람을 가혹하게 처벌해 보십시오. 그 다음부터 사람들은 무슨 수를 써서라도 설거지를 안하고, 남에게 미루려고 할 것입니다. 그러면 그 집안 꼴이 어떻게 될지 뻔한 것 아닙니까?"

"그것도 그렇지만 왜에서는 주군이 가신에게 할복을 명령하는데, 이 것은 사형보다 더 가혹한 처벌이 아닙니까?"

잠자코 있던 명원의 물음에 백찬기가 대답했다.

"저는 그렇게 보지 않습니다. 주군으로부터 할복을 명 받은 왜의 신하는 기꺼이 죽습니다. 왜냐하면 주군의 명을 받아 할복하면 그의 처자식들은 대부분 죽음을 면합니다. 어떤 경우에는 할복을 명령하면서도, 가족들의 재산이나 토지를 회수하지 않는 경우도 있습니다. 게다가 할복한 사람에게 온갖 불명예를 덮어씌우는 일도 없지요. 지금 왜의 실력자로 부상한 히데요시의 경쟁자인 도쿠가와(德川) 씨를 예로 들면, 과거에 그는 주군인 오다 노부나가의 명령으로 아내를 죽이고 큰아들을 할복하게 했지만, 정작 자신은 처벌 받지 않았습니다. 이런 걸 보면 할복이 잔인하기는 하지만, 온갖 모욕을 가하면서 죽이거나 가족이나 연루자를 몰살시키는 것보다는 낫지요."

"휴! 생각해 보면 그럴 수도 있겠군요. 그런데 모진 형벌을 통해서 백성들을 손아귀에 쥔 양반들이 왜 자기들끼리 싸우는지 모르겠군요."

이번엔 영학이 의문을 가지자 백찬기가 힘주어 말했다.

"백성들을 완전히 통제한들 뭐합니까? 세상사 뜻대로 됩니까? 이제는 양반들끼리 서로 더 가지려고 대가리 터지게 싸우고 있지 않습니까? 얼마나 백성들을 꼼짝달싹 못하게 억압했던지, 백성들이 양반들을 말릴 힘도 없는 지경이지요. 참으로 비극적인 현실입니다."

"결국 조선을 병들게 하는 가장 근본적인 원인은 양반들의 도를 넘은 탐욕과 탐욕을 채우기 위한 차별 그리고 차별을 유지하기 위한 통제와 형벌이군요. 이런 문제는 정녕 고칠 수 없는 건가요?"

영학이 조선 사회에 팽배해 있는 문제점들에 대한 안타까움을 내비치며 묻자, 김상욱과 백찬기가 양반들의 기득권에 대한 갑론을박을 펼쳤다.

"그러려면 양반들이 기득권을 버려야 하는데 그게 참 쉽지 않거든요."

"기득권이 아니지요. 기득권이란 '이미 가지고 있는 권리'라는 의미 아닙니까? 지금 양반들이 가진 것은 백성들로부터 도둑질한 것입니다. 따라서 기득권을 버리는 것이 아니라 도둑질한 것을 주인에게 돌려주어야 합니다."

"그 말이 맞네. 그렇지만 기득권이란 말에 익숙하다 보니 그렇게 표현한 것일세."

"제가 좀 흥분한 것 같습니다. 죄송합니다."

"아닐세, 나도 자네 말에 모두 공감하네. 오히려 속 시원히 말해주니

나도 속이 후련하네."

영학은 이 자리에서 나오는 이야기는 살아있는 생생한 현실이라고 생각했다. 그렇다면 비판에 그치기보다는 가능한 대안이 없는지 알아보고 싶은 욕심에서 물었다.

"그것보다도 두 분 어르신께서는 어떻게 하면 이 나라 조선이 바로 설 수 있다고 보십니까?"

그러자 백찬기가 확신에 찬 어투로 대답했다.

"간단하지요. 율곡 이이나 봉래 양사언 선생, 토정 이지함 선생 등 많은 선현들이 해법을 제시하지 않았습니까? 이 분들은 하나같이 얼마 있지 않아 이 나라에 큰 전란이 일어난다고 단언했습니다. 또한 신분을 초월한 인재의 등용, 백성들의 생활이 나아지도록 경제를 발전시킬 것을 피를 토하는 심정으로 호소하지 않았습니까? 그런데 조정의 대신들은 당장 눈앞의 권력다툼에만 골몰하고 있지요."

"이지함 선생은 어떤 분입니까?"

영학의 물음에 이번엔 김상욱이 대답했다.

"미래를 예측하는 능력이 뛰어나 팔도의 고관들 중 그를 찾지 않은 사람이 없을 정도입니다. 찾아오는 사람을 일일이 만날 수 없어 아예 토정비결이라는 책을 지은 분이지요."

"이지함 선생의 호가 토정입니까?"

명원이 이지함 선생에 대해 궁금해 하자 백찬기가 소상히 설명해주었다.

"그렇지. 선생은 한강이 자주 범람하는 마포의 한강가에 흙을 높이

쌓고 그 위에 집을 짓고 살았다고 해서 토정(土亭)이라는 호가 붙었다네. 그 분은 어릴 때 이웃 사람이 과거에 합격했다고 뻐기며 잔치를 벌이는 걸 보고 환멸을 느껴 일부러 과거를 보지 않았네. 그런데 나중에 과거공부를 시작해 볼까 마음먹었을 때는 친구와 장인이 역모로 사형을 당하는 사건에 연좌되어 노비가 되는 바람에 과거를 못보게 되었지. 그러다 54세에 신원이 회복되었는데, 그 나이에 무슨 과거를 보느냐 생각하고 벼슬을 포기했네. 그런데 토정 선생에게 사주팔자를 물어 보던 벼슬아치들이 하도 추천을 하는 바람에 말년에 현감벼슬을 했지. 선생은 아산 현감으로 있을 때 조선 최초의 빈민구제기관인 걸인청(乞人廳)을 설치했고, 은광산을 개발하여 국가경제를 일으키자는 상소를 올렸네. 노비일 때는 외국과의 자유무역과 바다의 중요성을 인식하고, 몸소 배를 띄워 제주도를 몇 번이나 왕래했네."

김상욱과 백찬기는 토정 이지함 선생의 공덕을 추켜세웠다.

"그 분이 포천 현감일 때 '임금이 백성의 살림살이 개선에 직접 나서야 한다'는 상소를 올렸고, '서산과 태안의 염전을 경영하게 해주면, 나라의 재정비용을 모두 조달하겠다'는 제안까지 했다지. 그 분은 노비일 때 바다에서 소금을 굽고 섬에서 키운 박으로 바가지를 만들어 팔아 돈도 많이 벌었다네. 그렇지만 일 욕심은 많아도 재물 욕심은 없었네. 항상 풀로 짠 삿갓을 쓰고 다니면서 하도 일을 많이 해서 허리가 굽었지만, 번 돈은 모두 다 이웃들을 위해 썼지."

"토정은 신분을 가리지 않고 인재를 등용하며, 국고가 튼튼해야 한다고 강력하게 주장했지요. 토정의 말대로만 하면 왜와 조선의 전쟁은 절대 일어나지 않을 겁니다."

"토정 선생도 수년 뒤인 임진년 무렵에 조선의 운명을 위태롭게 할 큰 변고가 생길 것이라고 분명하게 경고했다네. 조선의 관리들은 자신의 개인적인 길흉화복은 토정에게 묻고 그의 조언을 따랐지만 나라의 운명에는 신경도 쓰지 않네."

"이 땅에도 지혜로운 선지자들이 많습니다. 그렇지만 시대가 그들을 외면하고 있을 뿐입니다."

"한 둘도 아니고 많은 현인들이 나라와 백성을 진정으로 걱정하고 있으니 앞으로 좋은 계책이 강구되겠지요. 그건 그렇고 시간이 많이 흘렀습니다. 영학이와 명원이도 오랜만에 동래에 왔지만 일 때문에 서둘러 돌아가야 하니 오늘 이 자리는 여기서 마칩시다."

신 의원이 대화를 마무리 짓자 그제야 월향이 대화에 끼어들었다.

"도련님은 언제 돌아가십니까?"

"모레 새벽에 떠날까 합니다."

"어머, 서운해서 어쩌나. 가희 년도 참 야속하지. 떠날 때 떠나더라도 서찰이라도 한 통 남기고 갈 것이지. 어찌 이처럼 매몰차게 연을 끊는 것인지…. 아무튼 도련님, 의원으로 대성하시고, 과거에도 급제하여 나라의 큰 기둥이 되세요. 가희도 내심 그걸 바랄 거예요."

"그동안 여러모로 너무 고마웠소. 결코 잊지 않으리다. 그리고 혹시 가희 소식을 듣거든 사소한 것이라도 지체 없이 연락을 부탁하오."

"여부가 있겠습니까? 꼭 연락드리겠습니다. 그럼 먼 길 조심하시고 만수무강하시옵소서."

이틀 후 영학과 명원은 동래를 떠났다. 새벽부터 서두른 덕에 동래를 떠난 다음날 어둡기 전에 하동에 당도할 수 있었다. 때마침 스승과 선돌이 약재를 창고에 설치된 선반에 정리하고 있었다.

영학과 명원은 스승에게 무사히 다녀왔다고 인사를 올렸다. 스승은 개업 준비는 다 되었으니, 이제 길일을 잡으면 된다고 했다. 영학은 스승에게 날을 잡아 줄 것을 청했다.

선돌은 영학과 명원을 보자마자 가희의 안부를 물어보고 싶었으나, 스승과의 대화에 끼어들 수가 없어 입이 달싹거리는 것을 참았다. 이윽고 영학이 인사를 끝내자마자 선돌이 넌지시 물었다.

"아까, 낮에 민지 아씨가 약방에 왔다가 방금 돌아갔습니다. 가희 아씨는 잘 계시나요?"

이에 영학은 선돌이에게 저녁에 우리끼리 술 한잔 하자며 대답을 피했다. 그러면서 영학은 민지에게 주기 위해 동래에서 구한 은팔찌를 소매 자락에서 꺼내 약재창고 안쪽의 서랍 깊숙이 넣었다.

저녁이 되자 영학과 선돌, 그리고 명원은 그간 나누지 못했던 대화를 나누었다.

"가희가 소식도 없이 갑자기 행방을 감추었는데, 아마 왜국으로 간 것 같다. 길례 소식은 들은 바가 있느냐?"

영학의 말에 선돌은 잠시 놀란 표정을 감추지 못하다가 풀죽은 모습으로 대답했다.

"길례의 행방도 흔적이 없습니다."

그날 밤 영학과 선돌은 술을 마시면서 도대체 남녀 간의 사랑이 무엇이기에, 그렇게도 사람을 환희에 들뜨게 했다가, 금방 변덕을 부려 사람을 슬픔과 절망의 나락으로 빠뜨리는지 한탄했다. 둘은 남녀가 사랑을 하면 기쁨과 환희의 순간은 찰나에 그치고, 그보다 열배는 넘는 기나긴 슬픔과 고통의 세월을 감당해야 한다는 결론을 내렸다.

잠자코 둘의 대화를 듣고 있던 명원이 말했다.

"사람의 인생살이 자체가 기쁨과 보람의 순간은 찰나에 불과하고, 나머지 긴 시간을 고민과 번뇌 속에서 가슴 졸이며 사는 것 아닙니까? 사람들은 순간의 기쁨과 행복을 위해 한 평생을 고통스럽게 살면서도 '인생은 살 가치가 있다'고 여기고 희망을 버리지 않습니다. 사랑도 마찬가지 아닙니까?"

명원은 계속 말을 이었다.

"진심으로 사랑을 할 수 있다는 것만으로도 충분히 고맙게 생각해야 합니다. 지금까지 가슴 졸이는 사랑을 해 볼 기회도 갖지 못한 저는 사랑의 고뇌를 겪는 성님들이 부러워 죽겠습니다."

명원의 말을 들은 영학과 선돌은 서로 마주 보면서 멋쩍은 웃음을 지었다.

을유년(서기 1585년) 3월 22일, 약방 개업식이다. 앞마당에 고사상이 마련되었다. 상에는 웃는 표정에, 잘 삶긴 돼지머리가 놓였다. 지리산 토굴마을의 사람들도 모두 참석했다. 앞으로 약방의 약재는 토굴마을에서 공급될 것이었다. 피치 못할 사정으로 세상을 등졌던 토굴마을 사람들은 큰 고을의 한복판에서 잔치를 하게 되자 너나없이 기뻐했다.

영학은 되도록 간소하게 식을 치르고 싶었다. 그렇지만 민지의 말이라면 무조건 곧이곧대로 듣는 어머니가 제대로 잔치를 하자고 하는 바람에, 개업식은 사람들의 배를 실컷 불릴 만큼 온 고을의 잔치가 되었다.

오시(午時, 오전 11시에서 오후 1시 사이)에 작두굿이 열렸다. 작두굿은 무녀가 땅 위의 작두 위에 올라가 맨발로 작두를 밟음으로써 터를 단단히 다지고, 작두 귀신의 가호를 비는 의식이다. 작두굿이 시작되면 장군신이 내린 무당은 맨발로 작두날로 이루어진 여섯 계단을 밟고 올라간 뒤, 쌀독 위에 부착된 작두 위에 버티고 서서 단 아래의 중생들에게 신의 목소리인 공반(空盤)을 내린다.

접신(接神)을 통하여 신이 내린 무당을 강신무(降神巫)라고 한다. 강신을 위해서는 접신 의식을 행하는데, 그 의식은 방울과 북, 꽹과리, 대금의 장단에 맞춰 춤을 추면서 시작된다.

접신의식을 주재하는 무당의 춤에 주변 사람들이 호응해주면 접신이 더 잘 된다기에, 제일 먼저 토굴마을 사람들이 앞장서 호응했다. 그러자 고을 사람들도 덩달아 흥이 올라 앞으로 나서니, 멍석 위는 춤추는 사람으로 가득했다. 색동옷만 아니라면 누가 무당이고 누가 잔치꾼인지 구별이 되지 않을 지경이었다.

뒤쪽에서 발꿈치를 들어 올리고 구경하던 민지는 마을사람들 중 하나가 앞니에 김을 붙인 채 이 빠진 병신춤을 추는 모습을 보고 까르르 웃었다. 그 모습을 본 영학은 살며시 다가가 민지의 손을 잡았다. 민지는 다른 사람들의 시선을 의식하고, 잠시 힘을 주어 영학의 손을 꼭 쥐었다가 이내 손을 뺏다. 그리고 굿판을 보면서 배꼽을 쥐고 깔깔거렸다.

영학은 그녀의 웃는 모습을 보면서 다른 사람이 보든 말든 그냥 확 껴안고 싶은 충동이 일었지만 그럴 수는 없었다. 그는 애써 고개를 돌려 먼 산을 바라보면서 사타구니에 힘이 빠지기를 기다렸다.

드디어 무녀에게 장군신이 내렸고, 그녀는 버선을 벗어던졌다. 부채를 쥔 한 손으로 치마를 끌어올리고, 다른 손으로 대나무 기둥을 잡은 채 맨발로 시퍼렇게 날이 선 작두날 층계를 밟고 올라갔다. 그 모습을 보는 사람들은 긴장감에, 연방 마른 침을 삼켰다.

무녀는 작두 위에서 한 손으로 대나무 기둥을 붙잡고 다른 손으로 부채를 부치고 서서 사람들을 내려다 본 뒤 사방을 한 바퀴 돌았다. 그리고 공수를 내리기 시작했다. 먼저 영학이 주변 사람들로부터 등을 떠밀려 앞으로 나섰다. 단 위의 무녀는 영학을 내려다보며 소원이 무엇이냐고 물었다. 영학은 얼른 생각이 나지 않아 잠시 주춤했다. 그러다 이내 입을 열었다.

"약방이 잘 되고, 이 나라 백성들이 편하게 되기를 빌고 싶소."

그러자 무녀는 난데없이

"약방이야 잘 되지. 그런데 네가 무어라고 나라와 백성을 걱정하느냐? 네 몸이나 잘 간수해라. 시대의 소용돌이에 휘말려 고난을 당하니 함부로 나서지 말고, 섣불리 베풀지 마라. 은혜가 원수로 돌아온다."

고 말했다. 그 말에 영학은 꺼림칙한 기분이 들었다. 그러나 내색하지 않고, 조용히 뒤로 물러섰다. 다음에는 영학의 어머니 이 씨가 앞으로 나섰다. 아직 아무 말도 하지 않는데 무녀가 먼저 말을 꺼냈다.

"일찍이 서방 죽고, 자식 이 만큼 키웠으면 되었다. 더 이상 무엇을 바라느냐?"

무녀는 이 같이 짧게 내뱉고는 말문을 닫아 버렸다. 이 씨는 얼떨결에 고개를 숙여 인사를 하고는 뒤로 물러났다. 그 뒤 전 노인이 앞으로 나섰다. 이번에도 무녀는 먼저 대뜸 말했다.

"대대로 쌓은 덕이 하늘의 장부에 기록되어 있으니 애통해 하지 마라. 타고난 천성을 어떻게 하겠느냐? 앞으로도 베풀어야 할 것이 많다."

이번에는 민지가 앞으로 나섰다. 그러자 무녀는

"어질고 현명함이 한 나라의 국모감이구나. 그렇지만 시대를 잘못 만나 고난을 피하지 못한다. 시대의 탓이니 누구를 원망하랴! 덕을 많이 베푸니 인생이 외롭지는 않다."

고 공수를 내렸다. 곧이어 선돌이 앞에 나섰고 무녀는 공수를 이어나갔다.

"그릇이 커서 채울 게 많구나. 조급하게 굴지 말고 기회가 올 때까지

참고 기다려라. 성급하게 굴면 화를 입는다."

그 뒤 명원과 토굴마을의 박 서방 등 몇 명에게 공수를 내린 무녀는
그 자리에 있는 모두를 위하여 축원을 하였다. 축원을 마치자 무녀의
목소리는 갑자기 굵은 남자 목소리로 바뀌어 "너희들의 소원을 들어주
겠다"는 말을 근엄하게 뱉은 후 작두에서 내려왔다.

무녀가 작두타기를 마치자 본격적인 술판이 벌어졌다. 북과 장구소
리에 해금과 꽹과리 소리가 한껏 울리기 시작하자 잔치에 모인 사람들
은 너나없이 덩실덩실 춤을 추었다. 그러나 영학은 왠지 기분이 개운치
않았다. '은혜가 원수로 돌아온다니, 그런 말이 어디 있어? 개뿔도 모르
면서 나오는 대로 지껄여?' 하는 불쾌감이 들었다.

그렇지만 작두 타는 무당이면 보통 신기(神氣)가 아닐 것이라는 생각
에 신경이 쓰여 작두날을 살펴보았다. 아니나 다를까. 작두는 섬뜩하게
날이 선 것 같았지만 자세히 보니 일(一)자 모양이 아니고 미세하게 물
결 모양의 굴곡이 있었다. 작두날에 저런 굴곡이 있으면 작두 위에서도
쉽게 베이지는 않을 것이고, 그렇다면 웬만큼 발바닥에 군살이 있는 사
람은 굳이 신기가 아니라도 작두 위에 발을 올릴 수 있지 않을까 생각했
다. 작두날의 모양을 살핀 영학은 비로소 마음이 놓이면서, 무녀의 말
을 잊어버리기로 했다.

약방이 문을 열자 수많은 환자들이 몰렸다. 초기에 간단한 치료만으
로 나을 수 있는 병인데도 치료를 받지 못해 병을 키운 사람이 의외로

많았다. 가시나 나뭇가지에 찔린 상처를 치료하지 않고 방치했다가 염증과 고름으로 고생하는 사람들이 많았고, 상처가 덧나 살이 거무스름하게 썩어가는 농부도 있었다. 발바닥의 군살과 뒤꿈치의 각질이 쌓여 살이 갈라지는 바람에 걸음을 못 걷는 사람들도 의외로 많았다.

그 외에도 고뿔을 방치하여 겨우내 코를 질질 흘리고 다니다 축농증에 걸린 아이, 썩은 이를 뽑지 않아 옆의 이까지 썩어가는 아낙네, 벼룩과 이에 물린 자국을 손톱으로 긁다 낸 상처가 종기로 변한 여자아이 등모두 기초의학에 대한 무지와 불결한 생활환경으로 생긴 질환이었다.

그래서 영학은 직접 치료하기보다는 간단한 치료법과 함께 쉽게구할 수 있는 약재로 치료하는 방법을 알리는 데 신경을 썼다. 몸을 깨끗이 하거나 집안 청소를 자주 하라고 일러주기도 했다. 그러다보니 가난한 사람들도 부담 없이 약방을 찾았고, 이 때문에 약방에는 하루에도수백 명의 환자들이 몰렸다. 이 바람에 영학과 스승은 물론 선돌과 명원도 눈코 뜰 새 없이 바빴다.

민지도 거의 매일 약방에 들러 약재 정리는 물론 금전 관리까지 눈치빠르게 처리해 주었다. 아녀자라고 별로 기대하지 않았던 민지가 의외로 약방에 큰 도움이 되었던 것이다. 이렇게 약방은 날이 갈수록 번창하였고, 소문을 듣고 멀리서 찾는 사람이 점점 늘었다.

영학은 약방을 내고난 후 무엇보다 매일 민지를 볼 수 있는 것이가장 기뻤다. 주변에 사람들이 눈에 띄지 않으면 민지의 손을 덥석 잡는 것은 예사였고, 서재나 약재창고에서는 망설임 없이 포옹을 하고, 입맞춤도 하며 행복한 나날을 보냈다.

17장 꿈

꿈

선돌은 내색하지는 않았지만 지난 겨울 이후 삶의 의미나 재미를 느낄 수 없었다. 그토록 착하고 예쁜 길례가 자신의 여자가 되었다고 생각했을 때 이 세상 어느 누구도 부럽지 않았다. 천한 노비의 신분이라도 세상은 얼마든지 살만한 가치가 있다고 여겼다. 그런데 그렇게 철석같이 믿었던 여인이 자신의 씨앗을 잉태하고도 '노비주제에 무슨 애비냐'라는 비웃음과 함께 경멸의 시선을 남긴 채, 종적을 감추어 버렸다.

냉정히 생각해보면 길례를 원망할 수도 없는 일이었다. 선돌은 노비이기에 양인 신분의 여자와 정분이 나서도 안 되고 혼인은 더더욱 안 된다. 설사 정분이 난 여자가 아이를 낳아도 그 아이는 선돌의 아이가 아니라 주인의 재산이 될 것이었다.

작두 위에 선 무녀는 선돌에게 그릇이 커서 채워야 할 것이 많다고 했다. 그리고 하늘의 복이 있다고 했다. 그러면서 기다리라고 했다. 도대체 무얼 기다리라는 말인가? 선돌은 무당이 한 말은 개코같은 헛소리일 뿐이며, 희망이라는 단어는 노비에게는 어울리지 않는다고 생각했다.

'애초부터 세상에 태어난 게 잘못이었다. 짐승보다 못한 존재라면 차라리 태어나지를 말았어야지.'

이런 생각에 선돌의 눈에서는 닭똥 같은 눈물이 줄줄 흘러 나왔지만 주변 사람들에게 눈물을 보이지 않으려고 혼자 이불을 뒤집어쓰고 밤마다 울었다.

영학도 약방을 개업한 뒤로 환자 치료에 전념하면서 틈틈이 민지와 정분을 나누느라 혼자서 고통을 삼키는 선돌의 속마음을 알 틈이 없었다.

바쁜 만큼 세월은 빨리 흘러갔고 벌써 가을이 찾아왔다. 추석을 쇠자마자 성진은 소과 복시에 응시하기 위해 한양으로 떠났다. 천수가 당연히 종자로 따라 나서야 했지만 그럴 수 없었다. 추석 전날 씨름대회에 나갔다가 무리하게 힘을 써 허리를 삐끗하는 바람에 거동을 제대로 하지 못했기 때문이다.

영학은 마침 길례와 헤어진 이후 풀이 죽어 지내는 선돌에게 바람이나 쐴 기회를 주어야겠다고 생각했다. 그래서 선돌에게 성진의 한양 과거행차에 종자로 갔다 오는 게 어떻겠냐고 물었다. 낙심한 채 지내고 있던 선돌은 한양에 가라는 영학의 말에 눈을 번쩍 떴다. 영학은 선돌에게 한 냥짜리 은화 5개를 노자로 주면서 한양에서 눈치 없이 성진의 공부를 방해하지 말고 살짝 혼자서 색주가에 들러 색시나 한 번 품고 오라고 말했다. 선돌은 속으로 '내 등에 업혀 다니던 코흘리개 도련님이 이렇게 훌쩍 컸구나!'고 생각하면서, 자신을 배려하는 주인의 심정에 감동했다.

성진이 한양으로 과거 행차를 떠나게 되자 영학과 민지 사이를 방해할 사람이 없었다. 성진이 떠난 날부터 민지는 하루 종일 약방에 머물렀다. 일과를 마친 후에도 둘은 약방에서 저녁을 함께 먹고 이야기를 나누다 해시(亥時, 저녁 9시에서 11시 사이)가 넘어서야 집으로 갔다. 온종일 같이 있어도 밤이 깊어 헤어지는 순간이 되면 민지는 발길이 떨어지지 않았다. 영학도 민지와 헤어지기 싫었지만, 혼인을 하지 않은 남녀가 함께 밤을 지낼 수는 없어 매번 아쉬운 작별을 했다. 다시 해가 밝으면 민지는 득달같이 약방으로 왔고, 종일 함께 지내다 해시가 끝날 무렵 영학은 민지를 집으로 데려다 주었다.

그러던 어느 날 밤, 사랑에 눈이 멀어버린 두 사람 앞에서 조선의 엄격한 사회윤리규범은 맥없이 무너졌다. 영학은 민지가 대문을 열고 집으로 들어간 후 얼른 뒷문 쪽으로 걸음을 옮겨 나무그늘에 몸을 숨겼다. 이윽고 갑순이가 살짝 뒷문을 열고 고개를 삐죽 내밀었고, 영학은 잽싼 걸음으로 다가가 갑순이에게 "고마워."라고 속삭인 후 얼른 집안으로 들어갔다.

집안의 모든 사람들이 잠든 밤이라 두 사람은 소리를 죽여야 했다. 민지의 방으로 들어간 영학은 바깥에 소리가 새어 나가지 않도록 이불을 뒤집어쓰고 민지와 둘이서 소리를 죽이며 키득키득 웃었다.

민지는 마치 장한 일을 한 아이를 칭찬하듯 왼손으로 영학의 얼굴을 당겨 가슴에 묻고선 오른손으로 영학의 어깨를 토닥토닥 두드려 주었다. 그러나 그것도 잠시 누가 먼저랄 것도 없이 둘은 이불 속에서 긴 입맞춤을 시작했다. 그리고 손으로 서로를 쓰다듬고 다리를 비비다가 허겁지겁 옷고름을 풀어 젖힌 뒤 서로의 몸을 탐닉하기 시작했다.

민지는 새벽녘에 영학을 내보내고 난 뒤 잠깐 잠이 들었지만, 평소와 같이 해가 뜨자마자 잠에서 깨었다. 한 시진 남짓 잠자리에 들었지만 이상하게 하나도 피곤하지 않았다. 하복부가 뻐근한 느낌은 들었지만 지난밤의 환희의 여운은 여전히 몸에 남아 있었다. 몸은 가볍고 머리가 가뿐하여 저절로 콧소리가 나왔다.

이불을 젖혀 보니 하얀 요 위에 손바닥만한 붉은 꽃이 선명하게 피어 있었다. 민지는 이제 소녀가 아니라 사내를 받아들인 어엿한 여인이 된 것이다. 그리고 평생 해로를 맹세한 지아비가 있는 어른이었다. 민지는 요를 싸고 있는 보를 벗겨 차곡차곡 갠 후 벽장 속에 고이 보관했다.

민지는 한 며칠 간은 약방에 가지 않고 집에서 붓으로 난초를 치고, 책을 읽는 등 선현의 말씀을 되새기며 지내기로 했다. 하지만 사실은 너무 부끄럽고 민망해서 한동안은 도저히 영학의 얼굴을 쳐다보지 못할 것 같았다. 지금 생각하면 정말 고개를 들기 힘들 정도로 민망한 일인데, 지난밤에는 어떻게 그토록 스스럼없이 굴었을까 생각하니, 저절로 얼굴이 화끈 달아올랐다.

영학 역시 밤을 꼬박 샜지만, 기분이 그렇게 밝고 상쾌할 수가 없었다. 지난밤의 흥분은 종일 사라지지 않고 진하게 여운을 남기고 있었다. 그는 하루 종일 들떠 싱글거리는 표정으로 지냈다. 콧노래도 절로 나왔다.

그로부터 사흘째 날 오후에 민지가 약방에 왔다. 목을 빼고 기다리던 영학은 민지의 모습을 보자마자 얼른 일어나서 민지와 약재창고로 들어갔다. 그리고 들어서자마자 민지를 껴안으며 입맞춤을 했다.

"오빠, 다른 사람 보잖아? 이럼 안 돼."

민지는 이렇게 말하면서도 영학의 몸을 밀치지는 않았다.

"휴, 보고 싶어서 죽는 줄 알았어. 몸 아픈 건 없지?"

"응, 조금 아팠어. 그런데 오빠 보니까 괜찮아. 가서 일해. 난 의서나 구경할게."

민지는 부끄러운 듯 영학의 등을 떠밀었다. 그리고 약재창고로 가서 선반을 살펴보고, 옆방의 서재에서 책도 보면서 시간을 보냈다. 집에서 바느질을 하거나 수다를 떠는 것보다는 약방에서 지내는 게 훨씬 재미가 있었다. 그리고 민지의 재치 있는 일머리는 약방에 큰 도움이 되었다.

민지는 영학이 아픈 사람들을 치료하는 모습을 바라보기만 해도 행복했다. 이따금 환자를 치료하다 주변을 두리번거리며 연인의 동정을 살피는 낭군의 시선과 마주칠 때면 뿌듯하다 못해 가슴이 벅차올랐다. 사랑이 이렇게 벅차고 행복한 것인지 매일 실감했다.

성진이 한양으로 떠난 지 달포 뒤 성진의 집으로 파발을 통해 급제 소식이 전해졌다. 이틀 전 한양에서 괘방(掛榜)을 하였는데, 급제자 명단에 성진의 이름이 있었다. 파발마를 몰고 온 역졸은 이렇게 전했다.

"도련님께서는 사마시 진사과 급제자 명단에 2등으로 올랐습니다. 감축 드리옵니다."

소식을 들은 성진의 부모는 기뻐서 어쩔 줄 몰랐다. 마을사람들도 모두 경사가 났다고 기뻐했다. 영학도 성진의 급제를 진심으로 기뻐했다. 올해는 주변에서 좋은 일만 자꾸 생긴다는 생각을 하면서 '이제 과거준비를 시작해야겠다'고 결심을 굳혔다.

사마시(司馬試)라 불리는 소과급제의 권위와 명예는 양반사회의 근간이다. 3년 간격의 식년에 실시되는 소과는 1등 5명, 2등 25명, 3등 75명으로 약 100명의 생원과 진사를 뽑는데, 일단 급제만 하면 급제자 전원의 성적이 3등 안에 든다. 이는 동년들끼리 심한 경쟁을 지양하고 서로 협력하여 잘 지내라는 배려이다.

그 후 200명의 급제자들은 서로 동방(同榜)이나 동년(同年)으로 부르면서 평생 형제처럼 지내고, 장원 급제한 사람은 평생 동년모임의 우두머리가 된다. 합격자들은 사마방목이라는 책에 기록이 되는데, 그 책에는 합격자와 그의 부모와 할아버지는 물론 형제들의 신상까지 기록되어, 길이길이 보관된다. 그리고 동년들은 성균관을 중심으로 수년간 함께 먹고 자면서 공부를 하기 때문에 그 결속력은 어느 조직보다 단단하다.

소과 합격 후 대과의 합격여부는 동년들의 모임에서 크게 중요하지 않았고, 대과의 합격 여부나 직위의 고하는 동년들의 모임 서열을 바꾸지 못한다. 그러다보니 동년들의 수장인 소과의 장원은 나중에 대과에서 불합격하거나 낮은 성적으로 합격하여 망신을 당할 것이 두려워 아예 대과에 응시하지 않는 사람도 있었다.

그렇지만 소과 장원은 군이 벼슬에 나가지 않더라도 벼슬에 나간 동년들을 통해서 얼마든지 영향력을 행사할 수 있었다. 고로 동년들에게 밉보인 자는 '의리도 없고 근본을 모르는 인간'이라는 낙인이 찍혀 철저히 외톨이 취급을 당했다. 그러다보니 조선의 관리들은 나라의 형편보다는 동년들의 입장과 이익을 먼저 챙길 수밖에 없었다.

'만약 소과에서 장원급제를 하여 동년의 좌장이 된 후 벼슬에 나가지 않고 막후에서 동년들을 후원하면 세상을 위해 더 큰일을 할 수 있지 않을까? 백성들을 위한 참된 여론을 조성하고, 이러한 여론을 동년의 벼슬아치들을 통해 정책으로 펼친다면, 나라의 제도를 바로 잡고 백성들의 생활을 개선하는 데 효과적으로 공헌할 수 있지 않을까? 그러면 동년들로부터 따돌림을 받아 뜻을 펴지 못한 이이 선생의 전철을 밟지 않을 수 있을까? 충분히 가능성이 있어보인다. 그런데 동년들을 후원하고, 동년들의 지지를 받으려면 힘이 있어야 한다. 그런데 그 힘은 바로 돈이다. 그렇다면 앞으로 돈을 벌어야겠다. 그렇다고 백성들의 고혈을 빠는 식으로 돈을 벌 수는 없다.'

이런 생각에 이른 영학은 곧 스승과 상의하기로 마음을 먹었다.

겨울이 다가올 무렵 성진이 돌아왔다. 마을 입구 당산나무 아래에는 어사화를 꽂은 깃대를 화짓대로 세우고, 성진의 급제축하 잔치가 열렸다. 인정 있는 최 부잣집의 잔치라 역시 먹을 것이 푸짐했다. 돼지는 물론 소까지 잡았다.

성진은 연일 계속된 잔치와 먼 길을 오느라 피곤이 쌓였지만 표정은 밝았다. 그리고 선돌은 두 달 남짓 한양나들이를 하면서 실연의 상처를 털어버리고 예전의 쾌활함을 되찾은 것 같았다. 영학은 성진에게 축하의 말을 건넸다.

"어이, 최진사 축하해."

"고맙다. 네 덕이 커."

인사 후 둘은 농을 주고 받았다. 그러다 성진이 진지한 표정으로 말했다.

"자네가 전에 한자 이천 오백 자를 제대로 알면 소과 합격이 가능하다고 했었지. 이번에 과거를 보니 신기하게도 그 말이 꼭 맞는 것 같아. 사실 공부할 때 한자 이천 오백 자와 어구를 집중적으로 공략했거든. 그게 효과가 있었던 것 같아. 그렇게 보면 과거도 별거 아니더군."

그 말에 영학이 대꾸했다.

"까놓고 말하면 얼마 되지 않는 양반들 중에서 '3대가 과거에 합격하지 못했으니 빠져라'고 하고, '역모죄인과 연좌되었으니 안 된다' 하고, '향교를 착실히 안 다녔으니 다음에 봐라' 하고, '조상단자를 늦게 냈으니 이번에 안 된다'고 하면서 이래저래 빼버리면 실제 경쟁률이 얼마나 되겠나? 네 실력이면 1등에 붙어야 하는데, 2등에 붙어서 아까워."

두 사람의 대화를 듣고 있던 한 늙수그레한 노인이 의아한 표정으로 물었다.

"아니, 양반님들도 반말을 합니까?"

그 말을 들은 둘은 서로의 얼굴을 쳐다보면서 대꾸했다.

"아니, 친구 사이에 반말을 하지, 그럼 존댓말을 합니까?"

그러자 노인이 대답했다.

"양반을 보면 무서워서 도망가기만 했지, 한 번도 양반님들을 가까이에서 보거나 이야기를 못해 봤습니다. 그래서 양반님들은 항상 의젓하게 존댓말을 쓰는 줄 알았습니다."

영학은 웃으면서 양반들이 욕이나 음담패설을 더 잘 한다고 하자 노인은 믿기지 않는 표정으로 고개를 갸우뚱하면서 할말을 잃은 채 서 있었다.

잔치가 끝나자 영학은 명원에게 주안상을 마련해 오라고 한 뒤 선돌과 함께 스승의 방에 들렀다. 오랜만에 넷이 모였고 선돌이 큰 절을 올리자 스승은 일어나 앞으로 오라고 했다. 선돌이 무릎걸음으로 앞으로 다가가자 스승이 장하고 고생했다며 노고를 치하하는 동시에 어깨를 두들겨 주었다. 선돌은 스승에게 인사를 올렸다.

"그동안 만수무강하셨습니까?"

"그래, 나야 잘 지냈지. 네가 고생 많았다."

"아닙니다. 도련님 덕분에 한양나들이 잘 하고 왔습니다."

그러자 명원이 끼어들며 말했다.

"성진 도련님 과거보러 갈 때는 성님이 갔지만 영학이 도련님 과거
볼 때는 제가 갈 겁니다."

"한양은 눈 뜨고 코 베가는 곳이야. 네가 한양 가려면 미리 코를 떼서
벽장에 보관해놓고 가야 돼."

"흥, 성님 코가 멀쩡하게 붙어 있는 걸 보면 한양도 별 거 아닌 듯싶
습니다."

"사실은 코 베였다가 도로 갖다 붙였어. 자, 여기 봐, 다시 붙인 자국
보이지?"

"어, 맞네. 그런데 좀 비뚤하네. 내가 바로 맞춰 줄 테니 코 내밀어
봐요."

"아서라! 아서, 겨우 붙인 코 다시 떨어질라!"

같은 방을 쓰면서 정이 들대로 든 선돌과 명원은 두 달 만에 다시 만
나 반가움을 감추지 못했다. 무엇보다도 선돌이 다시 활기를 되찾아 보
기 좋았다.

생각해 보면 이렇게 좋은 인연을 만난 것도 다 스승 덕분이라는 생각
으로 영학은 스승에게 오랜만에 술을 권했다.

"스승님, 오랜만에 한 잔 올리겠습니다. 피곤하시더라도 선돌이가 무
사히 돌아 왔으니 한 잔 드시지요."

"그래, 알았다. 그러고 보니 이렇게 넷이 마주보고 앉은 게 참 오랜만
이구나."

"예. 그리고 오늘은 스승님께 상의 드리고 싶은 일이 있습니다."

"무슨 일이냐?"

"성진이 과거에 급제했다는 소식을 듣고 떠오른 생각입니다. 소과에 합격한 생원, 진사들은 사마방목에 이름을 올리고 성균관을 중심으로 수년 동안 함께 생활하면서 평생 동지가 되지 않습니까? 그렇지만 대과 급제자들은 서로 경쟁관계이고, 같은 급제자들끼리 서로의 우애를 다지는 기회가 없습니다. 그러다보니 소과 급제자들의 모임은 평생토록 유지가 되고, 그들의 총의는 현실정치에 크게 영향을 미치지 않습니까?"

"그야, 그렇지. 생원이나 진사의 결속은 양반 사회의 기둥이지."

"그리고 소과의 장원은 대과에 나가든 말든 동년의 좌장으로서 영향력이 크지 않습니까?"

"그렇지."

"그래서 저는 이런 생각을 했습니다. 대과에 급제하여 직접 벼슬을 하는 것보다는 소과의 장원으로서 직접 벼슬에 나가지 않고 동년들을 이끌 경우 더 큰 정치력을 가질 수 있다고……."

"그야, 그렇지. 그런데 자네가 그렇게 하고 싶다는 말인가?"

"네. 어떻겠습니까?"

"그렇게 하면 좋지. 그렇지만 그러려면 재물이 많거나 막강한 배경이 있어야 해."

"지금부터 제가 재물을 모으면 어떻겠습니까? 백성들을 이롭게 하면서 재물을 모을 수 있다고 생각합니다."

"그런 방법이야 얼마든지 있지. 그걸 알고 싶다는 게야?"

"그렇습니다. 스승님은 그 방법을 아시지 않습니까?"

스승은 한참 동안 영학의 얼굴을 뚫어지게 쳐다보면서 말없이 앉아 있다가 이윽고 입을 뗐다.

"꼭 그렇게 하고 싶으냐? 그러나 세상에 절대 공짜는 없는 법, 큰일에는 그만큼 고난이 따르게 돼 있어. 지금 그 생각은 자칫 큰 오해를 받을 수 있어."

"그건 알고 있습니다. 대신 철저히 몸을 낮추고 조심하면 되지 않겠습니까?"

"그게 생각처럼 쉽지 않아. 세상에 비밀이란 절대 없거든."

"스승님, 저는 이 사회의 모순과 그 모순으로 인한 백성들의 아픔을 구구절절이 알게 되었습니다. 아니, 그것은 백성들의 아픔이 아니라 제 아픔입니다. 제 아버지를 억울하게 죽음으로 내몬 원인을 알았습니다. 그걸 알고서도 이 한 몸 편하자고 그냥 세상에 묻어서 살아간다면 제 자신이 견딜 수 없을 것 같습니다. 그래서 한번 도전해 보고 싶습니다. 그렇지만 저는 제 모든 것을 희생할 용기는 없고, 제 인생을 파탄시키지 않는 선에서 최선을 다하고 싶습니다. 그래서 스승님으로부터 지혜를 구하는 것입니다."

"철저히 몸을 낮추고 겸손하게 살 수 있느냐?"

"할 수 있습니다. 앞으로 절대로 자만하며 살지 않겠습니다. 그리고 저에게는 스승님도 계시고, 저를 도와주는 선돌이와 명원이도 있습니다."

스승은 고개를 끄덕거리면서 말했다.

"그렇다면 한 번 해보거라. 토정 이지함 선생은 나라가 부강하기 위해서는 나라에 도덕창고, 인재창고, 재물창고가 있어야 한다고 했다. 그 원칙은 개인에게 있어서도 마찬가지이다. 네 뜻을 펼치려거든 너에게 도덕성과 너를 따르는 사람, 그리고 재물이 있어야 한다. 그런데 겸손하지 않으면 절대로 사람과 재물이 따르지 않는다. 그 겸손함은 다른 사람을 알아주고 믿어주는 것이며, 재물이 있다고 티를 내지 않는 것이다."

"명심하겠습니다."

"토정 이지함 선생은 현감으로 재직할 때 굶주리는 백성들을 위해 걸인청을 설치하였다. 그러나 내 생각에 무엇보다 시급한 것은 서민들에게 자립기반을 마련해 줄 수 있는 서민금융청을 만드는 것이다."

"서민금융청이 무엇입니까?"

"서민들에게 생활자립기반이 되는 돈을 빌려주는 곳이다. 지금 서민금융기능을 하는 환곡제도는 본래 구휼의 목적으로 만들어졌다. 하지만 이는 나라의 부패로 서민의 고혈을 빨아먹는 착취제도로 전락하여 오히려 백성들을 도탄에 빠뜨리고, 나라를 망치고 있다. 흉년에 썩은 쌀을 빌려주고 가을에 고리의 이자를 붙여 햅쌀로 받는 그런 악랄한 제도를 없애고, 대신 백성들에게 자립의 기회를 주는 금융청을 만들어야 한다."

선돌이 감탄하며 말했다.

"그거 정말 기막힌 생각이십니다. 우리나라의 금융 제도는 악랄하기 짝이 없습니다. 살다가 뜻밖의 어려움이 생겨 빚을 냈다가는 세월 따라 빚이 빚을 낳고 이자가 눈덩이처럼 불어나 결국 전 재산을 다 빼앗기고, 처자식들까지 노비가 되고 맙니다. 흉년에 쌀 한 말 꾸었다가 나중에 논문서를 홀라당 뺏기는 백성이 어디 한둘입니까? 남의 궁박한 사정을 이용해서 제 배를 불리는 세상은 도덕이 무너진 세상입니다. 왜나 명에서는 있는 사람이 돈을 내고 없는 사람은 노무를 제공해서 크게 장사를 벌인답니다. 사고가 나서 노무를 맡은 사람이 죽거나 다치면 돈 낸 사람이 사고 당한 사람과 가족을 도와서 살도록 해주고요. 그렇지만 조선의 양반들은 실컷 상놈들을 부려 먹고 일이 잘되면 모두 제 몫이고, 잘못되면 일한 사람을 감옥에 처넣고, 그것도 모자라 노비로 만들어 버립니다. 나라가 잘 되려면 이런 악랄하고 모진 돈놀이부터 바로잡아야 합니다.”

“선돌이 말이 맞다. 지금 선돌이가 한 말을 명심하여야 한다. 앞으로 돈이 생기면 생기는 대로 농사가 어려운 산지를 헐값에 사들여라. 그리고 가난한 사람들에게 그 땅에 녹차나 매실, 밤을 심게 하고, 젖소나 염소를 키워서 우유를 짜게 해라. 버섯을 키우거나 양봉도 좋다. 농부들에게 처음 2~3년은 양식 걱정하지 않고 농사에 전념하도록 생계비를 빌려 주어라. 빌려준 돈의 원금과 이자는 농사의 과실이 열리는 3~4년 후부터 수확을 봐서 10년에 걸쳐 분할해서 돌려받되, 이자는 연 1할이 넘어서는 안 된다. 농사가 안정되고, 빌려준 돈의 원금과 이자를 다 받은 뒤에는 그 땅과 농작물의 소유권을 경작하는 농민에게 넘겨주고, 값을 10년이나 20년에 걸쳐 분할해서 받아라. 그러면 부지런한 농민들이 주변에 모일 것이고, 순박한 농민들은 신이 나서 밤낮으로 열심히 일할 것이다.”

스승은 이어 선돌과 명원에게도 당부의 말을 했다.

"선돌이는 농사를 관리하고, 명원이는 글을 배워 약방을 맡아라. 그리고 영학이는 과거준비를 하면서 선돌이와 명원이의 뒷배가 되어라. 그렇게 힘을 합쳐 일하면 아마 10년이 지난 뒤 너희들은 조선에서 제일가는 거부가 될 것이다."

스승의 말에 선돌과 명원이 반색을 했다. 명원이 신이 나서 말했다.

"우와, 정말 그렇게 될까요? 꿈같은 일이네요. 그런데 이제까지 정음만 겨우 깨친 제가 글공부를 해서 의서를 볼 수 있을까요?"

"충분히 할 수 있지. 명원이 너는 공부할 기회가 없어서 그렇지 암기력은 뛰어나잖아!"

영학에 이어 스승도 응원했다.

"얼마든지 할 수 있단다. 사람에게는 누구에게나 타고난 저마다의 소질과 개성이 있으니까. 그런데 조선의 사회가 사람의 소질과 개성을 인정하지 않기 때문에 백성들에게 능력을 발휘할 기회를 주지 않을 뿐이다. 그러나 세상은 변한다. 선돌이 너에게는 곧 면천의 기회가 올 것이야. 지금 이 나라는 양반들의 탐욕을 채우기 위해 사농공상을 구별하고 차별하지만, 그 때문에 힘을 잃고 점점 쇠퇴해가고 있다. 이웃의 왜는 이러한 조선의 난맥상을 기회로 노리고 있지. 왜의 권력자인 히데요시는 얼마 전 그들의 천황으로부터 도요토미 성을 하사받고 의기양양해하며, 조선과 명의 정벌을 대외적으로 천명했다. 앞으로 조선이 전쟁을 막고자 한다면 신분의 차별을 없애고 인재를 등용해야 할 것이고, 정신을 차리지 못해 전쟁이 발발한다면 군사를 모으기 위해 전공을 세우는 노비에게 면천을 약속할 것이다. 그렇다면 앞으로 신분제도는 변화가 불가피해지지. 그때까지 너희들은 힘을 길러라."

스승의 말에는 활력이 넘쳤고, 듣는 사람도 희망에 부풀어 힘이 났다. 선돌이 스승의 말에 맞장구치면서 말했다.

"힘을 기르는 것은 곧 돈을 버는 것이지요. 저는 돈은 똥과 같은 것이라 생각합니다. 똥을 한 군데 모아 놓으면 냄새가 진동하고 구더기가 득실거리지만, 온 밭에 골고루 뿌리면 세상에 그보다 더 좋은 비료가 없고 구더기마저 햇빛에 말라 죽어서 땅의 양분이 됩니다."

스승도 이에 동의했다.

"선돌이의 말이 맞다. 돈은 돈다고 해서 돈이다. 세상에 돈이 도는 것은 피가 사람 몸을 도는 것과 같은 이치지. 피가 부족하면 빈혈에 걸리고, 피가 없으면 목숨을 잃는 것처럼 돈도 그렇다. 양반들이 노비제도를 두고, 백성들을 사농공상으로 구별하여 차별하는 궁극적 이유도 기실은 돈 때문이다. 사(士)가 노비를 수족처럼 부리고, 농(農)을 착취하며, 공(工)을 통제하고, 상(商)을 지배하기 위함이다. 그 결과 조선의 돈은 소수의 양반들에게 다 몰려 있고, 대다수 백성들은 하루하루를 연명하기에 급급하다. 신체에 골고루 피가 돌지 않고 한 쪽으로만 몰리면 졸지에 목숨을 잃거나 불구가 되는 것처럼 지금 조선은 돈이 돌지 않아 불구가 되었다. 지금 바로 치료하지 않으면 목숨을 부지하기 어려운 것은 시간문제다. 그런데도 권력자들의 탐욕은 끝이 없어, 그들은 이미 탐욕의 노예가 되어 정신을 못 차리고 있지. 정신이 허한 사람에게 귀신이 붙듯이 욕심에 사로잡힌 인간들은 쉽사리 탐욕의 노예가 된다. 이것을 명심하고, 너희들은 권력과 술수를 이용해서 남의 돈을 뺏는 것이 아니라 땀 흘려 일하고 생산력을 높여, 돈을 벌어라. 그것이 곧 너희들의 힘이다."

스승은 구구절절 옳은 말을 펼쳤다. 영학은 스승의 말에 진정으로 공감했다.

"그렇습니다. 이이 선생께서는 나라의 경제발전을 그렇게 주창하면서도 정작 개인적인 재물에는 욕심을 부리지 않았다고 합니다. 양사언 선생도 평생 공직생활을 하면서 사리는 안중에 두지 않았다고 합니다. 토정이나 율곡, 봉래(蓬萊) 선생은 돈의 중요성을 알고 나라의 경제를 일으켜야 한다고 역설하면서도 개인적인 욕심은 부리지 않았습니다. 덕과 인격을 갖추었기에 결코 돈의 노예가 되지 않은 것입니다. 앞으로 저희들은 항상 스승님의 말씀을 명심하고, 창의력을 발휘하여 땀 흘려 일한 대가로 돈을 벌겠습니다."

"나는 너희들이 그렇게 해준다면 언제 죽어도 여한이 없다. 그리고 너희들을 믿는다."

"고맙습니다. 앞으로 항상 겸손하게 몸을 낮추고, 다른 사람을 존중하는 태도로 세상을 살겠습니다."

선돌과 명원도 대답했다.

"저도 스승님 말씀 명심하고, 항상 연구하고 노력하겠습니다. 명원이 너도 마찬가지지?"

"여부가 있겠습니까? 저는 거짓 없이 두 분 성님들만 따라가면 되지요."

"허허! 그래, 너희들을 보면 참 장하고 기쁘다. 그런데 오늘 이 노인네가 젊은이들에게 사설이 길었구나. 자, 이제 그만하고 편하게들 주무시게!"

스승의 방을 나온 세 사람은 세상에 대한 눈이 뜨이는 느낌이 들었다.

하고 싶은 일이 있고, 하고 싶은 일을 하는 것이 진정한 인생의 축복이며, 인간은 인정받는 맛으로 세상 살아가는 맛을 느낀다. 칭찬 한마디에 울고 웃고, 죽고 사는 것이 인간이다. 허나 조선 사회 내에서는 양반이 아니면 통제와 억압으로 자유롭게 할 수 있는 일이 없기 때문에, 지금까지 명원과 선돌에게는 삶의 목표가 없었다.

그런 그들에게 스승이 뚜렷한 삶의 목표를 제시한 것이다. 스승은 열심히 일해서 돈을 벌면 훗날 노비 신분에서 벗어날 수 있고, 참한 색시 만나 새끼들 낳고 행복하게 살 수 있다는 것을 일깨워줬다. 꿈이 있는 것만으로도 세상은 살만한 곳이란 것도 말이다.

꿈을 가지게 된 것은 영학도 마찬가지였다. 그는 어릴 때 아버지가 억울하게 죽었다는 상실감 속에서 자랐고, 그 이유를 알고서는 세상을 원망하면서 방황했다. 그러다 의술을 배우고 과거에 합격하여 유의로 살겠다는 목적을 가졌을 때 그 방황은 잦아들었다.

그렇지만 유의가 된다는 것은 세상의 모순에 눈을 감고 살겠다는 것과 다름이 없다. 그러나 이미 이 세상의 모순을 너무 많이 알아 버렸다.

그래서 영학의 마음 한구석에는 항상 '과연 내가 세상의 모순에 눈감고 혼자만 편하게 살 수 있을까'라는 의구심이 자리 잡고 있었다.

그러나 오늘에 이르러 비로소 그 의구심을 털어낼 수 있게 됐으며, 일부러 애써서 세상의 모순을 외면할 필요가 없게 되었다. 영학은 스승의 말대로 낮은 자세로 열심히 최선을 다하면서 꾸준히 이 세상의 모순을 조금이라도 고쳐보려는 노력을 기울여나가겠다고 다짐했다.

18장 침투

침
투

병술년(서기1586년) 봄이었다. 해가 뜨자마자 이른 시간에 날렵하고 단단해 보이는 장정 둘이서 이제 막 소년티를 벗은 준수한 외모의 한 젊은이를 부축한 채 약방으로 들어섰다. 겉에 걸친 옷을 제치니 저고리의 뒤쪽 옆구리에 시꺼먼 핏자국이 말라붙어 있었다. 옷을 벗겨 보니 옆구리에는 구멍이 뚫려 있었고, 살 속에는 꺾인 화살대가 박혀 있었다.

고향이 남해인데, 사흘 전 활쏘기 시합을 하다가 옆 사람이 쏜 화살이 빗나가 젊은이의 옆구리에 박혔다고 한다. 살 속에 박힌 화살촉은 두 치 길이의 유엽전이었다. 화살대의 바깥 부분은 잘라내었지만, 살 속으로 들어간 화살의 길이가 네 치나 되었다.

척추로부터 세 치 옆의 옆구리에 상처가 났고, 사흘 동안 숨이 끊어

지지 않은 것으로 보아 화살이 몸속에 박힐 때 운 좋게 뱃속의 장기를 건드리지 않은 모양이었다. 젊은이는 고통을 참느라 이를 꽉 깨무는 바람에 위 어금니가 깨졌고 입술이 터졌다. 가엾게도 그는 의식을 잃지 않으려고 이따금 눈을 치켜뜨면서 안간힘을 쓰고 있었다.

몸속의 화살을 제거하지 않고서는 오늘 하루도 못 버틸 것처럼 보였다. 자초지종을 따지거나 망설일 틈이 없었다. 상처를 본 영학은 서둘러 스승을 찾으면서, 우선 환자의 고통을 줄이기 위해 아편을 흡입하도록 응급조치를 했다.

영학은 부산포에서 어깨에 박힌 총알을 뽑아낸 기억을 떠올렸다. 그러나 그때는 상처부위가 어깨였고, 몸속에 있는 것은 콩알만한 총알이었다. 그렇지만 이 환자는 두 치 길이의 화살촉과 그에 연결된 네 치 길이의 화살대가 뱃속에 박혀 있다. 그때와는 비교할 수 없는 난감한 상황인 것이다. 그렇다고 아무 처치도 않고 죽게 내버려 둘 수도 없는 노릇이었다.

유엽전은 버드나무 잎처럼 생긴 화살촉이다. 끝은 뾰족하지만 중간 부분의 두께가 한 치가 넘기 때문에 뒤쪽의 화살대를 잡아당겨 빼냈다가는 뱃속의 장기가 두꺼운 화살촉에 걸려 손상될 우려가 있었다. 참 고약한 상황이었다. 하지만 가능성이 없는 것은 아니었다. 앞쪽의 화살촉을 앞으로 잡아 당겨 빼내면 내장이 상하지 않게 빼낼 수 있을 것으로 보였다.

그렇다면 이번에도 상처의 반대쪽에 구멍을 내고 화살촉을 집게로 잡아 빼야 했다. 그런데 앞쪽의 화살촉이 뱃속의 어디에 있는지 알아내는 것이 관건이었다. 스승은 환자의 배 앞부분을 손으로 만져보았다. 기적적으로 뱃속의 장기는 거의 손상되지 않고 멀쩡했다. 화살은 뱃속의 장기 사이를 헤집고 들어가 몸속에 박혀 있었다. 스승은 장기의 상태와 손의 촉감으로 봐서 화살이 젊은이의 척추 오른 쪽 세치 부위에서 바깥쪽으로 약간 비스듬하게 수평으로 꽂혔고, 화살촉의 끝은 오른쪽 옆구리로부터 한 치 반에 이르는 배꼽 높이에 있다고 진단했다.

영학도 같은 생각이었다. 스승과 영학은 더 이상 시간을 지체할 수 없다고 판단하고 선돌과 명원에게 수술준비를 시켰다. 상황이 급박한지라 환자를 데리고 온 장정 둘도 옆에 대기하도록 하였다. 언제 온 것인지 민지는 바깥에서 깨끗한 무명천과 솜, 더운물을 준비하고 있었다.

영학은 환자를 마취하기 위해 침을 놓았다. 무릎 뒤쪽 아래에 위치한 상거허혈, 무릎 아래 바깥쪽에 있는 족삼리혈의 두 치 아래에 위치한 난미혈, 양쪽의 엄지발가락과 두 번째 발가락 사이에 위치한 태충혈의 양쪽, 엄지와 검지 사이에 위치한 합곡혈, 팔목의 첫 번째 주름 두 치 위에 위치한 내관혈, 복숭아뼈 아래 발의 옆에 위치한 공손혈에 침을 놓았다.

영학은 수술부위가 충수염보다는 넓을 것으로 예상하고, 비장수술의 마취에 필요한 무릎 아래 약간 바깥쪽에 위치한 족삼리혈, 발목 윗부분에 위치한 삼음교혈에도 시침을 했다. 영학은 효과를 높이기 위해 혈에 꽂힌 침을 좌우로 돌리면서 자극을 주었다. 그리고 합곡혈과 족삼리혈에 꽂힌 침을 가볍게 손톱으로 튕겼다. 손톱에 튕긴 침은 한참 동안 파르르 떨렸다.

영학이 시침을 마치자 명원은 만약의 사태에 대비하여 천으로 환자의 손발을 움직이지 못하도록 침상에 고정하였다. 수술 중인 환자의 손발을 고정할 때에는 피의 순환을 방해하지 않도록 천을 펴서 팔과 다리를 덮듯이 넓게 싸야 하기 때문이다.

영학은 오른쪽 옆구리로부터 한 치 반에 위치한 배꼽 부분의 배를 칼로 세 치 정도 가른 후 집게로 살을 벌렸다. 다행히도 피부 바로 아래에 화살촉이 보였다. 화살촉에는 빗금으로 얇게 파인 흠이 있어서 집게로 잡기에 편했다. 영학은 화살촉을 약간 뒤로 밀어 몸 뒤쪽으로 튀어 나온 화살대의 끝 쪽이 드러나도록 했다. 그리고 환자를 데리고 온 장정 한 명에게 소독한 칼로 화살대 끝의 까칠한 부위를 매끄럽게 다듬도록 시켰다.

동료를 위한 마음이 지극했기 때문일까. 장정의 손놀림이나 화살대를 다듬는 칼질이 매우 능숙했다. 화살대 끝의 다듬질이 끝나자 영학은 화살촉의 끝을 집게로 잡고 일정한 속도를 유지하면서 한 방향으로 당겨 화살을 뽑아냈다. 여섯 치 길이의 화살대가 몸 밖으로 나오자 곁에서 숨을 죽이고 지켜보던 사람들은 일제히 탄성을 토했다.

걱정했던 것보다 수술은 의외로 순조롭게 끝났다. 영학은 익숙한 솜씨로 뱃속의 피를 솜으로 닦아낸 뒤 낚싯바늘처럼 구부러진 바늘로 뱃가죽을 봉합했다. 봉합한 부위에는 호랑이풀 즙과 오소리 기름을 섞은 송진을 발랐다. 환자는 아직 의식을 차리지 못하고 있었지만, 수술 도중 비명을 지르지 않았고 몸부림도 별로 없었다. 영학이 마취를 위해 놓은 침을 거두면서 살펴보니 환자의 표정이 편안해보였다.

이제 의원이 할 일은 끝났다. 사흘 동안 몸속에 박혀 있던 화살이 장기를 상하지 않게 하고, 화살촉의 독소로 더럽혀진 몸속의 피가 인체의 치유능력에 따라 회복되기를 기다리는 것만이 남았다.

젊은이를 데리고 왔던 장정 한 사람이 고맙다고 머리를 수없이 조아렸다. 그런데 발음을 들어 보니 혀가 약간 짧은 듯했다. 그 장정은 "저 환자를 꼭 살려야 한다. 저 사람이 잘못되면 우리 둘 다 죽은 목숨이다"고 통사정을 했다. 그리고 "환자에게 인삼을 달여 먹여 달라"면서 품속에서 금 두 냥을 치료비로 내놓았다.

황금을 본 영학은 눈이 휘둥그레지며 사양을 했지만 곁에 있던 선돌과 명원은 이 정도는 당연하다는 표정을 짓고 있었다. 선돌은 얼른 황금을 받아 챙기면서, 으쓱거렸다.

"피를 보충하는 데는 소고기가 제일 좋지요. 암송아지 고기 진국에다 지리산에서 캔 인삼을 쓰면 금방 쾌차할 겁니다."

수술 다음날 환자가 의식을 차렸다. 열은 3일이 지나고 난 뒤에야 내렸다. 영학은 그제야 비로소 안도의 한숨을 내쉬었다. 그렇지만 환자의 상처가 너무 위중했기 때문에 최소한 열흘 이상은 꼼짝도 못하게 했다.

환자와 환자를 돌보는 두 장정은 영학과 전 노인은 물론 선돌과 명원에게 연신 머리를 조아리며 고마워했다. 그렇지만 사람이 죽고 사는 게 어디 인간이 정하는 일인가? 뱃속에 화살이 그렇게 깊숙이 박히면서도 뱃속의 내장이 하나도 상하지 않고 저토록 멀쩡할 수 있을까? 영학은 저 젊은이를 살린 것은 의원이 아닌 하늘이라고 생각했다.

그 해 6월 성진이 혼인을 했다. 아내는 풍산 류(柳) 씨 집안의 고명딸로서 대제학인 류성룡의 질녀였다.

류성룡은 간성군수 류작의 손자이고, 황해도 관찰사 류중영의 차남으로서 명문가의 자식이다. 많은 사람들은 그를 장래의 재상감으로 꼽는 데 주저하지 않았다. 성진의 실력과 준수한 외모는 사마시의 시험관으로 참여했던 대제학의 눈에 띄었고, 이로 인해 결국 그의 조카사위가 되었다. 그렇지만 어릴 때부터 성진의 마음 씀씀이나 행동거지를 잘 아는 영학은 이 혼인이 성진의 행운이라기보다는 풍산 류 씨 집안의 행운이라고 생각했다.

성진의 부모는 올해 아들을 장가보냈으니 내년 초에는 민지와 영학을 혼인시키기로 작정했다. 과년한 양반집 규수가 뻔질나게 약방을 드나들면 사람들의 입방아에 오르기 쉽고, 아무래도 사윗감이 있을 때 얼른 혼인을 시키는 게 상책이라고 생각했기 때문이다. 그래서 요즘 들어 성진의 부모는 자주 영학에게 "과거 준비는 잘 되어 가느냐?"고 채근을 했다.

모든 것이 알찬 결실을 이루는 가을이 되었다. 모두의 삶도 오색찬란한 단풍처럼 아름다웠다. 영학의 앞날은 높은 하늘처럼 맑았다. 약방을 개업한 지도 벌써 1년 반이 지났다. 스승과 선돌, 명원이 옆에서 물심양면으로 돕다보니 약방은 잘 될 수밖에 없었다. 진료비를 비싸게 받지는 않았지만, 워낙 찾는 사람이 많다보니 돈벌이가 잘 되었다. 1년 반 동안 번 돈으로 논농사가 어려운 산지를 3정보인 9,000평이나 사들이

기도 했다.

지난봄부터는 산골의 토굴마을에서 자원한 7가구가 이 땅에 정착하여 녹차나무와 매실나무, 밤나무를 심기 시작했다. 젖소 12마리와 염소 30마리를 키웠는데, 여기서 나오는 우유만 해도 하루에 두 독이 넘었다. 염소는 경사가 심한 산지에서도 잘 자랐기에 기르기가 쉬웠다.

영학은 진료를 마친 밤에는 과거공부에 열중했다. 왜국이 조선을 침략할지 모른다는 소문이 간간이 들리기는 했지만, 백성들은 그 소식을 아직 먼 일로 생각하고, 크게 걱정하지 않았다.

영학의 걱정거리는 따로 있었다. 민지가 자신과 혼례를 올리기도 전에 덜컥 임신이라도 하면 어쩌나 하는 걱정이었다. 새로운 생명이 잉태되는 것은 축복해 마지않은 일이다. 그러나 만약 민지가 임신을 하게 되면 떠들기 좋아하는 양반들이 제 구린 구석은 숨기고, '해괴하고 망칙한 일'이라며 온갖 비난을 퍼부을 게 분명했기에, 설사 그런 일이 있더라도 철저히 숨겨야 했다.

이제 몇 달만 지나면 보란 듯이 떳떳하게 민지와 혼례를 올린다. 그때까지만 조심하면 된다. 그렇지만 청춘남녀가 정분이 나면 체통이고 도리고 눈에 보이지 않으니 그게 문제였다. 보고 싶은 사람을 안 볼 수도 없는 노릇이었다. 그래서 영학은 민지와 정분을 나누면서 임신을 하지 않기 위해 갖은 방법을 다 동원했다. 다행히 영학이나 민지가 알고 있는 의학 지식은 두 사람의 명예 유지에 크게 도움이 되었다.

배에 화살이 박혔던 젊은이는 수술을 끝낸 후 열흘이 지나 겨우 걸음을 뗄 수 있게 되었고, 그들은 서둘러 약방을 떠났다.

그 젊은이의 이름은 오토모 신조(大友晋三)였고, 나이는 16세였다. 오토모(大友) 집안은 왜국의 남쪽 섬인 규슈(九州)에서 3씨 정립시대 (三氏鼎立時代)를 구가하던 3대 명문가 중 하나였다. 오토모 집안을 대표하는 오토모 소린(宗麟)은 지금으로부터 십수 년 전 규슈에 크리스 트교 왕국을 건설하겠다는 야심을 품고 4만의 군사를 거느린 채 규슈의 또 다른 유력가인 시마즈(島津) 가문과 영토 확장을 위한 전투를 벌 였다.

그렇지만 적의 유인 및 기습작전인 츠리노부세(釣り野伏せ)에 걸 려들어 대패를 당했다. 그런데다 오토모 가의 맹장인 다치바나 도세츠 (立花道雪)마저 병으로 죽게 되자 오토모 씨는 도저히 시마즈군을 감당 할 수 없어서 수년 전 교토의 히데요시에게 구명과 중재를 요청했다.

오토모 신조의 아버지인 오토모 가쿠에이(角榮)는 히데요시에게 오토모 가문의 구원을 사정하기 위해 사절로 교토에 갔다. 그리고 히 데요시의 유력한 가신인 가토 기요마사(加藤清正)의 부하가 되기를 자청했다.

가토 기요마사는 히데요시의 인척인데다 같은 고향인 오와리(尾張) 국 출신이다. 거기에다 충성심과 능력으로 히데요시의 인정을 받았기 때문에 미래가 보장되어 있었다. 그렇지만 가토는 독실한 불교신자로 서 야소교도인 오토모 가문과 종교를 달리했다.

하지만 죽느냐 사느냐가 하루아침에 엇갈리는 내전시대에서 종교가

편을 가를 이유는 되지 않았다. 히데요시는 간바쿠(關白)의 자리에 오른 뒤 대외적으로 대륙정벌을 천명했다. 그런데 들리는 말에 의하면, 가토가 히데요시에게 대륙침공을 적극적으로 건의하여 부추겼다고 한다.

그는 히데요시의 심복이 되기 전에 태국, 안남, 천축 등 외국과의 무역을 관리한 경험이 있었는데, 이때 그는 해외진출이야말로 내전시대의 종식 후 국내의 분열을 해소하고 백성들의 생활을 향상시키는 활로라는 소신을 가지게 되었다.

히데요시 또한 어린 시절 명의 해금에 대항하여 동남 해안 지역 백성과 왜인의 지지를 등에 업고 해상무역을 주도하던 왕직을 존경하고, 자신도 장차 때가 되면 외항선단을 거느리고 외국무역을 하겠다는 꿈을 가졌었기에 가토 기요마사의 건의에 귀가 솔깃했을지도 모른다. 그런데 더 심각한 문제는 히데요시의 대륙침공을 적극 지지하는 가토가 말에 그치는 것이 아니라, 수년 전부터 조선과 명에 수많은 간자를 보내어 대륙침공을 위한 준비를 진행하고 있다는 사실이었다.

남의 나라에 간자를 보내는 일은 절대로 쉬운 일이 아니었다. 간자로 파견되는 자는 우선 외국어에 능통하고, 무예를 갖추어야 하며, 외국의 문화를 이해할 수 있는 교양을 가져야 한다. 게다가 목숨을 걸고 비밀을 지킬 수 있는 충성심도 있어야 했다. 그리고 외국에서 첩보를 수집하고, 협조자를 포섭하기 위해서는 엄청난 공작금도 필요하다. 그런데 가토 기요마사는 히데요시를 부추겨 조선과 명에 수백 명의 간자를 파견하여 수천 명의 동조자를 이미 포섭해 놓고 있었다.

오토모 가쿠에이는 규슈에 지역 기반을 두었기 때문에 교토나 오사카에서는 힘을 쓸 수가 없었다. 그런데다 오토모 가문은 규슈 지역에서 시마즈 씨와 전쟁을 벌였지만 패전을 거듭하여 생존이 위태로운 상황이라 히데요시를 움직이기 위해 금은보화나 군사를 바칠 형편도 아니었다. 그러나 무슨 수를 써서라도 히데요시의 마음을 얻어야 했다.

이런 어려운 형편을 잘 아는 오토모 신조는 아버지에게 "조선에 파견되어 조선의 중요한 정보를 가져 옴으로써 가토 상을 기쁘게 하겠다"고 나섰다. 오토모 가쿠에이는 처음에는 '말도 안 되는 소리'라고 펄쩍 뛰면서 거절했다. 하지만 가토에게 충성하여 공을 세울 기회는 이 길밖에 없다는 현실을 부정할 수 없었다.

그래서 오토모 가쿠에이는 눈물을 머금고 이제 막 소년티를 벗은 아들이 목숨을 걸고 조선에 간자(間者)로 파견되는 걸 지켜볼 수밖에 없었다. 그가 아들을 위해 할 수 있는 일은 무예와 기지가 뛰어난 심복 부하 한 명과 조선을 잘 아는 무사 한 명을 같이 보내는 일이었다.

히데요시가 대륙침공을 천명하자 대다수 왜인들은 '말도 안 되는 무모한 발상'이라고 반대했다. 그들은 조선과의 전쟁에서 절대 이기지 못하고, 결국에는 조선과의 관계만 멀어지게 될 것이라는 반대 이유를 들었다. 반대하는 이들은 예전에 조선과 교역을 한 경험이 있거나 조선과 줄을 대고 있는 사람들이 대부분이었다.

그런데 이들은 단순히 반대의사만 표시하는 것이 아니라 행동으로 대륙침공 준비를 방해했다. 그들은 조선을 염탐하려는 닌자(隱者)가 파견되는 기미를 포착하는 대로 은밀하게 조선의 관아에 정보를 흘렸다.

이런 상황에서 오토모 신조는 부하 둘과 함께 오사카를 출발하여 돗토리(鳥取) 현의 아카사키(赤磯) 포구에 도착한 뒤 이틀을 보내고, 그곳에서 대마도로 가는 배를 탔다. 그 배에는 조선으로 가는 다른 무리가 둘 더 있었다. 3~4명씩 조를 이룬 그 무리들은 같은 배를 타고 항해하면서도 서로 대화를 나누기는커녕 눈도 마주치지 않으려고 애쓰는 모습이 역력했다.

아침에 출항한 배는 날이 어두워질 무렵 대마도의 한 어촌마을에 도착했다. 대마도에서 하루를 묵은 배는 땅거미가 내리기 시작하는 신시(申時, 오후 3시에서 5시 사이) 무렵 4명으로 이루어진 한 무리를 더 태운 뒤 돛을 올리고 노를 저어 현해탄을 건너기 시작했다. 배에 탄 인원은 선장으로 보이는 늙은이 1명, 키잡이 2명, 노꾼 8명, 호위무사로 보이는 칼잡이 3명, 조선에 상륙할 4개 조의 닌자(隱者) 14명을 합쳐 모두 28명이었다.

항해는 순풍을 타고 순조롭게 진행되었다. 오토모 신조는 지금까지 외국으로 가 본 적이 없었다. 그런데다 긴장과 피로가 누적된 탓인지 어두운 밤바다를 건너는 배 안에서 심하게 배 멀미를 했다. 현해탄을 건너오는 내내 멀미를 하다 보니 뱃속의 음식물은 물론 위장의 쓴물까지 목구멍으로 올라왔다. 온몸의 힘이 쭉 빠져 움직이기도 힘이 들어 아예 선실의 바닥에 뻗어 버렸다.

세 시진이나 지났을까. 달이 중천의 동쪽에 있는 것으로 보아 시각은 술시(戌時, 저녁 7시에서 9시 사이) 정도 된 것 같았다. 배는 이미 조선의 영해로 들어와 있었다. 멀지 않은 오른쪽에 대륙이 시커먼 굴곡을 드러낸 채 길게 드러누워 있는 것처럼 보였다.

오토모 신조와 같은 조의 일원인 마에다 요헤이(前田洋平)는 왼쪽에 보이는 섬이 거제도라는 섬인데 물산이 풍부하고 경치가 아름다워 천 명이 넘는 조선인들이 살고 있다고 소개를 했다. 왜에서 조선으로 귀화한 사람만 해도 백 명 가까이 살고 있다고 한다.

거제도의 주변에는 무인도로 보이는 수많은 섬들이 머리를 산발한 채 시커먼 어둠 속에 서 있었다. 신조는 조선의 영해에 들어 왔다는 말을 듣고도 여전히 속이 메슥거리고, 일어설 힘조차 없어 배의 바닥에 퍼져 앉아 있었다.

두 시진이 지나 자정이 가까울 무렵 배는 사량도라는 섬의 바로 곁을 지나갔다. 사량도는 꽤 넓은 섬인데도 사람이 하나도 살지 않는 듯 아무런 불빛이 보이지 않았다. 한 시진 정도 지났을 때, 배는 삼천포라는 곳에 다다랐다. 여기서 오토모 신조를 비롯한 두 조가 하선할 예정이었다.

배가 뭍에 이어진 바위로부터 삼십 보 정도 떨어진 곳에 멈췄고, 먼저 조선의 지리에 익숙한 안내 무사가 달빛에 의지하여 주변을 살피면서 허리까지 차는 바닷물 속으로 뛰어 내렸다. 그는 몇 발자국 앞의 바위에 오른 후 잠시 주변을 살피다가 부싯돌로 불꽃을 일으키며 다른 사람들에게 하선 신호를 보냈다.

삼천포에서 하선하기로 한 다른 한 조의 4명이 먼저 배에서 내렸다. 다음은 오토모 신조 일행이 내릴 순서였다. 그런데 탈진 상태로 뱃전에 누워 있던 오토모 신조는 다리가 후들거리고 몸이 말을 듣지 않아 흔들리는 배에서 일어서기가 힘들었다. 같은 조의 일행 둘이 그를 부축해 일으켰지만, 배가 파도에 흔들리면서 시간이 지체되었다.

맨 먼저 내렸던 안내 무사는 지체되는 것을 보다 못해, 다시 배로 돌아와 재촉을 하기 위해 바위에서 뛰어 내려 배에 매달렸다.

바로 그때였다. 쉭쉭하고 바람을 가르는 소리와 함께 무언가 '탁, 탁' 하고 부딪히는 둔탁한 소리가 들렸고, 연이어 "윽" 하는 외마디 비명소리가 귓전을 어지럽혔다. 동시에 맞은편 해안에서 갑자기 수십 개의 횃불이 일제히 밝혀졌다. 갑판에 있던 사람들은 동시에 "매복이다!"라고 고함을 쳤고, 뱃전에 나와 있던 노꾼들은 서둘러 노를 젓기 시작했다.

선장인 노인은 뱃전에 엎드린 채 고개만 빼꼼히 내밀고 주변을 둘러보고 있었다. 배 안의 사람들은 고개를 숙이고 배의 난간 아래로 몸을 숨겼다. 잠시 멍하니 횃불을 쳐다보고 있던 오토모 신조는 비로소 상황을 알아차리고 배 위의 판자 뒤로 몸을 숨겼다. 그 순간 오른쪽 옆구리가 불에 덴 듯 뜨끔거리는 아픔을 느꼈다.

순식간이었다. 급히 배를 뒤로 저어 활의 사정거리를 벗어나고 보니 맨 먼저 바다에 내렸던 안내 무사는 배에 오르기 위해 복부를 배의 난간에 걸친 채 숨이 끊어져 있었다. 등과 목에 화살이 꽂혔고, 한 대의 화살은 엉덩이 아래 대퇴부를 뚫고 배의 옆면에 박혀 있었다. 배의 고물에는 순하게 생긴 젊은 무사 하나가 얼굴과 가슴에 각각 한

개씩, 복부에는 두 개의 화살이 꽂힌 채 드러누워 힘겹게 숨을 쉬고 있었다.

그 외에 부상을 당한 사람은 오토모 신조를 포함해 두 사람이 더 있었다. 한 사람은 명치 아래의 복부에 정통으로 화살을 맞아 아직 숨은 붙어 있었지만, 살 가망이 없어 보였다. 다른 한 사람은 선장인 노인이었다. 그는 어깨에 화살을 맞았지만 살 속에 깊이 박히지 않아 생명에는 지장이 없을 것 같았다. 노인은 이를 악물고 살 속에 반쯤 박힌 화살촉을 손으로 뽑아내면서 "제길, 밀고자가 있었어. 이제 나도 이 짓을 그만 둘 때가 됐군."이라고 중얼거렸다.

노꾼들은 지칠 대로 지쳐 더 이상 노를 저을 힘이 없었다. 한참을 정신없이 노를 젓다 보니 어디가 어디인지도 알 수 없었다. 달이 서쪽 하늘의 중턱에 걸린 것을 보면 아마 축시(丑時, 새벽 1시에서 3시 사이)는 지난 것 같았다. 날이 밝기 전에 서둘러 숨어야 했다.

키잡이가 뱃전에 나가 주위를 살피더니 아마 이곳은 하동 맞은편의 바다인 것 같다고 했다. 주변에 대도라는 제법 큰 섬이 있고, 대도의 동쪽에는 장도, 주지섬, 둥글섬, 넓은섬과 함께 이름 모를 작은 섬들이 북쪽으로 늘어서 있었다. 키잡이 역할을 하는 선원이 서쪽 바로 옆에 대도라는 작은 섬이 있고 섬의 서남쪽 끝부분에는 오목하고 넓은 만이 있어 배를 대고 숨기에 아주 좋은 위치라고 했다.

지금 대륙 남해안의 섬들은 조선 정부의 공도정책으로 대부분 사람이 살고 있지 않은 무인도이다. 그래서 몰래 조선 영해로 잠입한 왜인

숨어 지내기에는 너무 좋은 환경이었다. 선장도 키잡이의 말을 듣고 주위를 살펴보더니 바로 옆의 섬이 대도가 틀림없다고 하면서, 노꾼들에게 정종과 육포를 나누어 주면서 먹고 힘을 내서 대도의 만으로 들어가자고 했다.

섬의 서남쪽 끝에는 만이 있었다. 만의 서북쪽에는 섬의 돌출부가 바다의 거친 파도를 막아 주고 있어서 배를 대기에 좋았다. 사람이 살지 않는 섬이라 그런지 울창한 원시림에서 멧돼지라도 튀어나올 것 같았다. 왜인들은 이처럼 육지의 바로 곁에 기름진 땅을 가진 이 섬에 왜 사람이 살지 않는지 이해할 수 없었다. 그러나 그 덕분에 왜인들은 대륙의 초입인 남해안의 수많은 섬들을 마음대로 오갈 수 있었으니 정말 고마운 일이었다.

신조는 섬에 상륙했지만, 조선 수군에게 들키면 큰일이라는 생각이 들었다. 그런데 선원들은 아무 걱정이 없어 보였다. 신조는 불안에 떨며, 선장에게 조선수군에게 발각되면 어떻게 하느냐고 걱정스럽게 물었다. 그러나 선장은 태연하게 말했다.

"조선 수군이 이 섬을 순찰하는 일은 없으니 걱정 마십시오."

"어젯밤에 우리 배를 기습한 건 조선 수군 아닙니까?"

"이번 일은 우리 내부의 첩자가 조선 관아에 밀고를 한 것입니다. 제가 조선을 밥 먹듯이 왕래한 지가 10년이 넘지만 한 번도 이런 일이 없었습니다."

옆에 있던 마에다 요헤이(前田洋平)도 단언하듯 말했다.

"밀고가 아니면 이런 일은 없습니다."

그렇지만 조선에 첫발을 디딘 바로 그 순간 조선군의 야습을 당해 먼저 내린 4명은 생사불명이고, 무사 하나는 활에 꿰어 죽었으며, 세 명이 치명적인 부상을 당한 상황을 목격한 신조는 아직도 두려움에 사로잡혀 벌벌 떨고 있었다.

선원들은 섬에서 휴식을 취했다. 그런데 오토모 신조의 부상이 문제였다. 그의 몸속에 박힌 화살을 빼내어야 했다. 그런데 몸속에 깊숙이 박힌 화살을 빼는 것은 어려웠고, 이미 그는 죽은 목숨이나 다름없다고 여겨졌다.

하지만 시게노부는 노력도 해보지 않고 주군의 아들을 그냥 죽도록 방치할 수는 없다고 생각했다. 다행히 여기는 일본보다 한참 의술이 앞선 조선의 영토다. 결과는 하늘에 맡기더라도 일단 최선을 다해 보자고 생각한 고노 시게노부(河野重信)는 날이 어두워지는 대로 저 앞에 보이는 땅에 이르러서 의원을 찾아보기로 했다.

고노 시게노부의 나이는 올해 스물 다섯으로, 신조가 다섯 살 때부터 오토모 가문의 시동 노릇을 하면서 마치 큰형처럼 신조를 보살펴 왔다. 신조는 시게노부만 곁에 있으면 항상 든든했다. 마에다 요헤이(前田洋平)도 믿음직하고 충직한 무사였다. 그는 10년 넘게 조선을 왕래해 조선 친구들도 많았으므로, 아직 절망할 단계는 아니라고 생각했다. 신조는 '모든 것은 야소님의 뜻에 달려 있다'고 믿고 마음을 다스리면서 고통을 참았다.

날이 어두워지자 고노 시게노부와 마에다 요헤이는 오토모 신조를 부축하여 하동에 상륙했다. 마을에서 한참 떨어져 있는 외딴 민가를 발견하고, 무작정 그 집 안으로 들어갔다. 그 집에는 나이가 60이 넘어 보이는 한 노파와 아들로 보이는 마흔 남짓 왜소한 체구의 사내가 살고 있었다.

마에다 요헤이는 유창한 조선말로 그 사내에게 명령하듯 말했다.

"상주의 경상감영에서 암행순찰을 나온 기찰포교들이다. 수상한 사람을 발견하고 검문을 하려는데, 그 놈이 갑자기 덤비는 바람에 포교 한 명이 부상을 입었다. 우선 마실 것과 먹을 것을 주고, 근처에 용한 의원이 있는지 아뢰라."

사내는 기찰포교라는 말에 얼른 그들을 방안으로 들게 하였다. 그리고 밥상을 차리기 위해 부엌으로 갔다. 마에다 요헤이는 그가 도망가지 않도록 부엌으로 따라 들어갔다. 그러자 사내가 통사정을 하며 말했다.

"아이고, 왜 이러십니까? 안 그래도 쌀독에 쌀이 다 떨어져서 삶아 놓은 보리쌀밖에 없어 황송하고 민망한데, 이러면 어쩌십니까. 나리는 방에서 편히 쉬십시오, 제발."

요헤이는 어쩔 수 없이 등을 떠밀려 부엌에서 나왔다. 대신 마당에서 바깥 경치를 보는 척하면서 감시를 했다. 그러면서 그는 속으로 '조선에서는 관의 힘이 세긴 세구나. 감영에서 나온 포교라고 하니 아예 꼼짝을 못 하는구나.'라고 생각했다.

사내가 차려온 밥상에는 보리밥에 쌀알도 보였다. 멸치 젓갈에 미역국을 반찬으로 내어 왔다. 기대 밖으로 제법 푸짐한 상이었다. 허겁지겁 밥을 먹는 포교들을 보면서 사내가 입을 열었다.

"저도 8년 동안 봉수대 군졸로 일했고, 5년은 수군으로 근무했습니다. 그래서 포교님들 고생하시는 것 너무 잘 알지요. 형편없는 밥을 맛있게 드시니 영광입니다."

식사를 마친 요헤이가 화답했다.

"이야, 이거 나라의 녹을 먹는 관리가 민폐를 끼치면 안 되는데, 정말 미안합니다. 맛있게 잘 먹었습니다."

그 말을 들은 사내는 당황스러운 기색으로 말했다.

"무슨 말씀을 그렇게 하십니까? 민폐라니요. 나라님 덕에 살아가는 백성이면 당연히 해야 할 일 아닙니까? 별스런 말을 다 하십니다."

그 순간 요헤이는 괜히 쓸데없는 말을 했다 싶어 얼른 말머리를 딴 곳으로 돌렸다.

"우리 오 포교님께서 상처가 위중하네. 이 고장에 실력 있다고 소문난 의원이 있나?"

"아, 당연히 있지요. 하동읍내에 용한 의원이 있는데, 그 사람은 몸속에 깊이 박힌 총알도 빼내서 젊은 수군의 목숨을 살렸다지요."

"아니, 그게 정말인가?"

"그럼요. 몸속에 박힌 총알도 꺼냈으니, 칼에 베인 상처 정도는 새발의 피 아니겠습니까?

"그 의원이 있는 곳이 어디냐?"

"하동읍내라 하니 하동에 있겠지요. 하동이라고 해봤자 여기서 30리가 안 되는 곳입니다."

그 말을 들은 요헤이는 신조와 시게노부를 번갈아 쳐다보았다. 그러자 시게노부는 더 이상 지체할 이유가 없다며 하동으로 가자는 눈짓을 보냈다. 시게노부의 뜻을 알아차린 요헤이는 사내에게 지게를 좀 빌려달라고 하자 사내가 물었다.

"지게는 어디에 쓰시려고 그럽니까?"

"오 포교님께서 상처가 중하여 걷지를 못 하네. 그래서 지게에 지고 하동으로 가려고 하네. 그리고 멍석이 있으면 한 장 주고, 이불도 한 채 주게나."

요헤이는 품속에서 한 냥짜리 은화 세 개를 꺼내어 사내에게 주며 단단히 입막음을 했다.

"이것은 밥값과 지게값이네. 사양하지 말고 받게. 대신 조건이 있네. 지금 우리는 나라님의 명으로 막중한 비밀임무를 수행하고 있으니, 오늘 있었던 일은 절대 발설하지 말게. 만약 입 밖에 냈다가는 목이 열 개라도 모자랄 게야. 알겠는가?"

은화를 받은 사내는 세상에 이런 횡재가 있을까 싶은 표정으로 기뻐서 어쩔 줄을 몰라 했다.

"아이고, 이 은혜 잊지 않겠습니다. 그리고 저는 벙어리이니 걱정 마십시오."

요헤이는 신조를 머리부터 발끝까지 이불로 둘둘 만 다음 다시 멍석으로 둘둘 말았다. 그리고 지게에 세자 길이의 널빤지를 얹은 후 그 위에 멍석으로 둘둘 만 신조를 실었다.

날이 막 어두워진 술시(戌時, 저녁 7시에서 9시 사이) 무렵 시게노부와 요헤이는 하동으로 길을 서둘렀다. 시게노부가 먼저 지게를 졌고, 요헤이는 나중에 교대하기로 했다. 산길로 접어들자, 시게노부는 왜어로 요헤이에게 물었다.

"저 사내의 입을 봉하지 않아도 될까?"

"살인사건은 조선의 관에서도 중대한 사건입니다. 은화를 받았으니 그 사람은 절대 발설하지 않을 겁니다. 사실이 드러나면 은화를 뺏기고, 그 사내도 중벌을 받는데, 어느 바보가 그 일을 발설하겠습니까? 보아하니 나중에 써먹을 수도 있으니, 그냥 놔두지요."

시게노부도 요헤이의 말에 고개를 끄떡이면서 물었다.

"그런데 지금 우리가 이렇게 당당하게 길을 가도 되는 건가?"

그러자 요헤이가 웃으며 말했다.

"지금 우리는 염병으로 죽은 송장을 묻기 위해 지게에 매고 가는 겁니다. 송장 매고 가는 사람에게 누가 시비를 합니까?"

이에 시게노부가 물었다.

"조선에서는 사람이 죽으면 장례를 이런 식으로 치르나?"

"아, 양반이야 죽으면 꽃상여에 태우고 봉분을 만들어 3년 상을 치르지만 일반 백성들이나 노비가 죽으면 멍석에 말아서 야밤에 지게에 지고 가서 으슥한 곳에 묻어 버리지요."

그 말을 듣고 시게노부는 아무 말 없이 걷다가 잠시 후 지나는 말처럼 툭 내뱉었다.

"조선은 신분에 따라 차별이 너무 심한 것 같군."

셋은 하동의 입구인 섬진강가에 도착했다. 그곳에는 폭이 백 보는 됨
직한 넓고 하얀 모래톱이 길게 펼쳐져 있었고, 강둑에는 울창한 소나무
숲이 보였다. 시각은 겨우 자시(**子時**, 밤 11시에서 새벽 1시 사이)였다.
일행은 이렇게 일찍 도착할 줄 알았더라면 아까 그 집에서 두 시진쯤 쉬
다가 올 걸 하고 후회했다.

솔밭 속에 작대기로 지게를 고정시킨 후 서둘러 신조의 몸을 두른 명
석을 펴서 솔밭에 깔았다. 그리고 명석 위에 신조를 눕히고 이불로 덮
었다. 시게노부와 요헤이도 명석 위에 함께 드러누웠다. 새삼 고향집의
다다미방이 그리웠다. 밤하늘의 별들은 사람들의 속도 모르고 제각기
아름다움을 뽐내고 있었다.

19장 음모

음모

새벽녘, 시게노부와 요헤이는 강물에 머리를 감고 세수를 했다. 그 후 신조를 부축하여 하동읍내로 향했다. 초행길이었지만 지나는 사람에게 물어 쉽게 약방을 찾을 수 있었다. 그들은 유명한 의원이라 나이가 지긋한 줄 알았는데, 뜻밖에도 아직 소년티가 가시지 않은 영학을 보고 놀랐다. 그리고 조금 있다 영학의 스승이 진단을 하는데, 외모나 눈빛으로 보아 범상한 인물이 아님을 알아차렸다. 둘은 그제야 안도의 한숨을 내쉬었다.

수술은 영학이 했다. 그런데 놀랍도록 능숙했다. 시게노부와 요헤이는 '저렇게 젊은 사람이 어떻게 저런 의술을 가졌단 말인가'라는 놀라움을 떨쳐버릴 수 없었다. 신조가 의식을 찾았을 때 시게노부와 요헤이도 정신을 차리고 약방의 일을 돕는 명원에게 여유 있게 말을 걸었다.

"약관의 젊은이가 어떻게 이토록 신묘한 의술을 가질 수 있는가?"

그러자 명원은 저 젊은이가 의학대백과사전인 의방유취를 달달 외우고, 지리산의 자연과 더불어 5년간 의술 실력을 갈고 닦았다며 자랑을 늘어놓았다. 그때 시게노부와 요헤이의 머릿속에는 의방유취라는 조선의 의학대백과사전이 뇌리에 박혔다.

요헤이는 의방유취에 관해서 진지하게 물었다. 그러자 명원은 의방유취는 지금으로부터 150년 전 세종대왕 시절에 많은 학자들이 동서고금의 의서를 종합하여 만든 의학대백과사전이며, 지금 한양의 궁궐에서 보관하고 있다고 설명했다. 그리고 스승은 4대 왕의 재위기간 동안 어의를 지낸 전순의라는 전설적인 의원의 직계후손으로서, 어릴 때부터 의방유취를 공부했고, 지금은 저 젊은 의원에게 전수하고 있다는 말까지 덧붙였다.

그 순간 요헤이는 모처럼 귀중한 정보를 얻었다고 생각하면서 혼자 중얼거렸다.

"의방유취를 필사해서 우리나라로 가져간다면, 그 책으로 젊고 훌륭한 의원들을 길러 일본의 의학수준을 비약적으로 발전시킬 수 있을 텐데……. 그 책이 한양의 궁궐에 처박혀 있다니 정말 아깝구나."

오토모 신조는 구사일생으로 목숨을 건진 후 조선의 사정을 두루두루 살피고 다니면서 조선의 문화를 익혔다. 그러면서 조선의 문화는 알면 알수록 인간에게 유익한 게 너무 많다는 생각을 갖게 되었다. 그리고 기름진 땅과 계절의 구별이 뚜렷한 기후를 가진 조선의 자연에 흠뻑

빠졌다. 그로부터 6개월 후 그는 오사카로 돌아가서 자신의 경험을 책으로 만들었다.

오토모 신조는 아버지와 함께 가토 기요마사에게 귀국보고를 했다. 가토는 신조에게 조선에 관해 무엇을 알아내었는지 물었다. 그러자 신조는 뱃속에 화살이 꽂혀 죽을 뻔했던 이야기와 뱃속의 화살을 빼낸 수술 이야기를 했다. 이야기를 하는 도중 자연스럽게 의방유취 이야기도 나왔다. 가토는 의방유취에 대해 유별난 관심을 보이면서 말했다.

"우리나라에는 아직 그런 의서가 없지? 이제 곧 도요토미 전하께서 내전을 평정하시고 나면 백성들의 생활을 개선하기 위해 애 쓰실 터, 그렇다면 우리나라에도 의방유취와 같은 의학백과사전이 반드시 필요하지 않겠느냐? 정말 좋은 정보를 갖고 왔구나. 수고 많았다."

가토의 칭찬을 들은 오토모 가쿠에이는 가토 기요마사의 칭찬에 흥분해, 자리에서 벌떡 일어나 가토에게 감사의 절을 올린 뒤 다시 무릎을 꿇었다.

가토 기요마사는 히데요시 전하로부터 가장 신임 받는 무사이자 얼마 있지 않아 곧 규슈의 실질적인 지배자가 될 사람이다. 더욱이 히데요시 전하의 명을 받들어 시마즈 가문을 제압하고 오토모 가문을 구하는 선봉에 설 장수가 아닌가? 그렇기 때문에 가토의 칭찬은 바로 오토모 가문의 부활을 보장받는 것이라는 생각에 가쿠에이는 한껏 고무되었다. 그런데 사람의 욕심이란 게 뭔지 칭찬을 받게 되자 더 큰 공을 세우고 싶은 욕심에 사로잡혔다.

'고맙게도 내 아들이 죽음을 무릅쓰고 큰일을 해냈구나. 그렇지만 여기에 만족할 수는 없다. 이 기회에 제대로 공을 세워보자.'

이렇게 생각한 가쿠에이는 아들에게는 아무 말을 않고 오토모 가문에 충성스런 무사인 요헤이를 은밀히 집으로 불렀다.

"이번에 고생이 많았네. 아주 큰일을 했어. 가토 님도 아주 유익한 정보를 가져왔다고 흡족해 하셨네."

가쿠에이의 칭찬에 시게노부가 깊숙이 허리를 숙이며 화답했다.

"고맙습니다. 그렇지만 공자님을 큰 위험에 빠뜨린 불찰은 씻을 수 없는 과오였습니다."

그러나 가쿠에이는 시게노부의 어깨를 두드리며 용기를 북돋아 주었다.

"아닐세. 이번 일은 신조에게도 평생 잊지 못할 교훈이자 좋은 경험이 될 걸세. 인생이란 위기를 극복한 뒤에는 반드시 상응하는 기회가 오는 게 아닌가."

요헤이도 이에 동의했다.

"그렇습니다. 공자님도 조선에서의 경험과 지식이 앞으로의 인생에 큰 도움이 될 것입니다."

가쿠에이는 고개를 끄덕이다가 갑자기 목소리를 낮추면서 말했다.

"그건 그렇고, 가토님께서는 의방유취라는 의학대백과사전에 대해서 큰 관심을 보였네. 지금 우리나라에는 백 년이 넘도록 내전이 계속되고 있고, 이로 인해 많은 젊은이들이 죽거나 다치고 있네. 이럴 때 우리나라에도 제대로 된 의학대백과사전이 있고, 이를 이용해서 의술을 교육시키면 우리 백성들의 생활이 얼마나 좋아지겠는가? 그래서 하는 말인데 그 의방유취라는 책을 오사카로 가져올 수 없겠는가?

시게노부와 요헤이는 순간 말문이 막혀 서로 쳐다보다가, 곧 요헤이가 곤란하다는 투로 말했다.

"의방유취는 한양의 궁궐에 보관되어 있다고 합니다."

그렇지만 가쿠에이는 두 사람의 태도에 개의치 않고 재촉하듯 말했다.

"그런데 반도의 한 시골 의원이 그 책을 공부하지 않았나?"

그러자 시게노부가 영학에 대해 설명했다.

"그 젊은 의원은 같이 살고 있는 70세 노인으로부터 의술을 배웠다고 합니다. 그 노인은 의방유취를 편찬할 때 참여한 어의의 후손이라고 하는데, 노인이 가지고 있는 책은 의방유취가 아니라 의방유취 내용을 간단하게 간추린 요약본이라 합니다."

"간단하게 요약한 책이라면 더 쉽게 가져올 수 있지 않은가?"

가쿠에이가 아무렇지도 않게 말하자 시게노부가 대답했다.

"요약한 책에는 간단하게 요점만 적혀 있기 때문에 혼자서 공부를 할 수 없습니다. 반드시 스승의 설명이 있어야 합니다."

가쿠에이는 시게노부와 요헤이의 말을 듣고도 선뜻 이해가 되지 않는 듯한 표정을 지었다.

"그렇다 하더라도 그 젊은 의원이 의방유취요결을 통해서 뛰어난 의술을 습득했다면, 우리 일본의 젊은이도 못할 게 없지 않은가?"

시게노부가 가쿠에이의 물음에 답했다.

"그게 그렇게 간단한 문제가 아닙니다. 그런데 저희들이 보기에 그 의원은 보통 영특한 젊은이가 아니었습니다. 그는 5년이 넘도록 산속에서 스승이라는 노인과 침식을 같이 하면서 배웠지만, 아직 절반밖에 배우지 못했다고 합니다. 그만큼 의방유취의 내용이 다양하고 풍부하다는 말이겠지요."

그제야 가쿠에이는 비로소 이해가 된다는 듯 입맛을 다시며 말했다.

"그렇다면 그 요약본을 우리나라로 가지고 와 봐야 소용이 없겠군. 무슨 방법이 없겠느냐?"

그 말에 가쿠에이는 답답한 심정으로 말했다.

"천황께서 국서를 보내서 조선 정부에 의방유취의 필사본을 요청하면 어떻겠습니까?"

"천황께서는 정치에 직접 관여하지를 않으시네. 국서를 보내려면 실질적 통치자인 히데요시 전하가 보내야 할 걸세. 그런데 지금의 정세에서 그 방법이 통할 리가 있나? 일본과 조선 사이에 국교가 단절된 지 30년이 지났네. 더욱이 조선과 통교를 하려면 조선정부를 잘 아는 대마도주가 나서야 하는데, 가토 님은 지금 대마도주인 소(宗) 가문과 그리 절친한 사이가 아니네."

요헤이가 미련을 버리지 못하고 혼잣말을 하듯 중얼거렸다.

"그러면 의방유취의 요약본과 그 노인을 일본으로 데려와야 하는데."

요헤이의 말에 가쿠에이가 반색을 하면서 요헤이와 시게노부에게 물었다.

"그 노인을 우리나라로 데려올 수 없을까?"

그리고 계속 말을 이었다.

"황금 100관을 주겠다고 하면 오지 않겠느냐?"

그 말에 요헤이가 고개를 저으며 말했다.

"아무리 일확천금을 준다고 해도 일본으로 넘어 오지 않을 것입니다. 조선인들은 일본에 대한 문화적 자부심이 강합니다. 게다가 역사적으로 천 년이 넘도록 일본의 공격을 받았기 때문에 뿌리 깊은 피해의식을 갖고 있습니다. 그래서 억만금을 준다고 해도 넘어 오지 않을 것입니다."

가쿠에이가 의아해하면서 물었다.

"지금 일본에는 조선인들이 많지 않은가?"

"그 사람들이야 조선에서 먹고 살기 어려워 굶어죽지 않기 위해 어쩔 수 없이 일본으로 건너온 사람이지요. 그렇지만 조선에서 잘 먹고 잘 사는 사람들이 뭐 하러 문화적 후진국인데다 아직 내전으로 서로 싸우기 바쁜 우리나라에 오겠습니까? 더욱이 그 노인은 나이가 70이 다 되어 가는데, 앞으로 살면 얼마나 더 산다고 말도 안 통하고 문화도 다른 일본으로 오겠습니까?"

그러나 가쿠에이는 희망을 버리지 않고 다시 물었다.

"그럼 그 젊은 의원은 안 되겠나?"

"마찬가지입니다. 그 젊은 의원은 조선에서도 장래가 창창한데 뭐 하러 왜로 오겠습니까? 스스로는 절대 오지 않을 것입니다."

그 말에 가쿠에이가 오기를 부리며 물었다.

"그럼, 강제로라도 데려올 수 없겠나?"

시게노부와 요헤이는 한동안 말이 없었다. 그러다 요헤이가 조심스럽게 말을 꺼냈다.

"여러 가지 수단을 동원하면 방법이 있을 것입니다."

그 말에 가쿠에이가 반색을 했다.

"정말 그게 가능할까?"

요헤이가 아까보다는 좀 더 자신 있는 목소리로 말했다.

"그 젊은 의원을 일본으로 바로 데려오는 것이 아니라 조선에서 살지 못하게 할 수는 있습니다. 그러면 그는 발걸음을 일본으로 바꿀 가능성이 있습니다. 우리는 옛날부터 조선의 문물과 제도를 깊이 연구해 왔고, 수많은 조선의 관리들과 줄을 대고 있습니다. 이들을 이용하면 방법이 나올 것 같습니다."

요헤이의 말에 가쿠에이는 짐짓 들뜬 목소리로 말했다.

"그럼, 어떤 수단과 방법을 동원해서라도 꼭 그렇게 해주게. 비용은 얼마가 들어도 좋네."

가쿠에이의 말에 요헤이는 힘 있게 대답했다.

"잘 알겠습니다. 그럼 고노 나리와 함께 방법을 연구하겠습니다."

날이 어두워 오토모 가쿠에이의 집을 나온 고노 시게노부와 마에다 요헤이는 내일부터 이 문제를 집중적으로 연구하기로 하고, 서로 헤어졌다. 그러면서 둘은 세상 물정 모르는 젊은 혈기의 오토모 신조에게는 철저하게 비밀에 부치기로 했다. 그리고 주군인 오토모 가쿠에이에게 말은 신중하게 했지만 조선의 문물과 제도를 잘 알고 있는 요헤이와 시게노부는 내심 자신만만했다.

고노 시게노부와 마에다 요헤이는 10월 중순 다시 조선으로 건너왔다. 항해에 필요한 인원 외 다른 인원은 배에 태우지 않을 정도로 철저히 보안에 신경 썼다. 그리고 시간을 줄이기 위해 대마도의 히타카츠 포구에서 부산포의 다대포 앞바다로 직행했고, 두 사람은 야음을 틈타 몰운대의 짙은 숲 속에 내렸다.

그 후 둘은 몰운대에서 30리를 걸어 부산포의 초량 왜관에 도착했다. 그리고 곧장 여관을 운영하는 박지용을 만났다. 박지용은 일본 규슈의 후쿠오카(福岡)에서 태어났지만, 그가 3세 때 아버지가 조선으로 귀화를 하는 바람에 그때부터 조선인으로 살고 있었다.

초량의 왜관에는 을묘왜변으로 국교가 단절되기 전에는 20개가 넘는 여관이 성업했지만, 국교단절 후에는 한 두 개씩 문을 닫기 시작해서 지금은 달랑 세 곳만 영업을 하고 있었다. 귀화왜인들이 운영하는 여관은 국교가 단절된 상태에서도 은밀히 유지되고 있는 양국교역의 연락소였다.

그런데 왜와 밀무역을 하는 조선의 상인들은 하나같이 상주에 있는 감영이나 한양의 권세가들의 비호를 받고 있었다. 그러다보니 여관주인들도 자연스럽게 상주의 감영이나 한양의 권세가들과 연줄이 닿았다. 고노 시게노부와 마에다 요헤이가 박지용을 찾은 것도 이 때문이었다.

고노 시계노부는 박지용을 만나자마자 황금 5냥을 내어 놓으면서 경상감영의 형방에게 연줄을 대어 줄 것을 부탁했다. 누렇게 번쩍이는 황금을 본 박지용은 이게 웬 떡이냐며 군말 없이 흔쾌히 승낙했다.

박지용이 한양의 부상대고인 김치용을 통해 경상감영의 형방 아전인 황인수를 소개받는 데는 며칠밖에 걸리지 않았다. 10월 말경 고노 시계노부와 마에다 요헤이는 박지용과 함께 상주로 갔다. 조선은 전국을 8도로 나누어 각 도마다 감영을 두고 있었는데, 상주에는 경상감영이 있었다. 부산포에서 상주까지는 500리 길이 넘는다. 그래서 그들은 꼬박 닷새를 걸어서 상주에 도착한 뒤, 경상감영으로부터 5리쯤 떨어진 한 허름한 주막에서 황인수를 만났다.

황인수는 김치용이 미리 기별한 대로 이호영이라는 군관 한 명을 대동하고 나왔고, 마에다 요헤이는 박지용과 함께 그들을 맞았다. 그렇지만 시계노부는 조선말이 유창하지 못해 왜인이라는 신분이 드러날 것이 두려워, 주막의 옆방에서 기다리면서 그들의 대화를 엿듣기만 했다. 주막에 들어선 황인수는 한껏 거드름을 피우며 퉁명스러운 태도로, 박지용에게 자신을 부른 연유를 물었다.

"자네는 무슨 일로 그리 급하게 나를 보자고 했는가?"

박지용은 천연덕스럽게 대답했다.

"얼마 전에 하도 해괴망측한 말을 듣고 관에 발고해야겠다고 생각했지만, 제가 글도 모르고 세상물정에 어두워 어떻게 해야 할지도 몰라 상의할 곳도 없어 염치 불구하고 감히 형방어른을 뵙고자 청했습니다.”

황인수는 박지용의 말을 건성으로 듣고는, 박지용과 동행한 요헤이를 아래위로 훑어보면서 물었다.

“같이 온 자네는 누구인가?”

요헤이가 대답했다.

“저는 하동에 사는 전동수라 하옵니다.”

그때 비로소 황인수가 등을 곧추세우며 용건을 물었다.

“그래, 무얼 아뢰려는가?”

그 말에 요헤이가 얼른 대답했다.

“지난 봄에 왜적의 두목이 조선에 잠입했다가 수군에게 발각되어 화살을 배에 맞고 죽음을 앞두고 있었습니다. 그런데 하동의 한 욕심 많은 의원 나부랭이가 황금에 눈이 어두워 그 왜적놈을 치료해서 살렸습니다. 그 뒤 그 왜적놈이 제나라로 돌아갔는데, 이놈이 이번에는 부하들을 떼거지로 몰고 와서 노략질을 하려고 음모를 꾸미고 있다고 합니다.”

그때 황인수를 따라 나온 이호영이라는 군관이 흥분을 가라앉히지 못하고 대화에 끼어들었다.

“저런 쳐 죽일 놈이 있나? 아무리 황금에 눈이 멀기로서니 조선인으로서 어떻게 왜적을 살려?”

그 말에 요헤이가 등을 굽혀 자세를 낮추면서 공손하게 설명을 이었다.

“그렇습니다. 이 의원이라는 놈은 왜적 두목인 사실을 알면서도 황금

두 냥을 보고, 눈이 휙 뒤집혀 왜놈 두목을 치료하고, 그 졸개들을 열흘 넘게 집에 숨겨주기까지 했습니다. 게다가 더 해괴한 것은 이놈이 국가의 기밀에 속하는 한양의 궁궐에 보관된 의방유취라는 의서를 몰래 빼돌려 의술을 공부했다고 떠벌리고 다닌다는 사실입니다.”

이런 말이 오가자 황인수 역시 분노하며 언성을 높였다.

“저런 대역무도한 놈이 있나? 안 그래도 요즘 나라가 왜놈들 때문에 민심이 흉흉하거늘, 할 일이 있고 안 할 일이 있지. 이런 흉악무도한 놈은 당장 물고를 내야 돼.”

이호영이 격앙된 목소리로 날카롭게 물었다.

“그 의원 놈이 누구인가?”

요헤이가 놀라서 찔끔하는 시늉을 내면서 얼른 대답했다.

“하동 읍내에서 약방을 하는 문영학이라는 자이옵니다.”

“‘문’가라, 그럼 양반이 아닌가?”

“아니, 양반이 어찌 천한 의원을 합니까? 당치도 않습니다.”

황인수가 의문을 품자 요헤이가 단호하게 부정했다. 이에 이호영도 요헤이의 말에 동조를 했다.

“남평 문 씨가 양반이긴 하나, 모두가 양반은 아니지 않습니까?”

박지용이 이호영의 의견을 거들었다.

“그렇지요. 옛날에는 양반이었지만 조상들이 벼슬을 못하는 바람에 지금은 끈이 떨어졌겠지요. 그러니까 의원 짓이나 하는 것 아니겠습니까? 게다가 양반이면 어떻습니까? 황금에 눈이 어두워 나라를 팔아먹은 대역무도한 놈입니다.”

이호영은 박지용의 말에 맞장구쳤다.

"맞아, 양반일 리가 없지. 그 하찮은 의원 놈이 돈에 팔려 수군이 애써서 잡은 왜적 놈을 살려서 도망가게 하고, 궁궐에 보관된 국가기밀을 함부로 나불거리다니, 능지처참을 해도 모자랄 놈이군. 그런 죄라면 양반 아니라 양반 할애비라도 목이 성할 수가 없지."

그러다 황인수가 갑자기 화제를 돌렸다.

"그런데 자네들은 어떤 사인가?"

"저는 하동에서 딴 매실청을 팔려고 부산포에 들렀다가 오랜만에 이 친구를 만났고, 서로 안부를 묻다가 하도 분통터지는 일이라 이 친구에게 자초지종을 이야기하게 되었습니다. 그랬더니 이 친구가 대뜸 이런 나쁜 놈을 어떻게 가만 두느냐고 분개하면서, "공명정대하고 충성스러운 어르신이 계신다"고 하길래 실례를 무릅쓰고 형방어른을 만나게 해달라고 청을 넣었습니다."

황인수의 질문에 요헤이는 청산유수로 대답했고 박지용이 덧붙여 말했다.

"사실 이 일을 그냥 넘길 수 없다고 분부하신 분은 김치용 선달님이십니다. 나리께서도 아시다시피 김선달님은 무과에 합격해서 얼마든지 좋은 자리로 갈 수 있지만 구태여 벼슬을 사양하고, 대감마님의 명을 받아 조정에서 쓰는 은을 조달하는 막중한 국가적 대사를 수행하고 있지 않습니까? 그런데 요즘 선달님은 왜구들이 설치는 바람에 임무수행에 무진 애를 먹고 있답니다. 이 때문에 모시고 있는 대감님으로부터 호된 질책을 받았습니다. 그래서 이번 일을 도저히 묵과할 수 없다며, 저더러 비밀리에 나리와 상의해서 신속하게 처리하라고 명을 내리셨습니다."

이에 황인수가 답했다.

"아, 선달님이야 나도 잘 알지. 그래서 내가 이렇게 실력 있는 군관님을 대동하고 직접 여기까지 나오지 않았나. 여하튼 잘 알겠네. 내일 아침에 감영의 검율(檢律)에게 통지를 하고 즉시 조치를 하겠네. 그러고 보면 오늘 군관 나으리와 같이 나오기를 잘했구려."

황인수의 아첨 섞인 말에 이호영은 가슴을 앞으로 내밀면서 자신 있게 말했다.

"안 그래도 굵직한 사건이 없어서 몸이 근질근질 했는데, 모처럼 감사나리가 중앙에 큰 공을 세울 기회가 생겼군요. 저야 이런 일이 있으면 신나지요."

이때 박지용이 조심스레 말했다.

"그런데 선달님께서는 이 일을 소문내진 말고 은밀하게 처리하라고 하셨습니다. 소문이 나면 민심이 흉흉해지고, 전하의 성심에 누를 끼칠까 걱정하시더군요. 의원 한 놈 두들겨 잡는 거야 군관님 혼자서도 충분하지 않습니까? 그러니 군관님께서 수하 한두 명만 데리고 가시고, 그 의원놈의 집과 얼굴을 잘 아는 이 친구가 군관님을 보좌하면 어떻겠습니까?"

이호영이 더욱 의기양양하게 말했다.

"그것도 괜찮군. 그렇지 않아도 이 친구는 일이 끝날 때까지 나와 같이 있는 게 좋지. 증인을 확보해야 일이 수월하거든. 그런데 동수 자네 생각은 어떤가?"

"여부가 있겠습니까? 왜국의 첩자를 잡아 족치고 나라를 위하는 일인데, 어떻게 백성인 제가 몸을 사리겠습니까? 보잘 것 없는 제가 군관님을 보좌할 기회가 언제 또 있겠습니까?"

그때 박지용이 만면에 웃음을 띤 채 소맷자락에서 주머니를 2개를 꺼내면서 말했다.

"아, 참, 선달님께서는 형방어른과 군관님께 이걸 전하라고 하셨습니다. 약소하지만 수고비로 쓰시고, 일이 끝나면 별도로 큰 상을 내리겠다고 합니다."

뜻밖의 선물에 황인수와 이호영은 자기도 모르게 침을 꼴깍 삼키며 말했다.

"아니, 선달님께서 이런 호의까지…. 아무튼 고맙네. 명하신 대로 쥐도 새도 모르게 은밀히 처리할 것이니 걱정 마시라고 전하게."

그러면서 그들은 주머니의 줄을 풀어 그 속에 든 은화의 수를 대충 세어 보고는, 흡족한 표정으로 주머니를 각자의 소맷자락 안에 챙겼다.

술잔이 몇 순배 돌았다. 감영의 사정이 화제가 되었다. 전국을 8도로 나누고 각 도를 다스리는 관찰사는 왕의 대리인이다. 따라서 감사라고도 불리는 관찰사의 권한은 백성들의 생사여탈권을 쥘 정도로 실로 막강하다. 그렇지만 임기가 1년 밖에 되지 않은데다 그 임기조차 제대로 지켜지지 않기 때문에 실질적으로 지역에서 하는 일은 없었다.

관찰사의 임기가 이렇게 짧은 것은 관찰사가 지역에 오래 있을 경우 토착세력화해서 중앙의 권력에 도전할 우려가 있기 때문이다. 그 래서 중앙에서는 절대로 그 지역 출신을 관찰사로 임명하지 않는다. 그러다보니 생판 낯선 곳에 온 감사라고 해봤자 백성들의 생활을 파악하기는커녕 도내 수십 개에 이르는 부, 목, 군 ,현의 수령들과 각 진(鎭)과 영(營)의 지휘관들로부터 인사를 다 받기도 전에 임기를 마치고 다른 곳으로 떠나야 했다.

이러다보니 감영에서는 감사의 취임행사와 이임행사, 각 수령들의 방문인사와 주요 고을과 군영에 대한 순방행사만으로도 일 년 내내 눈코 뜰 새 없었고, 다른 일은 아예 할 수가 없었다. 그뿐만이 아니다. 한양에서 지방을 방문하는 손님만 해도 일 년 내내 끊이지 않는다. 그리고 이들을 섭섭하게 대접했다가는 그 지방이 인심을 잃는 것은 물론, 관찰사의 다음 자리마저 대번 없어져버리기 때문에 감영에서는 지방에 관한 일은 엄두도 내지 못한다.

관찰사를 지근에서 모시는 7~8명의 비장들이 있지만, 비장들은 주로 관찰사의 고향사람이거나 사가(私家)의 하인들 또는 친인척들이기 때문에 지방 실정을 모르기는 매한가지였다. 종2품 관찰사의 업무를 보좌하는 30명 정도의 관리들이 있었지만 이들도 관찰사가 바뀔 때마다 자리를 옮기기 때문에 다음 자리에 신경 쓰느라 지방의 행정에는 도통 신경을 쓰지 않았다.

어느 감영이든 이(吏), 호(戶), 예(禮), 병(兵), 형(刑), 공(工)의 6조를 관장하는 아전들이 있다. 그리고 경상감영에는 50명 정도의 관노와 30여 명의 관비가 있다. 그러다보니 감영의 실제 일은 모두 아전들과 관노와 관비에 의해 이루어지고, 양반들은 잔소리만 했다. 따라서 일에 대한 모든 책임은 아전과 관노 및 관비에게 있었고, 양반들은 권한만 행사할 뿐이다. 그래서 아전들과 관노, 관비들은 양반들의 뒤치다꺼리를 하느라 정신이 없었기에 정작 관청 일은 할 수가 없었다. 특히 관비들은 낮에는 밥, 설거지, 청소, 빨래, 바느질하느라 바빴고 밤에는 처와 첩을 한양에 두고 온 외로운 양반들의 동물적 본능을 충족시키느라 잠잘 시간도 없었다.

고노 시게노부는 일본에서 숱한 무사들이 하루아침에 싸움터에서 목이 잘리고, 이름도 없는 하급무사가 한나절의 전투에서 공을 세워 벼락출세하는 모습을 수없이 보면서, 그 난리북새통에 염증을 느꼈다. 그래서 전쟁을 겪지 않고 평화를 이어가는 조선의 백성들을 한없이 부러워했었다. 그런데 조선의 사정을 자세히 알게 되자 그 부러움이 완전히 착각이라는 걸 깨달았다. 옆방에서 이루어지는 대화를 엿들으면서, 사정을 알면 알수록 조선의 백성들이 불쌍하다 못해 '왜 저렇게 살까'라는 안타까움마저 생겼다.

생각해보면 조선 인구의 9할이나 되는 백성들과 5푼의 양반가 여인들은 자신의 삶에 주인이 될 수 없다. 오로지 그들은 양반과 남성에게 봉사하는 삶을 살아야 한다. 양반 사내가 아니면 잘 나도 잘난 게 아니고, 잘 해도 잘하는 게 아니며, 똑똑해도 똑똑한 게 아니다. 하고 싶어도 할 수 없고, 가지고 싶어도 가질 수 없다. 하다못해 자기 몸뚱이 하나도 마음대로 할 수 없다. 그러면서 양반들은 백성들이 무식하다고 업신여기고, 없다고 괄시하고, 정숙하지 못하다고 욕한다.

지금 일만 해도 그랬다. 만약 영학이 양반이라는 것을 알았다면, 저 사람들의 태도가 저렇지는 않았을 것이다. 그들은 천업에 종사하는 시골 의원이라고 처음부터 무시하는 태도를 보였다. 자신들이 무슨 짓을 하는 지도 모르고, 높은 놈에게 잘 보일 기회를 잡았다고 그저 좋아서 헤벌레하는 꼴이라니….

이런 생각에 이른 시게노부는 이 풍요롭고 평화로운 땅에 사는 조선의 백성들이 왜 이토록 억울하게 당하고만 살아야 하는지 도통 이해가 되지 않았다.

조선의 법과 제도는 정말 문제가 많다. 조선의 법과 제도는 백성들은 관을 위해 존재하고, 관에 대한 무조건적 복종의무를 지게끔 만든다. 그렇지만 관은 백성들에게 명령하거나 요구할 뿐 아무런 의무나 책임을 지지 않는다. 그래서 조선 백성들의 뇌리에는 무서운 관의 존재가 각인되어 있다. 누구라도 관이라면 무조건 벌벌 떨면서 피하려고 든다.

시게노부는 조선의 관리들이 백성들에게 이토록 확고한 공권력의 권위를 떨칠 수 있는 이유를 형벌 때문이라고 단정했다. 조선의 형벌기관은 언제 누구라도 의혹이 가는 인물을 붙잡아서 마음대로 고문할 수 있는 막강한 권한을 가진다.

그뿐만이 아니다. 연좌제도 있다. 무자비한 고문에도 굴복하지 않는 악독한 인간에게는 그가 보는 앞에서 가족이나 동료를 고문한다. 고문과 연좌를 이겨낼 사람은 단연코 이 세상에 없다. 그래서 조선의 형리들은 언제나 자신만만하다. 조선에서 유능하고 출세하는 형리는 논리나 증거수집에 뛰어난 사람이 아니라 고문 받는 사람의 고통을 보면서 즐거움을 느낄 경지에 이를 만큼 굳건한 사명감을 가진 사람이다.

그런데다 형벌과 관련된 조선의 재판은 참으로 변덕스럽다. 조선 태종 때 엄격한 금주령이 시행된 때가 있었다. 이 때는 관의 사전 허가를 받지 않고 술을 제조하면 이유를 막론하고 사형에 처했다. 당시 금주령이 시행됐는지 몰랐던 한 농부가 아버지의 제사상에 쓰기 위해 막걸리 한 동이를 담갔다가 관에 적발되었고, 관은 어렵게 얻은 단속실적을 장황하게 포장하여 신속하게 조정에 보고했다.

그런데 최종 재판을 맡은 태종은 백성들의 현실을 아는 왕이었고, 근엄하게 명했다.

"경이 독을 열어 술인지, 식초인지 냄새를 맡아 보아라."

왕의 하명을 받은 신하는 술독을 열었다가 물씬 풍겨오는 시큼한 냄새에 인상을 찌푸리면서 얼른 고개를 돌리고 술독을 닫은 후 엄숙하게 왕에게 아뢰었다.

"시큼한 냄새가 강하기는 하나, 탁주가 오래되면 자연히 신맛이 나기 때문에 이는 술이 분명하옵니다."

그러자 왕은 근엄하게 다시 말했다.

"이는 죄인의 목숨과 관련된 일이니라. 천천히 한 번 더 냄새를 맡아 보거라."

그제야 눈치를 챈 신하는 다시 한 번 천천히 냄새를 맡아보고 난 후 말했다.

"다시 냄새를 맡아 보니 이는 술이 아니라 초가 틀림없사옵니다."

그 뒤 그 농부는 석방된 후 곤장으로 생긴 상처를 집에서 치료할 수 있었다.

그렇지만 그 농부처럼 법의 관용을 인정받는 일은 역사에 남을 정도로 보기 드문 일이었고, 형벌로 인한 억울함은 조선의 백성들이 일상적으로 겪는 일이었다.

얼마 전 함경도에서 일어난 일에서도 조정의 야만적인 행태로 인한 조선 백성들의 억울함이 드러난다. 한 농부가 대변이 급한 나머지 이웃의 무밭에서 대변을 누었는데, 때마침 그곳에 온 무밭 주인이 그 대변 속에 길이가 7~8푼이 됨직한 허연 지렁이 한 마리가 있는 것을 보았다. 이를 본 무밭주인은 "왜 하필이면 내 무밭에서 똥을 쌌느냐"고 짜증을 냈고, 이에 기분이 상한 농부는 "밖에서 똥도 마음대로 못 싸느냐"며 대들었다가 큰 소동이 벌어졌다. 그런데 이 소동을 본 동네에서 힘 꽤나 쓰는 양반이, "상놈들이 감히 양반이 있는 걸 알면서도 좌중하지 않고 소란을 피운다"며 그냥 넘어가지 않았다. 결국 그 양반이 지나는 포졸을 불러 엄중한 조치를 요구하는 바람에 사건은 정식으로 관아에 접수되었다.

그때 관아의 수령은 한양의 높은 사람에게 개인적으로 부탁할 일이 있어, 때마침 잘 되었다고 생각하고 '사람의 몸에서 길이가 두 자는 됨직한 허연 뱀이 나온 해괴하고 중대한 사건의 발생'을 조정에 보고할 겸 심복으로 부리는 사령을 한양으로 보냈다. 보고를 받은 조정에서는 이 사건을 '태평성대에 왕의 덕을 가리고, 민심을 어지럽히는 흉측하고 불길한 조짐'이라 판단하고, "철저히 조사하여 발본색원하라"는 어명을 내렸다.

어명을 받은 함경도의 관아에서는 그야말로 난리가 났다. 감영에서 도사와 판관들이 지방관아로 파견되어 대대적인 검거 선풍이 일었다. 대변을 본 농부의 가족들과 친구들이 몽땅 잡혀 와서 모진 고문을 받았고, 그 조사의 결과 범인으로 한 무당이 지목되었다. 그 무당이 대변을 눈 농부와 가족을 저주했다는 죄목이었다. 그렇지만 무당은 이웃 아낙의 부탁으로 이웃 아낙의 서방과 바람을 피운 색주가의 주모를 저주하는 의식을 행한 적은 있지만, 대변을 눈 농부를 저주한 일은 없다고 한사코 죄를 부인했다. 이 때문에 이웃 아낙과 남편은 물론 색주가의 주모와 가까운 사람들도 몽땅 다 붙잡혀 와야 했고, 이로 인해 옥에 갇힌 사람의 수가 자그마치 서른 명이 넘었다.

그러나 아무리 조사를 해봐도 원인이 밝혀지지 않았다. 그러다보니 관아에서는 결론을 내릴 수가 없었고, 조정에 보고서를 쓸 수가 없었다. 궁여지책 끝에 시간을 끌면서 조정의 관심사가 딴 곳으로 향하기만을 기다렸다. 그런데 사람의 몸에서 두자나 되는 큰 뱀이 나온 사건은 조정 대신들의 입방아에 자주 올랐고, 이 때문에 빨리 조사결과를 보고하라는 재촉이 잠잠해지기까지 몇 년이 걸렸다. 그동안 죄인들은 하릴없이 옥살이를 해야 했다.

사실 조선의 감옥은 비바람만 겨우 피할 수 있을 뿐 사람이 살 만한 곳이 못 된다. 바람도 통하지 않고 햇볕도 들지 않으며, 난방은 언감생심 꿈도 꾸지 못한다. 이불이나 담요, 그리고 음식도 제공되지 않는다.

또 바닥의 한기를 피하기 위해 쌓아 놓은 볏짚에는 벼룩과 서캐가 들끓고, 밤이면 쥐들의 놀이터가 된다. 천장의 대들보에는 쥐를 노리는 커다란 구렁이가 혀를 날름거리고 있다.

그렇기 때문에 옥바라지를 하는 사람이 없으면 이곳에서는 며칠도 견디기 힘들다. 그렇지만 이 사건의 경우 죄인으로 지목된 사람들은 바깥에서도 굶어 죽지 않는 것을 다행으로 여기는 가난한 사람들인데다, 가족이 몽땅 잡혀 오다보니 옥바라지를 받는 사람은 한두 명밖에 되지 않았다. 그러다보니 옥에 갇힌 지 보름이 지나면서 죄인들은 한 명씩 죽어나가기 시작했다. 그로부터 계절이 네댓 번 바뀌게 되자 관련자 전원이 감옥에서 죽어버렸고, 그제야 사건은 종결되었다.

시게노부는 처음 이 사건을 풍문으로 들었을 때, 그저 허무맹랑한 소문이라 여겼다. 그런데 터무니없는 사건이 아닌 왕조실록에 기록된 실제 사건이라는 것을 알고, 어떻게 지금과 같은 대명천지 밝은 세상에서 이런 야만적이고 어이없는 일이 벌어질 수 있는지 귀를 의심했었다.

이런 기억을 되새기면서 시게노부는 옆방에서 이루어지는 대화를 한 마디도 놓치지 않으려 애썼다. 그럴수록 시게노부는 조선의 관리들은 백성들을 너무 하찮게 본다는 생각이 들었다.

해시(亥時, 저녁 9시에서 11시 사이)가 넘어서야 주연이 파했다. 황인수와 이호영은 요헤이에게 사흘 뒤 아침 일찍 하동으로 출발하자고 했다. 박지용과 요헤이는 밖으로 나와 두 사람을 배웅한 뒤 시게노부의 방으로 왔다. 세 사람은 일이 잘 풀렸다고 쾌재를 부르면서, 한 손을 들어 올려 일제히 손바닥을 마주쳤다.

　박지용과 시게노부는 내일 아침에 부산포로 일찍 떠나고, 요헤이는 사흘 후 이호영을 따라 하동으로 가기로 했다. 시게노부는 요헤이에게 사흘 뒤 날이 어두워질 무렵, 하동에 당도하라는 지령을 내렸다.

20장

노비

奴婢

노
비

奴
婢

그날 밤 스승은 무슨 영문인지 갑자기 영학을 불렀다.
그리고 작정한 듯 단도직입적으로 말을 했다.

"나는 노비의 신분이다. 그래서 나는 양반인 너의 스승 자격이 없다."

그러나 영학은 그 말을 수긍하지 않았다.

"스승님은 이미 제 스승이십니다. 그런데 노비 출신이라고 해서 하늘
이 땅이 될 리는 없지 않습니까?"

"반상의 법도는 조선의 최고법이다. 노비에게는 소유권은커녕 생각
하거나 말할 자유나 권리조차 없다. 그런데 노비인 내가 어떻게 감히
양반의 스승이 된단 말이냐?"

"인간의 도리를 유린하는 법이 최고법이라면 그건 법이 잘못된 것입
니다. 조선의 양반들이 말만 들어도 껌뻑 죽는 시늉을 하는 맹자께서

도 일찍이 "신하가 군주를 죽이는 게 옳으냐?"는 제(齊)나라 선(宣)왕의 질문에 "시정잡배에 불과한 한 사내를 죽인 것일 뿐 군주를 죽인게 아니다"라고 답하였습니다. 이처럼 백성에게 패도를 일삼는 군주를 죽이는 일도 정당화되는데, 어째서 잘못된 법을 금과옥조로 여기고 무조건 복종해야 합니까? 오히려 잘못된 법을 바로 잡아야지요."

"너는 참으로 위험한 생각을 가졌구나."

"위험하다고 하지만 도리가 그런데 어떻게 합니까?"

"도리라 생각하더라도 그런 말을 감히 입 밖에 내어서는 안 된다. 그것이 조선의 법도다."

"그 정도는 저도 잘 알고 있습니다. 다만, 스승님 앞이기에 솔직히 말할 뿐입니다."

"그렇게 생각해 주어서 고맙다. 그래서 오늘은 죽을 때까지 아무에게도 말하지 않겠다고 다짐을 했건만 이제 네게는 이야기를 해야겠구나."

그 말에 영학은 뛸 듯이 기뻤다. 그런데 스승이 들려주는 이야기는 너무도 슬펐다.

사모관대의 주인인 전순의는 스승의 증조할아버지였다. 그는 세종, 문종, 단종, 세조 4대의 왕에 걸쳐 어의로 일했다. 어의는 의관으로서 최고의 실력과 충성심을 인정받지 않고는 오를 수 없는 자리다. 그런데 한 명의 왕도 아니고 무려 4대에 걸쳐 어의로 재직한 것은 실로 믿기 힘든 엄청난 일이다. 그런데 더욱 놀라운 것은 그가 몽돌이라는 이름의 노비 출신이라는 것이었다.

　노비 출신인 그가 약초와 인연을 맺게 된 것은 주인댁 노마님의 치매 때문이었는데, 그는 주인댁 노마님의 병 치료를 위해 10년 동안 전국의 유명한 산을 이 잡듯 돌아다녔다. 이 때문에 노마님은 치매를 앓으면서도 75세까지 편안하게 살았고, 이 소문은 전라도 감사의 귀에 들어갔다.

　당시 치매에 걸린 어머니로 골치를 썩던 감사는 몽돌을 전라감영의 관노로 만든 뒤 한양의 사가로 보냈다. 이번에도 몽돌은 기대 이상의 치료 효과를 보여주었고, 이 때문에 몽돌은 노비에게도 하급기술관료시험 응시기회가 주어진 시대의 상황 덕에 시험에 응시, 취재에 합격하였다. 몽돌이 취재를 거쳐 전의감에 들어간 후, 노비 시절 몸에 배인 부지런함과 인내력이 빛을 발했고, 의원으로서 승승장구하도록 만들었다.

　그런데 당시 전의감 의원들이 가장 신경을 쓴 것은 소헌왕후의 건강이었다. 소헌왕후는 너그러운 성품으로 명성이 자자했다. 그러나 소헌왕후에게는 누구에게도 말할 수 없는 한이 있었고, 그 때문에 심한 우울증을 앓았고 가슴앓이 또한 깊었다.

　소헌왕후의 한은 바로 친정집안 문제에서 비롯된 것이었다. 왕후의 아버지 심온은 조선의 개국공신의 아들이었다. 그런데 딸이 셋째 왕자인 충녕의 비가 되고, 충녕이 왕위에 오름으로써 그 영화가 극에 달했다. 그때 그는 정1품 영의정의 지위에 올라 새로운 임금의 등극을 알리는 사신으로 명나라에 가게 되었다. 그런데 환송연이 너무 성대해 상왕인 태종의 심기를 건드린 게 문제였다. 실권자인 상왕의 기분을 눈치 챈 노련한 신하들은 절호의 기회를 결코 놓치지 않았다.

심온이 명에 사절로 가기 한 달 전 강상인의 옥사가 있었다. 강상인은 상왕인 태종의 사가출신 심복으로서 군사를 다스리는 병조의 참판이었다. 그런데 그가 세종의 즉위 후 군사에 관한 일을 상왕이 아닌 세종에게 먼저 보고한 사건이 있었다. 그러자 신하들은 '임금이 서른 살이 될 때까지 군권은 상왕에게 둔다'는 전교를 어긴 반역죄를 잽싸게 발고했다.

발고를 접한 세종은 상왕을 의식하여 "상왕전하와 과인 사이를 이간시키는 간교한 자를 엄히 조사하라"는 엄명을 내렸고, 강상인은 즉각 체포되어 모진 고문을 당한 뒤 삭탈관직과 함께 함길도의 관노가 되었다.

그런데 심온이 명으로 떠난 뒤 강상인은 다시 한양으로 불려와 재조사를 받았다. 조사관은 누구와 반역을 도모했느냐고 계속 그를 추궁했다. 연속되는 매질과 네 차례의 압슬을 견디지 못한 강상인은 결국 조사관의 의도대로 자백했다. 그는 "나라의 명은 한 곳에서 나와야 한다"고 말했을 때, 병조판서 박습, 이조참판 이관, 동지총제 심정, 영의정 심온이 아무 반대를 않고, 고개를 끄덕거렸다고 진술했다.

그러자 상왕은 신하들에게 "심온과 강상인을 대질해야 하지 않느냐?"고 물었다. 그러나 눈치 빠른 신하들은 상왕의 의도를 알아차리고, "자복을 해서 죄가 명백한데, 대질이 무슨 소용 있겠습니까?"라고 아뢰었다. 이에 따라 강상인은 그날 바로 형이 집행되어 목이 잘렸다.

그로부터 한 달 후 심온은 사신의 임무를 마치고 조선으로 돌아왔다. 그렇지만 조선에 들어서자마자 불문곡직 체포되어 한양으로 압송된 후 고문을 받았다. 그러나 그는 곤장으로 엉덩이 살이 떨어져 나가고, 세 차례의 압슬을 당하면서도 죄를 인정하지 않았다. 오히려 당당하게 강상인과의 대질을 요구했다. 그러자 조바심이 난 중신들 중에서 영의정을 지냈던 유정현이 나서서 심온에게 말했다.

"알만한 분이 왜 그리 세상물정을 모르오? 지금 형세를 보아 눈치를 채야 할 것 아닙니까? 공이 계속 버티면 중신들의 입장도 곤란하지만, 그보다는 당신 딸이 위험해지지 않소?"

이 말을 들은 심온은 더 이상 버티기를 포기하고, 결국 조사관이 내미는 서류에 수결을 했다. 그리고 바로 다음날 사약을 받고 죽었다. 심온의 후손들 중 사내는 모두 죽음을 당하고, 아내를 비롯한 여인들은 모두 관비로 떨어졌다.

상왕의 신하들은 소헌왕후의 폐비를 주장했지만, 이미 왕자를 셋이나 낳은 몸인데다 임금이 반대하는 바람에 상왕도 어쩔 수 없었다. 그 후 소헌왕후는 신경쇠약, 불면증, 우울, 소화불량과 위궤양에 시달렸고, 전의감 소속 의원들은 왕비의 치료에 갖은 노력을 기울였다. 그렇지만 병의 근원이 마음속에 있었던 터라 백약이 통할 리 없었다.

의관들은 심리치료가 필요하다고 진단했다. 그렇지만 막상 사용할 수 있는 치료법이 없었다. 의관들에게는 근엄하고 살벌한 궁궐의 분위기를 바꿀 아무런 힘이 없었다. 그래서 의관들은 왕비에게 "성심을 굳게 하고, 만백성의 어버이로서 자애로운 미소를 지으십시오"라고 상주하는 게 유일한 처방이었다.

다행히 몽돌이 전순의라는 이름을 얻어 궁궐에 들어온 그 이듬해, 왕후의 어머니가 9년간의 노비생활을 끝내고 양민으로 면천이 되었다. 그러나 왕후의 아버지 심온에 대한 사면은 입도 뻥긋할 수 없는 상황이라 왕비의 가슴앓이는 별반 나아진 게 없었다.

전순의는 이런 살벌한 궁궐 분위기 속에서도 의원으로서 가장 보람 있는 일을 할 수 있었다. 그것은 의학대백과사전인 의방유취의 편찬을 주도한 일이었다. 의방유취는 향약집성방, 향약구급방, 삼화자향약방, 동인경험방 등의 전통의서에다 당·송·원·명의 의서 내용을 종합한 책이다.

그렇지만 전순의는 의방유취를 편찬하면서 큰 아쉬움을 느꼈다. 그것은 의방유취가 백성들에게 꼭 필요한 책이면서도, 백성들은 알지 못하는 한자로 쓰였다는 점이었다. 그러나 그는 정음으로 의서를 편찬하자는 말을 입 밖에 꺼내지 못했다. 만약 그 말을 꺼냈다가는 이구동성으로 목숨을 걸고 정음의 폐기를 주장하는 중신들에게 찍혀 아예 편찬 작업에서 배제될 것이 분명했기 때문이다.

그렇지만 그는 자신의 뜻을 포기하지 않았다. 그는 몰래 정음을 섞어 의방유취의 내용을 요약한 별도의 책을 만들었다. 그 책이 바로 영학이 지금 공부하고 있는 의방유취요결이었다.

전순의의 궁궐생활은 출렁이는 역사만큼이나 숱한 우여곡절의 연속이었다. 특히 가장 힘든 고통은 왕실의 죽음이었다. 병인년(서기 1446년) 음력 3월에 소헌왕후 심 씨가 둘째 아들인 수양대군의 집에서 52세를 일기로 삶을 마쳤다. 그로부터 4년 후 세종대왕이 승하했다.

그런데 불과 2년 후에는 문종대왕이 돌연사 했다. 다음에는 불과 2년도 되기 전에 어린 단종 임금이 죽임을 당했다. 이처럼 전순의는 소헌왕후의 죽음 후 불과 8년 만에 세 임금의 죽음을 맞이했고, 어의인 그는 마땅히 왕실의 죽음에 책임을 져야 했다.

세종이 승하했을 때 전순의는 어의직을 박탈당한 채 옥에 갇혔다. 생전에 몸을 아끼지 않고 밤새 독서와 토론을 즐기면서, 육식을 좋아하고 운동을 멀리했던 세종은 일찍부터 건강이 좋지 않아, 10년 가까이 세자에게 정무를 맡기고 투병생활을 했다. 이 때문에 중신들은 어의에게 무거운 책임을 지울 수가 없었고, 전순의는 곧 석방되어 복직되었다.

그러나 즉위한 지 2년 만에 종기가 악화되어 갑자기 세상을 뜬 문종의 죽음에 대해서는 어의로서 무거운 책임을 피할 수 없었다. 그는 죽음을 각오했다. 그런데 그보다 더 심각한 문제는 그가 왕에 대한 고의적인 독살 혐의를 받게 됐다는 것이었다.

당시 사헌부를 중심으로 한 조정의 중신들은 종기가 난 임금에게 종기에 상극이 될 수 있는 꿩고기를 수라상에 올려 왕을 독살했다는 혐의를 씌우고, 전순의를 참형에 처해야 한다고 목에 핏대를 세웠다. 전순의로서는 실로 어이가 없는 누명이었다.

잠자코 이야기를 듣고 있던 영학이 궁금증을 참지 못해 물었다.
"정말 음식을 이용해서 사람을 죽도록 하는 게 가능한 일입니까?"
스승은 고개를 끄덕이면서 대답을 했다.

"이론적으로 충분히 가능한 일이다. 식약동원(食藥同原)이라는 말처럼 궁극적으로 음식과 약은 같은 것이기 때문이다."

"그러면 전순의가 종기를 앓는 임금에게 꿩고기를 올려 죽게 만든 것은 과연 근거 있는 주장입니까?"

"상황으로 보아 그건 말도 안 되는 일이다. 당시 사헌부의 관리들의 주장은 권력다툼의 수단으로 나온 것이다."

그 말에 영학이 놀라서 물었다.

"아니 사헌부의 관리들이 어의에게 무슨 감정이 있어서 그런 누명을 씌우려 한 것입니까?"

스승은 지그시 눈을 감으며 대답했다.

"신하들이 제거하려는 대상은 어의가 아니고 수양대군이었다. 그들은 어의에게 임금을 독살한 책임을 덮어씌운 뒤 그 배후로서 수양대군을 제거하려고 한 거지."

"예? 신하들이 왜 수양대군을 제거하려고 했습니까?"

"강력한 왕권에 눌려 있던 양반의 특권을 회복하기 위해서였다. 그들은 어린 왕을 상징적인 존재로 만들고, 이 나라 조선을 명실상부한 양반의 나라로 만들려고 했지. 그런데 막강한 힘을 가진 수양대군이 왕실에 자리 잡고 있는 한, 조선을 양반의 나라로 만드는 일이 호락호락하지 않다고 본 것이다."

스승은 차분하게 이야기를 이어갔다.

"문종의 초기 치료는 적절하게 시행되어 금방 증세가 호전되었지만, 일 욕심이 많은 임금은 즉각 정무를 개시하고, 연이어 야외에서 밤새 이루어지는 명나라 사신의 환영연 참가를 고집했지. 전순의는 임금을 말렸지만 일개 어의로서 임금의 고집을 꺾을 수 없어 하는 수 없이 임금에게 꿩고기가 든 보양식을 처방했고, 이는 지극히 타당한 조치였다. 그러나 임금은 초기 증상의 호전을 병이 다 나은 것으로 생각하고, 일정을 무리하게 잡았고 이게 탈을 불렀지. 꿩고기는 쇠고기, 돼지고기, 닭고기, 오리고기보다 기름기가 적고, 그 기름기도 버섯, 당근, 부추, 배, 생강으로 중화되기 때문에, 임금에게 꿩고기 보양식을 올린 것에는 아무런 과오가 없었다. 그런데도 사헌부의 관리들은 꿩이 좋아하는 반하라는 풀에 피부를 자극하는 독성분이 있다는 이유를 내세우며 전순의를 비판했지. 허나 반하에 있는 자극 성분은 극히 미량에 불과하여 인체에 아무런 영향이 없고, 그 성분 또한 생강즙에 담그면 완전히 사라지지."

스승은 더 상세하게 이야기를 풀어갔다.
"정치적 배경으로 보더라도 그렇다. 문종대왕은 근 30년 가까이 세자를 지냈고, 병든 부왕을 대신하여 실제 정무를 맡은 세월만 해도 근 10년이지. 세자로서 대리청정을 하면서 부왕의 훈민정음 창제를 돕고, 백성들의 생활에 필요한 측우기와 물시계를 만들고, 국방을 위하여 화차를 손수 설계할 정도로 영민한 군주였다. 그뿐 아니라 골육상쟁에 찌든 조선의 정치를 안정시키고, 조선의 역사상 처음으로 적장자의 혈통으로 왕위를 계승한 분이시다. 이런 임금에게 어느 누가 감히 역심을 품겠느냐. 그렇지만 이유 여하에 불구하고 전순의는 왕

의 돌연사에 대한 책임을 지고 사형을 당할 각오를 하면서도, 역모죄
는 너무 억울하다고 생각했지. 자신의 목숨은 죽어 마땅하지만 역모
죄로 함께 죽어야 하는 가족들에게 무슨 죄가 있겠느냐. 그런데 이상
하게도 전순의에 대한 형벌이 무슨 이유에서인지 자꾸 미루어지기만
했어."

영학은 궁금증을 견디지 못해 또다시 질문을 던졌다.

"전순의에 대한 처벌이 왜 그렇게 미뤄졌습니까?"

스승은 갑자기 입을 쩝쩝거리면서 대답했다.

"글쎄 말이다. 전순의도 감옥에 있을 때는 몰랐지만, 나중에 전왕의
지지 세력과 수양대군을 지지하는 세력 간에 권력다툼이 있었다는
사실을 알게 됐지."

"아니, 그들의 세력다툼이 전순의의 처벌과 무슨 상관이 있습니까?"

"왜 상관이 없겠느냐. 전왕을 지지하는 세력은 전순의를 대역죄인으
로 몰아 처형하고 여세를 몰아 배후의 수양대군을 제거하려 했지만,
그 낌새를 알아챈 수양대군 측에서 전순의에 대한 고문과 처벌을 원
천봉쇄해버렸지."

"아, 그럼 결국은 전왕의 지지 세력과 수양대군의 지지 세력이 어의
에 대한 책임추궁을 두고 권력 다툼의 전초전을 벌인 거군요."

"결과적으로 그렇게 된 셈이지. 그러고 보면 사람의 운명은 절대로
알 수가 없단 말이야."

영학은 다음 이야기가 궁금해서 스승을 재촉했다.

"그 뒤 전순의의 운명은 어떻게 되었습니까?"

스승은 목이 마른지 대접의 물을 벌컥벌컥 들이켠 뒤 다시 이야기를 이어나갔다.

"전순의는 감옥 안에서 세상이 어떻게 돌아가는지 소문을 들었지. 문종의 아들이 12세의 나이로 보위에 올랐고, 문종의 유지를 받든 신하들이 어린 임금을 보좌했다. 그러다 해가 바뀌었고, 죽음을 기다리던 전순의에게 뜻밖의 석방령이 내려졌다. 거기에다 비록 청지기로 강직되기는 했지만 전의감 복직명령도 함께 떨어졌지. 이때 전순의는 전의감에 복귀하였지만 막상 그에겐 아무런 일도 주어지지 않았고, 이 때문에 그는 전의감의 서고에 틀어박혀 의방유취요결서를 만드는 일에 몰두했단다."

스승은 쉼 없이 이야기를 이어갔다.

"그 해 10월 살벌한 정국대치 속에서 기어코 피비린내가 진동하는 사건이 터졌지. 수양대군이 조정 중신들을 척살하고, 궁궐을 장악하게 된 것이지. 그로부터 2년 뒤에는 어린 왕으로부터 양위를 받아 스스로 왕위에 올랐단다. 그러나 수양이 왕위에 오른 상태에서도 전왕을 지지하는 신하들은 수양을 제거할 기회를 호시탐탐 노리고 있었지. 이 때문에 신왕은 경호에 극도로 신경을 쓸 수밖에 없었어. 그런데 경호에 가장 중요한 인물은 어의였다. 신왕의 입장에서 볼 때 전왕의 지지 세력들이 그렇게도 죽이고 싶어 했던 전순의야말로 가장 믿을 수 있는 인물이었고, 이 때문에 신왕의 등극과 함께 전순의는 어의로 화려하게 복귀했지."

영학은 전순의의 일대기를 듣는 것보다 스승의 출생에 관한 이야기가 더 궁금해 거듭 질문했다.

"세조 임금으로부터 가장 신임 받았던 어의 대감이니 그 분의 증손자인 스승님도 참 귀한 신분이군요."

"그렇지 않다. 나는 정실의 배로 낳은 후손이 아니다. 나는 천첩도 아닌 노비의 배를 빌려 세상에 나왔다."

"어의 대감 정도의 고위직이라면 천첩이라도 당연히 면책되는 게 아닙니까?"

"그렇지 않아. 노비 중에서도 대역죄인의 여식은 첩도 될 수 없다. 그러니 면책은 꿈도 꾸지 못하지."

"뭐가 그리 복잡합니까? 그러면 스승님은 어떻게 태어났습니까?"

"밤이 깊었지만, 이왕 시작한 것이니 계속 이야기하마."

그렇게 스승의 긴 이야기가 다시 시작되었다.

세조의 즉위 다음해, 전왕을 지지하는 대신들이 세조와 단종이 나란히 참석하는 명나라 사신 환영회에서 세조를 암살하고 단종을 다시 복위시키기 위한 모의를 꾸몄다. 그러나 이 모의는 내부 밀고자 때문에 실패로 돌아갔고, 수십 명의 관련자들은 사형과 유배를 당했다.

주모자의 가족들 중 사내들은 모두 죽임을 당하고, 여인들은 노비가 되어 공신들에게 상으로 주어졌다. 이때 전순의도 젊고 아리따운 여노 한 명을 하사받았다. 전순의는 이 여인을 초선이라고 이름 지었다. 그가 그렇게 이름을 지은 것은 그 여인이 〈삼국지연의〉에 나오는 여포와 동탁의 혼을 뺄 정도로 절세의 미인이었고, 양아버지의 뜻에 따라 여인으로서의 행복을 포기한 초선을 연상케 했기 때문이었다.

전순의는 50이 넘은 나이에도 불구하고 그녀를 보자마자 자신의 몸종으로 삼고, 밤낮으로 끼고 살았다. 1년 후 초선의 아랫배가 불러오자 전순의의 부인 김 씨가 이를 곱게 지켜볼 리 없었고, 노골적으로 이를 갈기 시작했다.

그제야 전순의는 아차 싶었다. 부인의 앙심이 폭발하는 날 첩이 아닌 종에 불과한 초선은 이미 죽은 목숨이었기 때문이다. 그래서 전순의는 전의감의 청지기인 전승만이라는 사람에게 초선과 뱃속 아이의 장래를 맡겼다. 가족들에게는 여종을 다른 데 팔아넘겼다고 둘러댔다. 그 스스로 노비의 절망과 고통을 너무나 잘 아는지라 뱃속의 아이를 결코 노비로 키우고 싶지 않았기 때문이다.

정축년(서기 1457년)이 되어 초선은 아들을 낳았다. 전순의는 아들의 탄생을 기뻐하면서 이름을 제세(濟世)라고 지은 후 전승만의 아들로 호적에 올렸다. 제세라는 이름을 붙인 것은 자신의 의술을 이어 받아 장차 세상을 구제하는 명의가 되기를 바랐기 때문이었다.

일찍이 전순의는 자신의 아들이 의술을 이어받기를 원했다. 그러나 장남인 석동은 총명하기가 이를 데 없었지만, 아버지처럼 양반들로부터 철저히 괄시받는 의원이 되기를 원하지 않았다. 그래서 그는 초선이 낳은 아들인 제세에게나마 기대를 걸었다. 3년 뒤 초선은 딸을 하나 더 낳았고 전순의는 딸의 이름을 희선이라고 지었다.

세월이 흐르면서 전순의의 삶은 기쁨과 행복이 넘쳤지만, 그와 달리 임금의 삶은 피폐할 대로 피폐해져갔다. 즉위 12년을 맞은 임금은 끊임없이 이어지는 암살 위협과 전왕지지 세력의 반발에 몸과 마음이 황폐해졌다. 밤마다 악몽에 시달리고, 온몸에 생긴 종기로 인해 피고름이 겉옷에 번져 나오기도 했다.

자기 손에 죽은 영혼들도 밤마다 나타나 그를 괴롭혔다. 임금은 괴로움에서 벗어나기 위해 간경도감이라는 관청을 설치하여 백성들을 위해 불경을 정음으로 번역하는 일을 시도했지만, 정음 폐기를 주장하는 신하들이 한 목소리로 반대하는 바람에 이마저도 이룰 수 없었다.

그런 모습을 보면서 전순의는 임금의 기력이 얼마 남지 않았음을 알아차리고 서둘러 궁궐을 떠나기로 결심했다. 어의로서 소헌왕후에 이어 세 임금을 먼저 저 세상으로 보낸 그가 또다시 임금의 죽음을 맞는다는 것은 너무나 끔찍한 일이었기 때문이었다. 그리고 세조 임금이 돌아가시고 나면 넘치도록 왕의 신임을 받았던 자신을 향한 다른 신하들의 시기와 질투를 감당할 자신이 없었다. 보나마나 자신은 대역죄인이 되어 목이 잘릴 것이라고 예상했다.

그래서 정해년(서기 1467년), 전순의는 어의 자리에서 물러나 초선과 두 아이를 데리고 청송으로 떠났다. 생전에 청송을 그리워했던 소헌왕후를 기리고 그 후손들의 명복을 빌고 싶었기 때문이다. 그가 마지막 하직 인사를 올릴 때 임금의 눈가에는 아련한 눈물이 맺혔다. 그리고 형제와 조카를 죽인 불효자식을 대신해서 어머니에게 용서를 빌어주기를 전순의에게 당부했다.

전순의는 청송에서 철저히 신분을 숨기고 살았다. 만약 자신의 존재가 드러나면 권력을 향해 불나방처럼 뛰어드는 양반들이 결코 자신을 가만 두지 않을 것이 뻔했기 때문이다.

제세의 호적상 아버지는 전승만이었기 때문에 전순의와 제세는 호적상 아무 관계가 아니었다. 그래서 제세는 한 번도 전순의를 아버지라고 부르지 못했다. 조선의 법제에서는 첩의 아들은 아버지를 아버지라고 부르지 못했기에, 더군다나 노비의 자식이 아버지라는 말을 입에 올린다는 것은 상상도 할 수 없었다. 초선도 전순의와 살을 맞대고 산지 10년이 넘었지만, 그를 한 번도 서방으로 대하지 못했다.

하지만 이런 생활방식은 시골에 숨어 사는 데 큰 도움이 되었다. 제세와 희선은 전순의를 그냥 할아버지로 불렀다. 그리고 초선은 전순의를 숙부님이라고 불렀고, 이는 남들이 보기에 자연스러웠다.

전순의는 생업을 잇기 위해 청송 읍내에 약방을 차렸다. 그렇지만 환자를 보는 것보다는 제세의 교육에 열중했다. 제세의 호적상 아버지인 전승만은 제세가 태어날 때 전의감의 청지기에 불과했지만, 그때는 정7품의 종사관으로 승차하여 궁궐을 지키는 장교가 되었다.

비록 정7품의 종사관이기는 하나 한양에서 근무하는 경직(京職)인지라 청송의 지방 관리들은 그의 위세를 의식할 수밖에 없었다. 그래서 전승만의 서신을 받은 청송의 관리들은 초선과 제세를 극진하게 보살폈다.

전순의의 솜씨가 아니라도 어의와 10년 이상 살을 맞대고 살아온 초선의 정성 어린 치료 때문에 약방은 아주 용하다고 소문이 났다.

그런데다 비싼 약을 처방하지 않고, 산이나 들에서 흔하게 구하는 풀이나 나무를 약재로 사용했다. 또 굳이 약방에 오지 않더라도 집에서 치료할 수 있는 방법을 알려 주었다. 이 때문에 가난한 사람들도 부담 없이 약방을 찾게 되어 약방의 명성은 날이 갈수록 자자해졌다.

전순의가 청송에 온 지 1년 후 세조 임금이 승하했다. 소식을 들은 전순의는 몇 달 동안 식음을 전폐하고 통곡을 했다. 그리고 별도의 제단을 차려 10년 동안 매일 새벽마다 정화수를 올렸다.

그렇게 10년이 지난 후 전순의는 청송을 떠났다. 눈도 어둡고 이가 빠져 말도 어눌한 70넘은 노인의 몸으로 더 가르칠 것도 없고, 더 있어 보았자 초선과 아이들에게 짐이 될 뿐이라고 생각했기 때문이다. 전순의는 강원도 오대산의 상원사에 삶을 의탁하기로 했다. 수년 전 장남인 석동이 소과에 급제하여 생원이 되는 바람에 아내와 아들이 온전한 양반으로 편히 생활할 수 있게 되어 안심하고 세상을 떠날 수 있었다. 전순의는 떠나기 전 평생의 업적이 담긴 의방유취요결과 산가요록, 식료찬요를 제세에게 넘겼다.

전순의에게 상원사는 임금과의 잊지 못할 추억이 서린 곳이었다. 전순의는 한창 때 임금에게 불공 겸 휴양을 겸해 상원사 방문을 권했었다. 그리하여 임금은 상원사로 향했다.

임금이 상원사에 이르렀을 때 자객이 절의 지붕 아래 숨어 있었다. 그렇지만 부처님의 가호가 있었던지 그 자객은 도둑고양이의 공격을 받는 바람에 임금은 가까스로 암살을 모면할 수 있었다.

여기까지 이야기를 들은 영학은 전순의 대감의 자식에 대한 배려에 감동을 느끼면서도 한편으로 의문이 들었다.

'그렇다면 스승님의 할아버지는 호적상 양반의 자식인데 왜 스승님은 스스로 자신을 노비라고 말씀을 하실까?'

그래서 영학은 궁금증을 참지 못하고 또 물었다.

"그럼, 스승님의 할아버지는 전승만이라는 관리의 아들로 호적에 올랐기 때문에 노비가 아니지 않습니까? 그런데 왜 스승님은 스스로 노비라고 하십니까?"

그 말에 스승은 한숨을 내쉬면서 대답했다.

"조선의 신분제도가 얼마나 철저한지 너는 상상도 못할 것이다. 네가 보기에 전순의 대감은 온전하게 양반이 된 것 같으냐?"

영학은 너무도 당연하다는 듯이 말했다.

"벼슬이 좌익 1등 공신에다 왕의 신임을 가장 많이 받았던 신하인데, 어떻게 양반이 아니란 말입니까?"

"그럼, 전순의 대감의 생몰년대가 국가의 기록에 남아 있는 줄 아느냐?"

"당연히 남아 있겠지요. 그렇지 않습니까?"

"유감스럽게도 전순의 대감의 생몰년대는 국가의 기록에서 모두 삭제되었다. 노비출신으로서 조선 최고의 과학자였던 장영실 대감 알지? 그의 생몰년대가 기록에 있는 줄 아느냐?"

"그럼, 그렇게 위대한 업적을 남긴 장영실 대감도 노비 출신이라는 이유로 출생과 죽음에 대한 기록이 삭제되었다는 말씀이십니까?"

"그렇다. 장영실 대감도 말년에 사소한 실수를 꼬투리로 삭탈관직을 당하고, 죽도록 곤장을 맞고 쫓겨난 뒤 기록이 완전히 말소되었다. 그만큼 조선의 신분제도는 양반들에 의해 철저하게 관리되고 있지."

"그렇군요. 그런데 스승님의 할아버지는 호적에 올랐기 때문에 노비가 아니지 않습니까?"

그 말에 스승은 쓸쓸한 웃음을 지으면서 말했다.

"제세 할아버지는 주인집으로부터 추노를 당했단다. 그래서 호적은 아무런 의미가 없었지."

"그럴 리가… 어떻게 추노를 당할 수가 있습니까? 밤이 늦었지만 궁금해서 견딜 수 없습니다. 마저 이야기를 해주십시오."

스승은 스스로 감정이 북받치는지 말을 그치고 눈을 감은 채 한참 숨을 골랐다. 그리고 영학의 채근을 받고 다시 이야기를 이어나갔다.

21장
추노
推奴

推奴

추
노

　　전순의가 청송을 떠난 지 10년이 지나 초선은 50세의 할머니가 되었다. 그리고 제세는 서른이 넘는 장년이 되어 단란한 가정을 이루고 있었고, 희선은 이미 5년 전 안동의 양반가에 출가를 해서 자식을 셋이나 두었다.

　　그러던 어느 날 한양에서 두 사람의 손이 불쑥 나타났다. 한 사람은 한양의 전 씨 집안에서 집사 노릇을 하는 김창수라는 노인이었고, 다른 하나는 전순의의 감옥살이 뒷바라지를 했던 장쇠였다.

　　둘은 청송도호부 관아에 소속된 김동주라는 기찰포교 한 명을 대동하고 왔다. 초선은 갑자기 들이닥친 그들을 보고 가슴이 철렁했지만 김 노인은 평상시 하인을 대하듯 초선에게 반말을 썼고, 장쇠란 사람은 제세를 제 아랫사람처럼 함부로 대했다. 20년 만에 나타난 김 노인의 말은 이랬다.

"어의 대감께서 너희를 데리고 흔적도 없이 종적을 감춘 게 20년 전이다. 본가에서는 그 때문에 난리가 났지만 너희들이 대감마님을 잘 모시겠지 하는 생각에 조용히 지냈다. 그런데 재작년 본가의 장남인 김 생원께서 대감마님이 강원도 오대산에서 홀로 지내다 외로이 돌아가셨다는 소식을 들었다. 이 소식을 알게 된 생원님께서는 격노하여 너희들을 당장 잡아서 끌고 오라고 엄명을 내리셨다. 그런데 여기서 너희들이 약방을 내서 돈도 많이 벌고 있는 것을 보니 당장 끌고 가는 것보다는 인정을 베풀어 너희들을 여기서 살도록 하는 게 좋을 것 같다. 내가 서방님께 잘 말씀드려 은혜를 베풀도록 하마."

김 노인은 계속 말을 이었다.

"대신 요즘 본가의 살림살이가 넉넉하지 않으니 너희들이 모은 재산을 모두 바쳐라. 너희들이 당장 끌려가서 종살이를 하지 않는 것만 해도 천운인 줄 알아라. 너희들은 도망친 노비인 데다 호적까지 위조한 중죄인이라 관아에 발각되면 죽음을 면치 못한다는 사실을 명심해라."

초선은 20년 동안 남부럽지 않게 살면서 가슴 한구석에는 까닭모를 불안감에 떨었다. 그런데 그 불안감이 현실이 되자 정신이 아찔했다. 그렇지만 까짓 돈이야 다시 벌면 된다고 생각하고 정신을 가다듬었다. 당장 한양으로 끌려가서 종살이를 하지 않는 것만 해도 불행 중 다행이었다.

그 후 초선은 집안의 패물이나 창고의 쌀, 녹용, 웅담 등 돈이 될

만한 물건들을 몽땅 팔아 비단, 인삼, 무명으로 바꾸었다. 한시라도 빨리 저 날강도들을 집에서 내보내고 싶었다.

김 노인은 비단 열 필, 상품(上品) 인삼 다섯 근, 무명 스무 필을 요구했다. 비단 한 필이 쌀 스무 가마니 값이고, 인삼 한 근이 쌀 열다섯 가마니, 무명 한 필이 쌀 두 가마니 값이니 김 노인이 요구하는 물품의 값어치는 자그마치 쌀 삼백 가마니가 넘었다. 초선은 이렇게 막대한 재물이 어디에 있느냐며 줄여 줄 것을 사정했지만, 김 노인은 눈 하나 깜짝하지 않았다. 그러면서 오히려 으름장을 놓았다.

"그렇게 가져가 봤자 추노를 해준 한성부의 종사관 나리에게 반을 떼어주고 나면 막상 주인집에서 가져갈 건 얼마 되지 않을 것이다."

초선은 기가 막혔지만 거역할 길이 없었다. 거기에다 장쇠는 노골적으로 초선을 희롱하고 들었다.

"이녁이 호강을 하니 나이를 먹어도 곱네? 밤이 많이 외롭지? 나도 주인집에서 말발이 있으니 나한테 밉보이면 살아남기 힘들어! 혼자 외롭게 살아봤자 누가 알아주겠어? 좋은 종으로 살아야지. 양반 흉내 내봤자 본인만 손해야."

그럴 때마다 초선은 어이가 없어서 노려보기만 했다. 그래도 장쇠는 누런 이를 드러내 놓고 히죽히죽 웃으면서, 희롱을 그치지 않았다.

김 노인과 장쇠가 나타난 지 스무날이 지났을 때 요구하는 품목이 거의 다 마련되었다. 때맞추어 한양의 포도청 소속 종사관이라는 사내가 평복 차림의 나졸 둘을 대동하고 나귀 두 마리를 끌고 나타났다. 종사관은 청송에 도착하자마자 안방을 차지하고 초선을 종 부리듯 하였다. 초선은 그가 자신에게 잠자리 시중을 들라고 하지 않는 것만 해도 다행이라고 생각했다.

그로부터 사흘 뒤 한양에서 온 불한당들은 모두 길을 떠났다. 그런데 김 노인은 길을 나서기 전, 2년 뒤에 다시 올 테니 그때 준비를 단단히 해놓고, 그렇지 않으면 바로 한양에서 종살이할 각오를 해야 할 것이라고 말했다. 그리고 덧붙여 으름장을 놓았다.

"도망갈 생각은 꿈도 꾸지 마라. 너희가 팔도 어디에 숨더라도 찾아내기는 식은 죽 먹기다. 당장 끌고 가지 않는 것만 해도 다 내 덕이니, 내 입장 곤란한 일이 없도록 해라. 그렇지 않으면 너희들은 목숨을 부지할 수 없을 것이다."

그 말을 들은 초선은 그저 어안이 벙벙했다. 초선은 한양 사람들이 떠나고 나면 모든 게 다시 예전의 일상으로 돌아갈 것이라고 생각했지만, 그것은 착각임을 깨달았다.

초선은 수십 년 동안 벌어서 모은 돈을 순식간에 빼앗기고 나니 약방을 찾는 환자들을 예전처럼 대할 수가 없었다. 예전에는 환자들이 주변에서 쉽게 구할 수 있는 민간약재로 처방을 해주면서, 별도로 치료비를 받지 않았지만 이젠 사정이 달라진 것이다.

사람들은 그런 변화를 귀신같이 알아차렸다. 그리고선 사람이 변했다, 자리를 잡고 나니 이제 욕심을 드러내고 돈을 밝힌다고 수군거리기 시작했다. 게다가 포교들의 약방 출입이 부쩍 잦아졌다. 특히 김 노인, 장쇠와 함께 초선을 찾았던 김동주는 "몸이 피곤한데 십전대보탕이나 내어

와라", "녹용이 좋다는데, 녹용 맛이나 한 번 보자"는 등의 넉살을 부리면서, 약방을 제집처럼 들락거렸다.

혼자만 오는 게 아니었다. 동료들까지 여럿 데리고 와서 목이 마르니 오미자차나 대추차를 내어오라고 유세를 떨기도 했다. 또 그 와중에 은근히 뇌물을 요구했다.

"내 말 한마디면 너나 네 아들이 어떻게 되는지 알지? 그런데 요즘 내가 살림이 쪼들려서 그런지 자꾸 짜증이 난단 말이야…"

발 없는 말이 천리를 간다고 했던가. 초선이 뒤늦게 돈을 밝힌다는 소문과 함께 포졸들이 자주 출입한다는 소식이 동네에 퍼지자 손님은 눈에 띄게 줄었다. 그런데다 약을 지어간 사람들은 약값을 떼먹기 시작했다. 그러다보니 윤택했던 살림은 금방 궁색해지고 말았다.

그렇게 1년의 세월이 흘렀다. 약방의 영업이 신통치 않다보니 1년 동안 열심히 일하고 아껴봤자 모이는 재물이 없었다. 초선은 걱정으로 밤잠을 이룰 수 없었다. 자신은 살만큼 살았지만 아들인 제세의 장래나 손자 인석을 생각하면 눈앞이 캄캄했다. 그렇지만 정신을 차리고 저렇게 똑똑하고 명랑한 아이를 노비로 만들 수는 없다고 수없이 다짐했다.

초선은 첫날밤에 선물로 받았던 옥으로 장식한 은비녀를 방물장수에게 내다팔고 면포 다섯 필을 장만했다. 그리고 벽장 속에 고이 보관하던 봉밀인삼단지를 꺼내 제세에게 건넸다. 그러면서 전라도 장수현의 현감을 찾아가서 몸을 의탁하라고 일렀다. 그때 장수현의 현감은 제세의 호적상 아버지인 전승만의 인척이었다.

초선은 제세가 호적상으로는 엄연히 무관벼슬을 하는 전승만의 아들이기 때문에 자신과의 인연만 끊어 버리면 추노가 될 이유가 없다고 생각하고, 아들과의 인연을 완전히 끊기로 마음을 먹었다. 제세도 처음에는 어머니의 말에 펄쩍 뛰었지만, 나중에는 현실을 인정하고 따를 수밖에 없었다.

며칠 후 제세와 그의 아내는 어린 인석을 데리고 방물장수 일행에 섞여 전라도 장수로 떠났다. 제세가 떠난 뒤 그동안 차인으로 일하던 심강진이 약방을 맡았다. 심강진은 청송이 본관인데다 이곳에서 7대째 살고 있는 토박이라 연고가 탄탄했다.

제세가 떠난 지 불과 한 달도 되지 않아 한양에서 김 노인과 장쇠가 한양의 포도청 소속 군관과 포졸 한 명을 데리고 약방에 들이닥쳤다. 청송관아의 김동주로부터 기별을 받은 모양이었다. 그러나 그들은 약방 안으로 들어오지 못했다. 심강진이 주인 허락 없이 들어오지 못한다고 오금을 박았기 때문이다.

한양의 군관이나 청송 관아의 김동주도 청송에서만큼은 무소불위의 세도를 가진 청송 심 씨의 일족인 심강진을 어쩔 수 없었다. 그래서 초선을 밖으로 불러내어 닦달했다. 그러나 초선은 전혀 겁먹은 티를 내지 않았고, 이에 분개한 김 노인은 한양의 전 씨 집안을 대리하여 청송 관아에 고소장을 접수했다. 그렇지만 추노사건은 청송도호부사에게는 별로 반갑지 않은 사건이었다. 그런데다 심 씨 가문의 영향력도 있었기에 관아에서는 즉각 조사에 착수하지 않고 시일을 끌었다.

그로부터 며칠 후 초선은 김 노인과 장쇠를 저녁에 집으로 불렀다.

김포교도 함께 초청했다. 집사라고는 하나 머슴에 불과한 김 노인이나 상머슴인 장쇠는 생전 구경도 못한 상차림에 입이 딱 벌어졌다. 초선은 옛날이야기에 나오는 우렁각시를 연상시킬 정도로 곱게 한복을 차려 입고 있었다. 진수성찬에 배가 부르고, 반주로 얼굴이 불그레해지자 초선은 사람들의 얼굴을 찬찬히 쳐다보면서 입을 열었다.

"관아에 고소장을 제출했더군요."

"도망친 노비를 당장 끌고 가지 않고 살려 줬더니 배은망덕하게도 자식들을 딴 곳으로 도망을 시켰더구나. 약방은 딴 놈에게 팔아 넘겨버리고……. 괘씸한 것, 법이란 게 얼마나 무서운지 한번 맛 좀 봐라."

"법? 법이 나를 굴복시킬 수 있다고 생각합니까?"

"뭐? 도망친 종년이 감히 법을 무시하고 들어?"

"미천하나마 평생 대감마님을 모신 몸입니다. 대감마님께서도 저를 한 번도 노비로 대하지 않으셨습니다. 양첩(良妾)만 첩이 아니라 천첩(賤妾)도 엄연한 첩입니다"

"너는 역적의 자식이기 때문에 첩이 될 수 없다. 너는 그저 몸종일 뿐이다. 대감마님께서도 너를 첩으로 삼을 수 없었기 때문에 아무도 모르게 너를 빼돌린 것이 아니더냐? 주제 넘는 소리 하지 마라."

"대감의 자식을 낳았는데 왜 첩이 아닙니까?"

"첩인지 아닌지는 법에 따라 결정되는 것이고, 너는 말할 자격이 없다. 아무래도 네가 물고가 나봐야 정신을 차리겠구나. 좀 있다 관아에 끌려가서도 그 요사한 궤변을 늘어놓을 수 있는지 한번 두고 보자."

김 노인의 말을 들은 초선은 싸늘한 표정을 지으면서 숨을 골랐다.

그리고 한동안 말이 없었다. 김 노인과 초선의 대화에, 김 포교는 술이 확 깨는 것을 느꼈다. 초선은 결연한 태도로 다시 말을 이었다.

"법가(法家)를 이룬 한비자(韓非子)는 일찍이 '현실을 외면하고 정의를 벗어난 율(律)은 법이 아니라 세상을 어지럽히는 악(惡)'이라고 했다. 또한 '자신의 욕심을 따르는 것보다 더 큰 화(禍)는 없으며, 남의 허물을 말하는 것보다 더 큰 악은 없다'고 했다. 그런데 너희들은 감히 법을 빙자하여 남의 약점을 잡고 욕심을 채우기 위해 양심과 도덕을 내팽개치고 있다. 나중에 천벌을 받더라도 원망하지 마라. 그건 다 너희들이 저지른 일이 인과응보로 돌아온 것이다."

"저, 저것이 죽을 때가 되니 아주 대놓고 악담을 하는구나. 감히 종년 주제에 법이니 천벌을 주둥아리에 올려? 그리고 네가 무얼 안다고 한비자를 들먹거려? 이런 발칙한 년 같으니라고……."

김 노인은 낭패감에 젖어 어쩔 줄을 몰라 말을 더듬거렸다. 그러나 초선의 싸늘하고 독살스러운 눈초리에 저절로 고개가 움찔했다.

술잔을 홀짝거리면서 듣고 있던 김 포교는 비위가 뒤틀려 자리를 털고 일어났다. 그러자 김 노인도 김 포교의 눈치를 살피면서 덩달아 자리에서 일어났다. 하지만 장쇠는 아직 진수성찬이 남았는데 왜 일어나느냐는 표정으로 머뭇거리며 엉거주춤했다.

밖으로 나와 신을 신으면서 김 포교는 왠지 찜찜한 기분을 털어내기 어려웠다. 오랫동안 기찰포교 노릇을 통해 터득한 감이라는 게 있었다.

"저 여자 보통내기가 아닌 것 같네. 쥐새끼도 궁하면 고양이에게 대든다는데, 하여튼 글을 아는 인간들은 조심해야 한다니까."

　김 포교는 김 노인에게 한 마디 하고는 먼저 자리를 떠났다. 김 노인 역시 초선의 말에 몹시 기분이 상했지만, 심부름꾼에 불과한 자신이 무슨 말을 할 수 있는 처지도 아니었다. 그래서 김 노인은 말없이 연거푸 독한 소주를 마신 뒤 술기운을 이기지 못하고 그 자리에서 뻗어 버렸다.

　장쇠는 영문도 모르고 난생 처음으로 받아보는 진수성찬에 정신이 팔려 다른 생각이 들지 않았다. 거기에다 그 귀한 안동소주를 마시고 보니 정신이 알딸딸했다. 그 순간 뜻밖에도 초선이 장쇠에게 불그레한 볼에 살짝 보조개를 지으며 "여자를 품어 본 적 있냐"고 노골적으로 추파를 던졌다. 그 말에 장쇠는 화들짝 놀라 말문이 막혔다. 나이 마흔 다섯이 되도록 여인을 끼고 밤을 보내본 적이 한 번도 없었기 때문이다. 대답을 못하는 장쇠를 보면서 초선은 짓궂은 표정을 지으며 놀렸다.

　"너 죽으면 몽달귀신 되겠다."

　장쇠는 초선의 말에 히죽히죽 웃으며 말했다.

　"아, 조선 천지에 몽달귀신이 어디 한 둘이겠소? 종놈들이 다 몽달귀신인데……."

　"그럼, 아리따운 여인을 품을 기회가 생기면, 삼수갑산을 가더라도 그 기회를 놓치지 않겠네?"

　초선의 말이 떨어지자마자 장쇠는 침을 꼴깍 삼키면서 말했다.

　"삼수갑산이 아니라 당장 염라대왕이 쫓아와도 상관없지요."

그러자 초선은 장난기 어린 표정을 싹 거두며 말했다.

"네 소원을 들어주면 내 저승길에 동행할래?"

"마님 같은 분이라면, 저승길이 아니라 지옥길도 마다하지 않지요."

장쇠는 망설임 없이 대답했고, 행여나 하는 기대감으로 가득 찼다. 잠시 장쇠를 물끄러미 쳐다보던 초선은 밥상을 방구석으로 밀어 붙여 김 노인에게 누울 자리를 만들어 준 후 장쇠에게 말했다.

"네가 사내라면 좀 있다 옆방으로 와!"

그리고 초선은 곧바로 방을 나가버렸다. 장쇠는 '이게 웬 횡재인가' 싶어서 혼자서 몇 번 숨을 고른 뒤 득달같이 옆방으로 갔다. 방안에는 이미 비단금침이 깔려 있었다. 호롱불은 이미 꺼져 있었고, 방안에는 문종이를 뚫고 들어 온 희미한 달빛만이 가득했다. 초선은 이미 흰고쟁이 차림이었다. 이 모습을 본 장쇠는 앞뒤 가리지 않고 초선에게 달려들었다.

그렇지만 장쇠는 여자 경험이 없다 보니 의욕만 앞서 제대로 옥문을 열지도 못한 채 사그라지고 말았다. 컴컴한 어둠 속에서도 장쇠는 부끄러움을 감출 수 없었다. 그러나 초선의 말랑말랑한 입술이 가슴을 자극하고, 따뜻하고 부드러운 손길이 사타구니를 어루만지자 다시 힘이 불끈 솟았다.

그 뒤 장쇠는 있는 힘을 다해 몰입했고, 초선은 늙고 보잘 것 없는 자신을 위해 저승길까지 따라가겠다고 나서는 한 순박한 사내가 가여워 활짝 몸을 열었다. 그렇지만 가슴 깊은 곳에서 솟아오르는 서러움과 한을 누를 수 없어 끊임없이 눈물이 흘러내렸다,

장쇠는 초선의 눈물을 보고 감격했다. 외로운 여인이 처음으로 힘 있는 사내를 맞이하면서 진정한 환희의 눈물을 흘리는 줄 알았던 것이다. 장쇠는 젖 먹던 힘까지 보태어 더욱더 정성을 다했다.

　달이 서쪽의 주왕산 봉우리에 귀퉁이만 겨우 걸어 놓았을 때 땀에 전 장쇠는 초선에게서 떨어져 나른하고 황홀한 단잠에 빠져 들었다.

　잠시후 장쇠는 갑자기 심한 아픔을 느끼고 눈을 떴다. 눈을 떠보니 포졸 4~5명이 빙 둘러서서 자신의 몸을 발로 사정없이 걷어차고 있었다. 비명을 지르면서 일어나니 포졸들이 빨리 옷을 입으라며 정강이를 걷어찼다. 장쇠가 영문도 모르고 서둘러 옷을 걸치는 중에도 포졸들은 사정없이 발길질을 하며 곤봉을 내질렀다.

　장쇠는 포승에 묶인 채 청송도호부의 관아로 끌려 들어갔다. 그곳에는 이미 김 노인과 김 포교는 물론 한양의 포도청 소속 군관과 나졸도 포승에 묶인 채 동헌의 뜰에 꿇어 앉아 있었다. 동헌 뜰 한쪽 구석에는 무슨 물체가 거적에 덮여 있고, 거적 사이로 흰 옷자락이 삐죽이 나와 있었다. 장쇠는 흰 옷자락을 보자마자 어젯밤 초선의 속옷자락이 떠올랐고, 온몸에 소름이 돋았다.

　장쇠는 비록 욕정에 사로잡혀 앞뒤 분간하지 않고 저승길이라도 따라가겠다고 했지만, 그녀가 진짜 죽을 거라고는 꿈에도 생각하지 못했었다. 사정은 이러했다. 초선은 장쇠가 단잠에 빠져들 무렵 속옷차림으로 밖으로 나가 개울에서 찬물로 정갈하게 몸을 씻은 후 버드나무에 목을 매었다. 가지에는 그녀가 쓴 유서가 매달려 있었다.

천한 노비의 몸으로 자헌대부(資憲大夫)이신 전순의 대감의 분에 넘치는 사랑을 받은 것은 실로 하늘이 내린 광영이옵니다. 그렇지만 세상의 인심은 야박하기 그지없어 자헌대부께서 별세하시자 주변의 모든 사람들은 이 불쌍한 천첩을 능욕하기를 주저하지 않았습니다.

진작 대감마님을 따라 자진하고 싶었지만, 행여나 그 고결한 명성을 욕되게 할까봐 주저하고 망설였습니다. 그러다 결국 종놈에게 능욕을 당하니 이 치욕을 어찌 감당할 수 있겠습니까? 이미 죽었어야 마땅한 몸이 미련하게 죽지도 못하고 있다가 이런 치욕을 당하니 그 누구를 원망하겠습니까마는 뒤늦게라도 저를 능욕한 자들을 엄히 징치하여 저의 원한을 풀어주시고, 나라의 법도를 바로 세워주시옵소서. 그러시면 제가 귀신이 되어 보은하겠나이다.

— 성미현(成美賢) 배상(拜上)

장쇠는 반상(班常)의 법도와 강상(綱常)의 윤리를 어긴 천인공노할 죄인이 되었다. 포졸들은 장쇠의 주리를 틀고 인두로 입을 지지는 등 혹독한 고문을 가했다. 그러다 보름 후 목이 잘렸다.

김 노인은 이틀간 계속된 고문에 그만 혼쭐을 놓아버렸다. 김동주는 갖은 고문을 당하고 곤장 50대를 맞은 뒤 함경도로 귀양을 갔다. 한양에서 온 군관과 나졸은 체포는 되었지만 청송에서 아무런 조사를 받지 않고 바로 한양으로 압송되었다.

이 사건으로 한양의 전 씨 집안에서는 강상범죄에 연루되지 않기 위해 엄청난 액수의 뇌물을 쓰는 바람에 가세가 기울었다. 그래서 추노를 단념하는 것은 물론 앞으로 이 일에 관해서는 입도 뻥긋하지 못하도록 가솔들을 엄히 단속했다.

영학은 자식의 장래를 위해 서슴없이 목숨을 던진 초선의 결기에 감동하면서도 그녀의 비참한 죽음에 가슴이 시리는 슬픔을 느꼈다. 스승의 눈에도 촉촉이 물기가 어렸고, 목이 메는지 더 이상 말을 잇지 못했다.

그렇지만 영학은 스승의 이야기를 끝까지 듣고 싶어 스승의 마음이 진정될 때까지 침묵을 지키고 있다가 말을 꺼냈다.

"초선 할머니께서 그렇게 돌아가신 뒤에는 식겁한 본가에서 추노를 단념하지 않았습니까? 그런데 스승님은 왜 세상을 피해 산속에 들어오셨습니까?"

그러자 스승은 슬픈 표정으로 탄식하면서 말했다.

"그건 조선의 신분제도가 얼마나 질기고 악랄한지 모르고 하는 소리다."

그렇게 스승의 한 맺힌 이야기는 계속되었다.

초선의 죽음으로 한양의 전 씨 본가는 충실한 집사와 노비를 잃은 데다 자칫 강상(綱常)범죄에 연루될까봐 애간장을 태우고, 절반 이상의 재산까지 잃었다. 다행히 다방면으로 손을 써서 사건이 확대되는 것을 막았지만, 두 번 다시 떠올리고 싶지 않은 기억으로 남았다. 그리고 아들 인석을 데리고 전라도의 장수로 피신했던 제세는 호적상 아버지인 전승만의 인척인 현감의 도움으로 그곳에 무사히 정착했다.

그로부터 근 30년의 세월이 흘렀다. 인석은 일찌감치 혼인을 하여 아들을 두었지만 사고로 잃고, 늘그막인 무인년(서기 1518년)에 다시 아들을 얻었다. 인석은 그 아들의 이름을 세상을 밝게 한다는 의미로 빛 광(光)자와 날 일(日)자를 써서 광일이라고 지었다. 그 아이가 바로 스승이었다.

스승이 태어난 그 다음 해, 조정에서는 엄격한 추환령을 전국에 내렸다. 장예원(掌隸院)에서는 쇄환을 통해 노비 수를 늘려 국가의 재정과 양반들의 살림살이를 늘려야 하는 막중한 국가적 임무를 부여받았다. 하지만 추노는 그리 간단한 문제가 아니었다. 장예원의 모든 조직적 역량을 결집하고, 형조와 의금부, 호조 및 한성부와 협력해야 할 뿐만 아니라, 전국의 지방관아를 총 동원해도 눈에 띄는 성과를 내기란 쉽지 않았다.

그러나 어명을 받은 장예원에서는 어떤 수단과 방법을 써서라도 눈에 보이는 성과를 내야 했다. 그래서 과거기록을 샅샅이 조사하기 시작했다. 그 과정에서 장예원의 관리들은 과거 어의로서 벼슬이 최고에 이른 전 씨 집안의 사건에 주목했고, 사의(司議, 정5품)와 사평(司評, 정6품) 한 명씩 총 두 명을 전 씨 집안에 직접 보냈다.

전 씨 집안에서는 이미 30년 전 과거사이고, 전순의 대감의 명예와 관련된 문제를 더 이상 거론하고 싶지 않다고 분명하게 의사를 밝혔다. 그렇지만 장예원의 관리들은 포기하지 않았다. 이 문제는 국가의 중대사로서, 한 집안의 일에 그치는 것이 아니라 반상의 법도라는 국가의 근본이념을 바로 세우는 일이니, 만약 협조하지 않으면 어명을 어기는 것이라며 노골적으로 겁을 주었다. 어명을 어긴다는 것은 곧 역모죄였다. 그래서 전순의 대감의 후손은 장예원의 관리가 요구하는 대로 고소장을 작성하여 장예원에 접수할 수밖에 없었다.

그 후 장예원의 관리들은 형조, 의금부, 호조 및 한성부의 협조를 받고 지방행정조직을 총 동원하여 전제세의 행방을 쫓기 시작했다. 이미 죽은 사람을 찾기는 쉽지 않았지만 그들은 결코 포기하지 않았다. 그가 어의 출신의 후손임을 감안하여 전국의 약방을 이 잡듯 뒤졌다.

전인석은 비록 어릴 때이지만 아버지가 추노 때문에 얼마나 공포에 떨었는지, 할머니가 어떻게 죽었는지 또렷하게 기억하고 있었기에, 청송을 떠난 이후 성까지 바꾸어 김인철이라는 이름으로 살았다. 그렇지만 워낙 수사망이 광범위하고 철저했기에 전인석은 그 해를 넘기기도 전에 소재가 수사기관에 포착되었다. 하지만 전인석은 언젠가 이런 일이 있을 거라고 예측하고, 도망가기 쉽도록 재산을 갖고 다니기 편리한 금은보화나 무명으로 미리 바꾸어 놓고 있었다.

기해년(서기 1519년) 동짓달, 환자를 가장한 기찰포교가 약방을 정탐하기 시작하자 낌새를 눈치챈 전인석은 아직 두 돌이 되지 않은 젖먹이 아들만을 데리고, 하동의 화개로 도망을 갔다. 아내와 딸까지 함께 도망을 했다가는 며칠도 못가 체포될 게 뻔했기 때문이었다.

전인석은 도망을 가면서 아내에게조차 행선지를 말하지 않았다. 행여 아내가 행선지를 알았다가는 모진 고문을 견디지 못하고 토설할 게 뻔하다고 예상했기 때문이다. 아내도 이런 사정을 너무나 잘 알았기에 남편에게 아무 것도 묻지 않았다. 다만, 젖먹이 아들에게 젖을 한 번

실컷 먹이는 것으로 위안을 삼았다.

전인석이 화개로 도망친 것은 탁월한 선택이었다. 화개에서는 3일마다 장이 열리고, 바다와 강을 통해 사람이나 물산의 왕래가 많아 인파 속에 숨기 좋았기 때문이다.

그는 1년 넘게 화개에서 살다가 이웃으로 지내던 장인(匠人) 달수네 가족과 함께 지리산으로 들어갔다. 달수는 손재주가 아주 좋았다. 대로 엮는 바구니는 균형미가 있고 아름다워 쓰기가 아까울 정도였다. 짐승의 뻣뻣한 가죽도 그의 손을 빌려 무두질을 거치면 고운 무명처럼 변했다. 인석은 달수가 바구니를 만들거나 무두질하는 모습을 볼 때마다, 그가 공인(工人)이라기보다는 예술가라는 생각이 들었다.

달수는 솜씨가 좋다보니 항상 바쁘게 불려 다녔다. 어느 날 달수는 구례에 사는 김 초시(初試)의 부름을 받았다. 김 초시는 달수에게 20일 후에 자신의 회갑연이 있으니 큰 바구니 3개, 중간 바구니 7개, 작은 바구니 15개와 함께 토끼털 달린 가죽배자 8벌, 가죽신 12켤레를 보름 안에 만들어 오라고 했다. 이 말을 들은 달수는 산에서 대나무를 자르고 장에서 가죽을 사는 데만 해도 사나흘이 걸리고, 무두질만 해도 근 보름이 걸리기 때문에 보름 안에 그 많은 물건을 만들 수가 없다고 대답했다. 그러자 김 초시가 욕을 퍼붓기 시작했다.

"개돼지 같은 백정 놈이 시키면 시키는 대로 할 일이지, 감히 양반에게 말대꾸를 해? 만약 보름 안에 만들어 오지 않으면 마을에서 쫓겨날 줄 알아!"

김 초시의 서슬에 눌린 달수는 최선을 다하겠다고 말했다. 그리고 아내, 세 딸과 함께 밤을 꼬박 새워 일했다. 그렇지만 보름이 아닌 18일 만에 물건을 만들어, 회갑연이 열리기 불과 이틀 전에 물건을 갖다 바쳤다.

그런데 김 초시는 백정 놈이 건방지게 양반의 말을 거역했다는 이유로 물건 값을 주지 않았다. 그렇지만 달수는 김 초시에게 따지고 들 수가 없었다. 그랬다가는 당장 멍석말이를 당해 목숨은 건지더라도 사지 중 하나를 못쓰는 불구가 될 게 뻔했기 때문이다. 그 후 달수는 차마 물건 값을 달라는 말은 못하고, 물건에 흠이 생기면 고쳐 준다는 핑계로 매일 김 초시의 집을 드나들었다. 하지만 김 초시는 계속 모르는 체 시치미를 뗐다.

그렇게 한 달이 지났다. 집안 양식도 다 떨어져, 달수는 마누라와 아이들 볼 면목도 없었다. 그래서 달수는 용기를 내어 김 초시에게 재료비라도 좀 줄 수 없겠느냐고 통사정을 했다. 그러나 김 초시는 목에 핏대를 세우고 달수에게 쏘아 붙였다.

"네 놈이 약속을 어기는 바람에 내 체면이 상했다. 그런데도 짐승만도 못한 놈을 상대하기 싫어서 가만히 두었더니, 무어라? 물건 값을 달라고, 네 놈이 간이 부어도 한참 부었구나. 아무리 무식하고 천한 놈이라도 분수가 있지, 어디서 이 따위 패악질을 해! 한 번만 더 그런 헛소리를 하면 아주 주둥아리를 찢어 버리겠다. 그리고 한 번만 더 내 눈 앞에 나타나면 발모가지를 분질러버릴 테니 그렇게 알아!"

달수는 아무 말 없이 집으로 돌아올 수밖에 없었다. 그렇지만 오늘 아침에도 고픈 배를 달래기 위해 산나물을 간장과 된장을 녹인 물에 담가 먹던 마누라와 딸들의 모습이 눈에 선했다. 포기하기에는 너무 액수가 컸다. 그래서 달수는 거의 매일 김 초시 집 주변을 얼쩡거렸다.

그러던 어느 날 열려진 문틈으로 김 초시가 혼자서 대청마루에서 목침을 베고 드러누워 낮잠을 자는 모습을 보게 되었다. 그 모습을 본 달수는 자신도 모르게 문을 밀고 집안으로 들어갔고, 인기척을 느낀 김 초시가 눈을 떴다. 그런데 김 초시는 달수를 보자마자 '너 이놈 잘 걸렸다'는 표정으로 얼른 일어나려고 했다.

김 초시의 표정을 본 달수는 순간 아차 싶었다. 한 번만 더 눈앞에 나타나면 발모가지를 분질러버리겠다던 김 초시의 말이 생각난 것이다. 달수는 어떻게든 저 노인네가 소리를 못 지르도록 해야 한다고 생각했다. 그러면서 한편으로는 이왕 이렇게 된 바에 그냥 확 질러버리자는 충동이 일었다.

달수는 신발을 신은 채 급히 대청에 올라가 일어나 소리를 치려는 김 초시의 면상을 발로 밟아 버렸다. 그리고 버둥거리는 김 초시를 번쩍 들고 안방에 패대기를 쳐 버렸다. 더 나아가 놀라서 비명도 못 지르고 입에 게거품을 무는 김 초시의 면상에다 카악 하고 가래침을 뱉어 버렸다. 그리고는 얼른 줄행랑을 쳤다. 그 길로 달수는 집으로 달려가서 서둘러 식솔들을 데리고 지리산으로 도망갔다. 그때 인석도 잘 되었다 생각하고 아들을 데리고 달수를 따라 산으로 들어갔다.

달수의 손재주 때문에 산속의 생활은 불편이 없었다. 낫과 도끼로 나무를 다듬어 비바람을 피할 수 있는 움막을 한나절에 뚝딱 만들었다. 아버지를 닮은 탓인지 아들과 딸들도 힘이 세고 부지런한데다 손재주가 좋았다. 이렇게 시작된 산에서의 생활은 단조롭거나 지겹지 않았다. 오히려 자연과 함께하는 생활은 자유롭고 재미있었다. 그러다 인석의 아들은 여섯 살이 되면서부터 글공부를 시작했다. 그리고 열 살 때부터 의방유취요결을 공부하기 시작했다.

이야기를 듣던 도중 영학은 악랄하기 그지없는 조선의 신분제도야말로 망국의 지름길이라는 생각이 들었다. 그제야 세상을 능가할 안목과 뛰어난 지혜를 가지고서도 세상에 숨어살 수밖에 없는 스승의 삶이 이해가 되었다. 영학은 이러한 상황이 분하고 속상했지만 내색하지 않았다. 그리고 애써 밝은 표정을 지으며 스승의 과거 사랑에 대해 물었다.

"스승님, 과거에 정분을 나눈 여인은 없었나요? 이렇게 똑똑하고 유능한 스승님에게 정인이 없었을 리가 없지요."

영학의 말을 들은 스승은 갑자기 눈물을 주르륵 흘리며, 손으로 가슴팍을 쥐어뜯었다. 영학은 스승의 아픈 상처를 건드렸구나 하는 생각이 들었다. 하지만 이미 엎질러진 물이었다. 스승은 또다시 한 맺힌 사연을 털어놓기 시작했다.

스승은 열여덟이 되는 해에 달수의 큰딸인 금이와 혼인을 했다. 금이는 스승보다 세 살 위인 스물 한 살의 맑고 순수한 여인이었다. 부부의 금슬이 그렇게 좋을 수가 없었다. 허나 혼인한 지 5년이 지나도록 아이가 생기지 않자 금이는 초조함과 남편을 향한 미안한 마음에 사로잡혔다.

금이는 남편에게 알리지 않고 삼지구엽초, 복분자, 익모초와 토사자(討絲子) 등 임신에 도움이 되는 약초를 꾸준히 먹었다. 그렇게 공을 들인 덕분이었을까. 금이는 혼인한 지 7년 만에 회임을 했다. 스승은 아내가 늦은 나이에 임신한 것이 조금 걱정되기는 했지만, 기쁜 마음은 숨길 수 없었다. 스승의 그런 모습을 보며 금이는 진정으로 여자로서의 행복과 뿌듯함을 느꼈다.

그러나 그녀의 행복은 그리 길지 않았다. 산속의 눈이 채 녹기 전인 2월의 어느 날 회임 9개월 만에 양수가 터지고, 산고가 시작되었다. 난산이었지만 금이는 안간힘을 다 썼다. 드디어 아이를 세상 밖으로 밀어내는 데 성공했다.

그렇지만 그녀는 곧 혼절해버렸다. 그 뒤 혼수상태에 빠져 5일 만에 허무하게 숨을 거두고 말았다. 아이를 낳느라 너무 기력을 소진한 탓이었다. 태어난 아이는 5일 동안은 의식을 차리지 못하는 엄마의 젖을 빨아 먹었다. 하지만 엄마가 숨을 거두고 난 뒤가 문제였다. 눈 덮인 산속의 외딴 마을에서 갓난아이가 먹을 음식을 찾기란 힘들었다. 고기 끓인 물을 숟가락으로 떠서 먹여 보았지만, 결국 아기는 엄마의 젖이 끊기고 열흘 만에 엄마를 따라가버렸다.

그 뒤부터 스승은 제정신으로 살 수 없었다. 하루 종일 혼자 중얼거리다가 두 손으로 머리카락을 쥐어뜯었다. 혼자 비실비실 웃으면서 산을 헤매고 다니기도 했다. 세상일에는 아무 관심도 두지 않고, 풀이나 나무만 쳐다보면서 나날을 보냈다. 마을 사람들은 그런 스승의 모습을 보고도 속으로 안타까워할 뿐 다가가 위로의 말을 할 엄두도 내지 못했다.

그런데 거의 3년 가까이 혼자만의 세계에 빠져 있던 스승은 갑자기 의욕을 되찾았다. 그는 한 젊은 아낙네가 임신을 했다는 소식을 듣고 마을사람들에게 새끼 밴 암소 한 마리와 염소 두 마리를 사오게 했다. 그 후 암소와 염소가 새끼를 낳자 소와 염소의 젖을 짜서 옹기에 담았다. 스승은 옹기에 담긴 소와 염소의 젖을 뚝배기에 넣고 약하게 불을 뗀 후 나무 숟가락으로 저으면서 오랫동안 달였다. 그랬더니 젖은 죽처럼 걸쭉해졌다. 그런데 그가 걸쭉해진 젖을 양지바른 곳에서 말리니 수분은 사라지고 덩어리가 생겼다.

스승은 그 덩어리를 나무 방아로 곱게 빻은 뒤 그 가루를 깨끗한 무명에 싸서 서늘하고 건조한 곳에 보관했다. 마을사람들은 그가 무엇을 하는지 아무도 알지 못했다. 그렇지만 아무도 간섭하지 않았다. 단지, 스승이 의욕을 되찾은 것을 기뻐했다.

스승은 마을의 아낙네가 출산을 할 때 보관하고 있던 유분을 끓인 후 미지근하게 식힌 물에 타서 임산부에게 먹였다. 그 물을 마신 임산부는 출산 도중에 탈진하는 일 없이, 거뜬하게 아이를 낳았다. 산모의 젖이 잘 나오지 않아도 걱정할 필요가 없었다. 부족한 젖 대신 유분을 녹인 물을 아기에게 먹일 수 있었기 때문이었다. 유분을 녹인 물을 먹은 아기는 포동포동 살이 올랐으며, 고운 황금빛 변을 보았다.

그제야 마을 사람들은 스승의 의도를 알게 되었다. 자신의 아내와 이름도 없이 다시 하늘나라로 돌아가 버린 아이에게 해주지 못했던 일을 그 임산부와 아이에게 행한 것이다. 마을 사람들은 가슴이 찡하면서도 안쓰러운 마음에 선뜻 고맙다는 말도 하기 어려웠다.

그 후로 스승은 여인과의 인연을 더 이상 맺지 않았다고 한다. 영학은 위로할 심산으로 스승의 정인에 관해 물었을 뿐인데, 듣고 보니 그 사연이 너무도 기구하고 슬펐다. 어째서 하늘은 이토록 뛰어난 재능과 어진 성품을 가진 사람에게 이렇게 큰 고난을 주는지 안타까울 따름이었다.

하지만 곰곰이 따져보니 스승의 고난이 유별난 것도 아니라는 생각이 들었다. 현실을 돌이켜보면 이 고통은 이 땅의 노비와 선량한 백성들 누구나 겪는 고난이라는 사실을 부인할 수 없었다. 다만 스승은 뛰어난 재능이 있기에 그 고난이 더 크고 안타깝게 느껴질 뿐인지도 모른다고 생각했다.

영학은 스승이 가여워 견딜 수가 없었다. 그래서 그를 위해 새벽임에도 불구하고 술상을 차렸다. 그리고 무릎을 꿇고 스승에 대한 진정한 존경과 감사를 담아 술잔을 채웠다. 영학은 말없이 술잔을 기울이면서 결심했다. 스승이 겪은 아픔과 고난을 절대로 잊지 않겠다고, 그리고 스승으로부터 이어 받은 지식으로 모든 백성들에게 고난을 안겨 주는 신분사회의 모순을 타파하는 데 기꺼이 한평생을 바치겠노라고.

긴 이야기를 마친 스승은 가슴속의 울분과 한을 조금은 풀어버린 듯애서 홀가분한 표정으로 영학에게 말했다.

"이제 네 실력으로 혼자서 약방을 할 수 있고, 자리도 잡혔으니, 나는 아버지와 아내와 아들이 묻혀 있는 산으로 다시 돌아가련다. 평생을 산에서 지내다보니 그곳이 바로 내 고향이다 싶구나."

22장 밀항

밀
항

시계노부 일행과 주막에서 만났던 그 다음날 이호영은 아침 일찍 검율 신재기를 찾아 갔다. 이호영은 군관으로서 종9품의 직위이다. 검율 역시 이호영과 같은 종9품이지만 실제 하는 일과 지위는 엄청난 차이가 났다. 군관은 감사를 만나기는커녕 얼굴보기도 힘든 말단 직이지만, 검율은 감사의 법률보좌관 역할을 하는 막료였기 때문에 중책이라 할 수 있었다.

이호영은 신재기에게 깍듯이 군례를 올리고, 어제 입수한 정보를 보고했다. 검율은 모처럼 굵직한 사건을 다룰 호재로 판단하고, 차질 없이 진행하라고 명을 내렸다. 그리고 하동현감에게 통지할 문서와 마패는 다음날 받아가라고 일렀다.

검율의 승인을 받은 이호영은 신재기에게 감사를 표한 후 물러나와 출장채비를 했다. 상주에서 하동까지는 500리 길이다. 아침 일찍 출발해서 역마다 말을 바꿔 타면서 부지런히 달리면 해지기 전에 닿을 수 있다. 그는 한시라도 빨리 달려가서 국가기밀을 빼내고 왜적의 수괴를 살린 죄인을 처단하고 싶었다. 그런데 전동수라는 그 농사꾼은 말을 못 탈 것이었고, 그렇다면 할 수 없이 합천이나 의령쯤에 있는 역참에서 하룻밤을 자고, 다음날 하동에 가야 했다. 그러면서도 이호영은 마패를 내보이고, 역참에서 참과 숙소를 제공받으면서 출장을 간다고 생각하면 왠지 가슴이 뿌듯했다.

다음날 이호영은 평소 자기 말을 잘 듣는데다 동작이 민첩한 포교 민영기를 차출하여, 전동수와 함께 상주를 출발했다. 그런데 매실농사를 짓는 농사꾼이라던 전동수의 말 타는 솜씨가 보통이 아니었다. 이호영과 민영기는 말을 타고 달리면서 자주 채찍을 휘둘렀지만, 전동수는 채찍질도 없이, 말과 한 몸이 되어 달렸다. 그 모습에 이호영은 잠시 놀라긴 했지만, 한시라도 빨리 공을 세우고 싶은 마음이 컸기에 마침 잘됐다 여기고 길을 서둘렀다.

그날 오후 전 노인은 선돌과 함께 녹차밭과 매실밭을 둘러보고, 산간에 정착한 사람들을 만난다며 길을 나섰다. 민지도 내년 2월에 영학과 혼례를 올리기로 날을 잡았다. 이 때문에 요즘은 이틀에 한 번씩 약방을 찾았다. 그래서 해거름 때 약방에는 영학과 명원만 있었다.

영학은 틈나는 대로 과거준비에 몰두했다. 약방일이나 농사일 모두 순조로웠고, 선돌도 사랑의 아픔을 접고 일에 재미를 붙이고 있다. 주변은 모두 평안했고, 영학은 새로운 희망과 의지에 불타고 있었다.

미시(未時, 오후 1시에서 오후 3시 사이) 무렵 네 명의 건장한 장돌뱅이들이 약방을 찾았다. 한 사람은 허리가 아프다고 하고, 한 사람은 종아리 근육이 땅긴다고 했다. 다른 두 사람은 동무들을 따라 왔다고 했다. 영학은 병이 아니라 신체의 일시적 불균형이라고 진단하고 가볍게 뜸을 뜨려고 했다. 그런데 그 사람들은 뜸은 뜨거워서 싫다고 엄살을 부렸다. 그래서 침을 놓겠다고 하자 침은 아파서 싫다고 하면서 탕제나 달여달라고 했다. 옆에 있던 명원이 웃으며 말했다.

"탕제는 값도 비싸고 시간도 오래 걸리는데, 왜 굳이 탕제타령입니까?"

그러자 그들은 퉁명스럽게 대답했다.

"내가 내 돈 내고 보약 좀 먹자는데, 뭐가 불만이요."

"그럼, 그럽시다."

영학은 빙그레 웃으며 선선히 대답한 후 값싼 약재로 이루어진 처방전을 명원에게 주었다. 처방전을 받은 명원은 단지에 약을 달이기 시작했다.

신시(申時, 오후 3시에서 오후 5시 사이) 무렵엔 부자지간으로 보이는 20세 남짓한 청년 한 사람과 마흔이 약간 넘어 보이는 중년의 남자가 약방으로 왔다. 그중 청년이 말했다.

"아버지가 갑자기 현기증이 있어서 걷기가 힘들다고 하십니다."

그 말에 영학이 진맥을 했지만 아무런 병이 없었다. 그래서 일시적인 신체불균형이나 심리적 증상이라고 진단하고 옆방에서 잠시 휴식을 취하라고 처방을 내렸다.

날이 어두워지기 시작했다. 탕제가 다 되려면 앞으로 한 시진은 더 불을 때야 했다. 영학은 호롱불을 밝히고 책을 읽고 있었다.

그로부터 이각이나 지났을까. 장돌뱅이 일행 중 한 사내가 방 안에 있기가 갑갑하다며 명원에게 이것저것 시답잖은 말을 붙이면서 마당으로 나와 서성이고 있었다. 그러던 중 칼을 든 도포자락 차림의 두 사내와 감청색 평복을 입은 한 사내가 나타났다. 이호영 일행이었다.

민영기는 약방에 이르자마자 냉큼 문을 발로 차서 열었다. 그리고 성큼성큼 발걸음을 옮겨 약을 달이는 명원에게 다가가 낮고 차가운 음성으로 물었다.

"네가 문영학이냐?"

명원은 아닌 밤중에 홍두깨도 아니고, 웬 불한당 같은 놈들인가 싶어 대꾸를 않으려다 분위기가 심상찮아 일어나면서 되물었다.

"웬 놈이냐?"

그러자 도포자락 차림의 두 사내가 갑자기 육모방망이로 명원의 목덜미와 어깨 죽지를 내리치면서 발로 걷어찼고, 불의의 가격을 당한 명원은 그만 뒤로 벌렁 나자빠지면서 정신을 잃었다. 그 옆에 있던 장돌뱅이 사내가 놀라서 새파랗게 질린 표정으로 방을 가리키며 말했다.

"이 사람은 의원님이 아니오. 의원님은 저 방 안에 있소."

그 말에 이호영이 같잖다는 듯이 대답했다.

"뭐? 의원님 좋아하네, 그 새끼가 저기 있단 말이지?"

이호영이 언성을 높이자, 장돌뱅이 사내는 몸을 움찔하고 말을 더듬으면서 다시 손으로 방을 가리켰다.

"저 방이요, 저 방!"

민영기는 육모방망이로 사내의 배를 밀어 제치고 앞으로 뛰어갔다. 두 사내가 문 앞에 이르자 갑자기 안에서 방문이 확 열렸다. 시끄러운 소리를 듣고 영학이 무슨 일인가 싶어 먼저 문을 연 것이다.

밖이 어두워 두 손으로 눈을 비비던 바로 그때, 영학은 갑자기 옆구리와 명치에 강한 충격을 받았다. 몸이 휘청거리는 동시에 어깨와 목덜미에도 둔탁한 충격이 연이어 가해지자, 그만 정신이 혼미해져서 아무 소리도 내지 못하고 그대로 뻗어 버렸다.

이호영과 민영기는 쓰러진 영학을 몇 번 더 발로 짓밟은 뒤 요헤이에게 지시했다.

"의방유취인지 뭔지 하는 그 책을 증거로 찾아라."

그 말을 들은 요헤이는 고개를 끄떡이고는 재빨리 밖으로 나갔다. 그 후 민영기는 허리춤에서 빨간 오랏줄을 꺼내어 쓰러진 영학의 몸을 결박하였다. 이호영은 밖으로 나가 명원에게도 몽둥이질과 발길질을 퍼붓고, 방안으로 끌고 와 쓰러져 있는 영학의 옆에 무릎을 꿇렸다.

명원은 지금 이 상황이 도저히 이해가 되지 않아 그냥 새파랗게 질려 있었다. 그런데 얼마 후 더욱 기절초풍할 일이 일어났다. 옆방에 있던 장돌뱅이 두 명이 방문을 열고 들어와서는 순식간에 환도를 휘둘러 도포자락의 사내 한 명을 단칼에 베어버린 것이다. 습격을 당한 사람은 이호영이었다. 그는 왼쪽 어깨로부터 오른쪽 허리까지 비스듬하게 칼에 베였고, 순식간에 내장이 밖으로 쏟아졌다.

칼을 맞은 이호영은 이 상황이 도저히 믿기지 않는다는 듯이 동그랗게 뜬 눈과 놀라 벌어진 입을 다물지 못했고, 서서히 무릎이 앞으로 꺾이면서 무릎을 꿇은 채 주저앉고 말았다. 주저앉는 동시에 고개가 뒤로 젖혀지면서 벌렁 나자빠졌다.

이호영을 벤 칼은 어느새 민영기의 목젖에 아슬아슬하게 닿아 있었다. 민영기의 몸은 사시나무 떨듯 파르르 떨리고 있었다. 그러나 얼굴은 움직이지 못하고 눈동자만 굴려 겨우 칼끝을 응시하고 있었다. 그 순간 민영기는 자기도 모르게 바지춤에 오줌을 지리고 말았다.

장돌뱅이 사내로 변장했던 고노 시게노부가 방안으로 들어오면서 눈짓을 하자 그제야 칼을 든 사내는 민영기의 목에서 칼을 거두었다. 사내는 영학의 몸에 둘러진 오라를 풀고, 그 오랏줄로 민영기의 온몸을 포박한 후, 익숙한 동작으로 명원과 민영기의 입에 재갈을 물리고 둘을 방안의 기둥에 묶었다.

요헤이가 방안으로 들어 와 방에 있던 5권의 의방유취 요록을 손에 쥐며 시게노부에게 눈짓을 하자, 그들은 영학을 보자기에 밀어 넣어 어깨에 둘러맨 후, 칠흑 같은 어둠 속으로 흔적도 없이 사라져 버렸다.

다음날 하동현은 때 아닌 난리로 뒤숭숭했다. 진주목의 포졸들까지 동원되어 주변을 물샐틈없이 수색했지만, 범인들의 흔적도 찾을 수 없었다. 흉흉한 소문만이 꼬리에 꼬리를 물고 퍼져나갔다.

민지와 영학의 어머니는 소식을 듣자마자 혼절해버렸다. 전 노인과 선돌도 도저히 믿기지 않는 사태에 할 말을 잃었다. 전 노인은 혹시 자신을 잡으러 온 추노꾼의 소행이 아닐까 생각했지만, 추노꾼이 양반인 영학을 납치할 이유가 없다고 생각하고, 이내 그 생각을 떨쳐버렸다. 그렇지만 오만가지 상상과 의문이 가시지 않았다.

하동현과 진주목에서는 영학을 지명수배했다. 경상도 일대에 영학의 행방을 쫓는 방이 붙었다. 이틀 후 감영의 도사가 조사관으로 하동에 파견되었다. 의금부 소속 종5품 도사가 하동에 뜨자 종6품의 향직인 하동현감은 오금이 저리고 무릎이 떨려 제대로 서있기도 힘들었다. 그래서 현감은 작년에 사마시에 합격하고 대제학 유성룡의 조카사위인 성진에게 얼른 구원요청을 했다. 그렇지 않아도 근심으로 밤잠을 이루지 못하던 성진은 흔쾌히 조사에 참여했다.

조사 끝에 하루도 지나지 않아 사건의 전말이 파악되었다. 명원과 민영기를 분리심문하고, 조사관이 물을 때 조금이라도 대답이 늦으면 바로 몽둥이 찜질과 고문이 가해졌기 때문에 본 사실 그대로 말하지 않고는 배길 틈이 없었다. 그런데 사건의 동기나 목적은 도무지 알 길이 없었다.

조사책임을 맡은 도사가 가장 먼저 지적한 점은 양반을 체포하면서 왜 의금부의 허가를 받지 않았느냐는 것이었다. 조선의 국법에 의하면, 일반 백성들의 형벌은 형조에서 관할하지만, 양반에 대한 형벌은 의금부에서 관장하기 때문이다. 이 때문에 경상감영의 형방인 황인수와 검율인 신재기가 심문을 받았다.

황인수는 모진 매를 맞으면서도 모르쇠로 일관했다. 수일 전 상주 변두리 주막에서의 이호영과의 만남은, 이호영이 죽어버린 이상 아무도 모를 것이라 판단했기 때문이다. 그래서 그는 압슬을 당하면서도 자신은 아는 게 없다고 버텼다. 다만, 이호영이 하동으로 출장가기 며칠 전 "남해안과 섬진강 일대에 왜구가 출몰한다는 첩보가 있어 은밀하게 조사를 해봐야겠다"고 말하는 것을 들었을 뿐이라고 시치미를 뗐다. 이 때문에 황인수는 사흘 후 크게 몸을 상하지 않고 풀려날 수 있었다.

신재기는 비록 종9품의 낮은 품계이기는 하나 엄연히 양반이었다. 그리고 검율은 관찰사의 법률보좌관이었다. 그러다보니 아무리 도사라 해도 대역죄인이 아닌 한 양반을 함부로 고문할 수는 없었기에 말로만 위협을 가했다. 신재기는 황인수가 진술한 내용 그대로 진술했다.

"이호영으로부터 '남해안과 섬진강이 접하는 하동 일대에 왜구가 자주 나타나는데다 하동의 한 의원이 뱃속에 화살이 박힌 왜놈을 치료해서 살려주었다는 첩보가 있어 조사를 하겠다'는 보고를 받고 그렇게 하라고 했을 뿐입니다. 그 과정에서 그 의원이 양반이라는 것을 전혀 알지 못했고, 이호영이 조사를 한다고 했지 체포한다고는 보고하지 않았습니다."

신재기는 한나절 동안 추궁을 받은 뒤 바로 풀려났고, 사건은 미궁 속으로 빠져 들어갔다.

사건 발생 한 달 후 도사는, 이 사건을 도적이 재물을 노리고 약방을 침입한 사건으로 보고서를 작성했다. 의금부 도사의 조사결과는 이러했다. 이 사건은 흉악한 도적이 재물을 노리고 침입했다가 때마침 사복 차림으로 민정을 살피던 군관과 마주쳐 칼부림이 났고, 그 과정에서 수적 우세를 당하지 못한 군관 1명이 피살되었으며, 군관과의 싸움에서 상처를 입은 도적들이 상처치료와 증거인멸을 위해 의원을 납치한 것이었다. 그리고 납치된 의원은 멸구(滅口)를 위해 살해된 것으로 추정했다.

이 보고서가 올라간 후 감영으로부터 약방에 대한 폐쇄명령이 떨어졌다. 하동현청은 감영의 명령서가 도착하기도 전에 미리 사람들을 동원해서 약방의 간판을 부수어버린 뒤 아예 집을 헐어서 뭉개고, 기둥과 주춧돌까지 뽑아 버렸다.

영학은 다음날 새벽녘에 의식을 차렸다. 눈을 떠보니 어두운 방 안에 누워 있다는 것을 알았지만, 몸은 꼼짝도 할 수 없었다. 어깻죽지와 골반뼈가 부서진 듯했고 관자놀이와 목덜미도 욱신거렸다.

그러다 영학의 눈에 희미한 어둠 속에 누워있는 사람의 형체가 보였다. 분명히 선돌이나 명원은 아니었다. 그들을 깨우고 싶지만 목소리도 내기 힘들었다. 또 막상 깨우려고 하니 덜컥 겁이 났다. 그래서 영학은 다시 눈을 감아버렸다.

영학은 이레가 지나서야 겨우 부축을 받고 윗몸을 일으킬 수 있었다. 그때서야 고노 시게노부(河野重信)와 마에다 요헤이(前田洋平)는 영학에게 자신의 신분을 밝혔다. 그들은 이레 전 감영의 포교들이 영학을 마구잡이로 두들겨 패는 것을 보고, 그냥 두었다가는 맞아 죽겠다고 생각해 말리려다가 그만 칼싸움에 휘말렸고, 이 과정에서 감영의 군관 1명이 죽었다고 말했다.

영학이 도저히 믿을 수 없다는 표정을 짓자 요헤이는 경상감영에서 배포한 지명수배 전단을 보여주었다. 늦은 밤, 진주목 관아의 벽에 붙어있던 방(榜)을 몰래 떼어 온 것이었다. 그 전단지에는 영학의 본관과 이름, 생일, 사는 곳, 얼굴 모양이 기재되어 있었고, 아래에는 관원살해(官員殺害), 국비누설(國秘漏泄)이라는 죄명과 함께 경상도 관찰사의 붉은 직인이 찍혀 있었다.

영학은 그 전단지를 보고 어이가 없어서 한동안 말이 나오지 않았다. 살아오면서 죄를 짓기는커녕 오해받을 일조차 한 적이 없거늘, 자신이 관원을 살해하고 국비누설을 저지른 중죄인이라니, 이 무슨 허무맹랑한 말인가? 영학은 아마 다른 사람을 착각하고 있음이 틀림없으며, 하루빨리 관아로 가서 진상을 밝혀야 한다고 생각했다.

그렇지만 현재로서는 몸을 움직일 수가 없었다. 지금의 증세로 보아서는 두 달은 꼼짝없이 틀어박혀 있어야 했다. 영학은 두 달 뒤를 기약하며 무고한 사람을 함부로 살인범으로 모는 인간들을 결코 그냥 두지 않으리라고 마음먹고 어금니를 악물었다.

영학이 두 다리로 겨우 일어설 수 있게 되자 시게노부와 요헤이는 영학을 부축해 걸을 수 있도록 도와주었다. 영학은 지극정성으로 자신을 보살펴주는 두 사람이 너무 고마웠다. 그래서 하루빨리 건강을 회복해서 함께 좋은 곳을 다니면서 신세를 갚겠다고 했다. 그 말을 들은 시게노부는 빙그레 웃으면서 영학에게 말했다.

"의원님께서는 건강을 회복하시면 제일 먼저 무엇을 하고 싶으십니까?"

"당연히 제 누명부터 벗어야지요."

"누명을 벗을 수 있다고 보십니까?"

"내가 떳떳한데 왜 누명을 못 벗겠소?"

"지난 무오년, 갑자년, 기묘년, 을사년의 사화 때마다 매번 수백, 수천의 연루자들이 목숨을 잃거나 고문으로 불구가 되는 고초를 겪지 않았습니까?"

"그건 나도 알고 있소."

"의원님은 그때의 희생자들에게 죄가 있다고 생각하십니까?"

"대부분 무고한 사람이었다는 것은 나도 알고 있소. 그렇지만 그건 정치적 사건이라 그런 것이고, 또 그게 나랑 무슨 상관이오?"

"당연히 상관이 있습니다. 매번 사화 때마다 희생된 사람들은 정치적 제거대상인 벼슬아치와 친인척이거나 서로 친한 사이, 혹은 친한 사람과 가깝다는 이유로 아무 영문도 모른 채 고문을 당하고 형장의 이슬로 사라졌습니다. 그렇지만 의원님의 죄는 너무나 명명백백합니다. 관군이 잡은 왜적의 괴수를 살려서 왜국으로 도망가게 하였고, 궁궐에 보관된 의방유취라는 의서에 적힌 의술을 왜적에게 누설했으며, 이 때문에 관군이 살해되고, 국가기밀이 왜국에 누출되지 않았습니까?"

"의원으로서 환자를 치료한 것일 뿐 나는 그 환자가 왜인인지 알지 못했소. 그런데 그게 어떻게 죄가 됩니까? 그리고 의방유취에 적힌 치료법이 왜 국가기밀입니까?"

"조선에서는 죄가 되고, 국가기밀누설행위가 됩니다. 게다가 죽음을 면할 수 없는 중죄입니다."

"아니, 조선에도 엄연히 법이 있거늘 어찌 그게 죄가 된단 말입니까?"

"과연 조선에 법이 있다고 자신할 수 있습니까? 조선의 재판이 법에 따라 이루어집니까? 가슴에 손을 얹고 생각해보십시오."

"조선에 왜 법이 없습니까? 법과 정의가 없이 어떻게 나라가 유지될 수 있소?"

"제가 보기에는 조선에는 법이 없습니다. 있다고 하더라도 허울뿐입니다. 조선의 재판은 법이 아니라 힘이나 권력자의 기분에 따라 결정됩니다."

"남의 나라라고 그렇게 함부로 말하지 마시오."

영학은 속으로 '이놈들이 사람을 살려놓으니 고마운 줄 모르고, 오히려 법이 어쩌니 저쩌니 하면서 남의 나라 욕이나 하는구나' 하는 괘씸한 생각이 들었다. 그래서 더 이상 아무 말도 하고 싶지 않았다. 시계 노부와 요헤이도 영학의 기분이 상했다는 것을 눈치채고, 더 이상 말을 하지 않았다. 그렇게 서로 한참을 말없이 우두커니 있다가 요헤이가 말을 꺼냈다.

"의원님께서는 순흥 안 씨와 여산 송 씨 집안의 송사를 아십니까?"

"잘 모르오."

"그럼 신사년(辛巳年, 서기 1521년)의 무옥(誣獄)사건은 아시지요?"

"듣기는 했지만 자세히는 알지 못하오."

"그 사건의 전말을 말씀드려도 되겠습니까?"

"어디 한번 이야기해 보시오."

"순흥 안 씨인 안돈후는 중금이라는 노비를 첩으로 들였습니다. 그런데 중금이가 첩이 되기 전에 낳은, 누구의 씨인지 모르는 감정이라는 딸이 하나 있었지요. 이 딸은 나중에 여산 송 씨인 송린과 혼인을 해서 사련이라는 자식을 낳습니다. 송사련은 똑똑하고 재능이 뛰어났지만, 신분은 노비를 벗어날 수 없었지요."

"그야 노비종모법에 따라 당연한 것 아닙니까?"

"그렇지요. 그런데 송사련은 노비이기는 하나 순흥 안 씨의 인척이고, 글재주가 뛰어나 양반들과의 교류가 많았습니다. 중종반정 때의 공신이자 기묘사화를 일으킨 심정과도 친하게 지냈지요."

"심정은 안돈후의 아들 안당과 반대파 아닙니까?"

"그렇습니다. 당시 송사련은 큰 공을 세워 지긋지긋한 노비신분을 벗어나려는 욕심에서 안당과 그의 아들인 처겸, 처함을 역모죄로 관아에 고소를 합니다."

"안당 일가가 무슨 역모를 저질렀습니까?"

"역모를 한 사실이 없지요. 그런데 송사련은 "안당이 집안에서 그의 아들들과 작당하여 나라의 공신인 심정과 남근을 제거하려고 모의하는 것을 똑똑히 보았"고 무고를 했지요."

"저런, 그 때문에 좌의정까지 지낸 안당과 그의 아들들이 사형을 당했습니까?"

"그렇습니다."

"송사련의 고변 말고 다른 증거가 있었겠지요."

"그렇지 않습니다. 고변 말고는 아무런 증거가 없었지요. 그렇지만 그 역모사건을 조사한 조사관은, "안당의 작은 어머니인 중금의 외손 자로서 같은 집안 식구인 송사련의 고변이니 틀림이 없다. 오죽하면 피를 나눈 친척이 고변을 하겠는가? 이보다 더 확실한 증거가 없다"는 이유로 유죄를 인정했습니다. 이 때문에 안당과 두 아들이 사형에 처해지고, 집안 식구들은 노비가 되었지요. 이게 신사무옥의 전말입니다."

"그렇지만 신사무옥은 벌써 65년 전의 과거지사가 아닙니까?"

"과거지사가 아니지요. 그 무옥이 있은 지 35년 뒤인 병진년(서기 1556년)에 안당의 무고함이 밝혀지고, 안당은 사면을 받았습니다. 그런데 무고함이 밝혀진 이유가 무엇인지 아십니까?"

"이유가 무엇이오?"

"나중에 송사련이 순흥 안 씨 집안과 피 한 방울 섞이지 않은 감정의 자식이라는 사실이 드러났기 때문입니다. 즉, 안당의 작은 어머니인 중금이 안당의 아버지인 안돈후의 첩이 될 때 데려온 여식이 감정이 라는 게 드러난 것이지요."

"송사련이 순흥 안 씨 집안과 피 한 방울 섞이지 않은 사실과 역모사 건의 진상과 무슨 상관이 있습니까?"

"조선의 재판에서는 중요합니다. 즉 송사련이 순흥 안 씨의 첩인 중 금의 피를 이어받은 몸이라면 거짓말로 집안 식구인 안 씨를 무고할 리 없지만, 피가 섞이지 않았다면 충분히 거짓말할 수 있다고 판단한 것이지요."

"아니, 도대체 그 따위 재판이 어디 있습니까? 그건 그렇고 관직이 복구된 안 씨 집안에서는 송 씨 집안에 복수하지 않았습니까?"

"당연히 복수하지요. 안처겸의 손자이자 안당의 증손자인 안정란은 장예원에 소송을 제기했습니다. 즉, 중금의 후손들인 송 씨 일가는 안 씨 집안의 노비임을 확인하는 소송을 제기했지요."

"그 소송은 어떻게 되었습니까?"

"무려 30년을 끌다 불과 몇 달 전에 판결이 내려졌습니다. 판결 결과 송사련의 관직은 박탈되고, 그의 후손 70여 명은 안 씨 집안의 노비가 되었습니다."

"그럼, 송사련의 자식들은 재판결과에 승복하는가요?"

"그럴 리가 없지요. 송사련의 자식들 중 송익필, 송한필 형제는 조선의 뛰어난 문장가로 인정받고, 법을 잘 아는 사람이라 소송절차에서 법률적 주장을 했지요."

"어떤 법입니까?"

"원래 법으로는 면천한지 60년이 넘은 양인은 환천을 못하게 되어 있지요. 그런데 장예원에서는, '노비로서 주인을 무고하고, 그 무고로 상을 받아 양반이 된 행위는 도저히 묵과할 수 없는 파렴치한 행위'라는 이유로 그 법을 적용하지 않고 환천판결을 하였습니다. 그런데 사실은 그때 장예원에서는 '도망간 노비를 색출하여 노비수를 늘리라'는 왕명을 받고, 노비수를 늘리기 위해 조직의 사활을 걸던 때라 그렇게 판결할 수밖에 없었습니다."

"설마, 그럴 리가? 그럼 송익필, 송한필 형제는 안 씨 집안의 노비가 되었습니까?"

"노비로 들어가면 안 씨 집안에서 바로 죽일 게 뻔한데, 어떻게 그 집안에 들어가겠습니까? 소문에 의하면, 송익필, 송한필 형제는 이이, 정철 등 서인 양반들과의 교분을 이용해서 이름과 성을 바꾸고, 관리들의 비호 아래 함경도나 평안도에서 훈장노릇을 하면서 편안히 산다고 합니다."

"그들도 재기를 위해 이를 갈겠군요. 그런데 그들이 재기할 수 있는 방법은 역모죄를 고변하여 공을 세우는 일 말고는 없지 않습니까?"

"그렇습니다. 그들은 눈이 벌개져서 역모고발 건수를 찾을 겁니다. 조선의 소송 현실이 이렇습니다. 그런데도 의원님은 무고함을 밝히려고 관아로 가시겠습니까?"

"안 씨와 송 씨 집안 간의 싸움은 나와 경우가 다르지 않습니까?"

"아닙니다. 절대 다르지 않습니다. 오히려 더 합니다."

영학은 그 말에 잠시 냉정을 잃었지만, 다시 차분히 말을 이어갔다.

"왜 그렇게 보는 것이오?"

"조선에서 무고가 자행되고, 말도 안 되는 재판이 이루어지는 이유는 근본적으로 국가의 법과 제도가 잘못되고, 도덕이 무너져 있기 때문입니다."

"법과 제도가 어떻게 잘못되었단 말이오?"

"첫째, 조선은 우선 권력이 무고를 부추기고 있습니다. 역모를 밀고하면 공신이 되어 높은 벼슬을 받고, 역모로 몰린 자들의 가산을 상으로 받습니다. 노비는 당연히 면천이 되고요. 그렇지만 조선에는 다른 방법으로는 아무리 실력이 있고, 아무리 노력해도 출세할 길이 없지요. 그래서 부귀영화를 꿈꾸는 자들은 모두 무고할 일만 궁리합니다. 둘째, 조선의 형리와 형벌기관은 서로 치열하게 공을 다투고 있습니다. 사헌부, 의금부, 형조, 한성부, 장예원 등의 기관들은 다른 기관에 공을 뺏기지 않으려고 피 터지게 경쟁합니다. 여기에다 형리들은 출세를 위해 또 자기들끼리 경쟁하지요. 출세와 공명심에 눈이 면 형리들에게 백성들의 억울함이 보일 리가 없지요. 그들은 공을 세울 수 있다면, 백성들의 생사는 아무렇지도 않게 생각합니다."

"휴우, 듣고 보니 기가 막히는군. 다른 이유가 또 있습니까?"

영학의 물음에 잠자코 듣고 있던 요헤이가 입을 열었다.

"있지요. 수사와 재판을 하는 관리에게는 실제로 아무런 권한이 없습니다. 그러니 그들에게는 아무런 소신도 없지요. 모두 윗사람의 의도에 따라 조사가 되고, 판결이 나지요. 그리고 피비린내 나는 음모술수에 능한 윗사람들은 법을 지키려는 의지도 없고, 법을 알지도 못합니다. 그러다보니 법의 적용이나 해석에 원칙이나 일관성이 없습니다. 그래서 조선의 법은 귀에 걸면 귀걸이, 코에 걸면 코걸이지요. 오죽하면 백성들이 '원님재판'이라고 하겠습니까? 백성들은 원님이 웃으면 살고, 인상을 쓰면 죽었다고 생각하지요. 그게 무슨 재판입니까?"

"그런데 내 사건의 경우는 살인이나 국가기밀누설죄가 아니고 단순

한 도적사건으로 결론이 났다고 하지 않았습니까?"

이에 시게노부가 답했다.

"그건, 의원님을 붙잡지 못한 책임을 면하기 위해서 그렇게 보고한 것이지요. 그리고 의원님의 친구인 최 진사가 힘을 쓰기도 했고요. 그렇지만 만약 의원님의 신병이 확보되면 형리들은 사건을 다시 들추어 역모사건으로 몰 것입니다. 조선의 형리들은 정말 무섭고 지독하지요. 그들을 만만하게 보지 마십시오."

영학은 곰곰 생각했다. 두 왜인의 말에도 일리가 있었다. 조선에서는 수십 년 전에 죄를 자복하고 사형집행까지 이루어진 과거사를 다시 끄집어내 조사를 하고, 그 결과를 뒤집는 일이 하도 많아 일일이 세기도 힘들었다.

나라를 떠들썩하게 만드는 그런 과거사도 권력자의 입맛에 따라 다시 조사를 하는데, 이번 사건의 재조사쯤이야 식은 죽 먹기일 것이고, 그렇게 되면 그 결과는 아무도 예측할 수 없다. 아무 것도 아닌 사건이 당파 간의 알력과 정치적 계산 끝에 엄청난 옥사로 번지는 일도 수없이 많았다. 영학은 이러한 점들을 따져볼 때, 관아에 자진 출석하여 무고함을 밝히겠다는 생각은 어쩌면 순진한 발상인지 모른다고 생각했다. 또 자신만 다친다면 망설일 이유가 없지만, 만약 역모사건으로 번진다면 본인은 물론 자칫 일가친척들이 떼죽음을 당할 수 있는 상황이었다.

이런 생각으로 영학은 위축됐고, 고민도 깊어갔다. 그러나 영학이 고민하는 모습은 오히려 시게노부와 요헤이에게 힘이 되었다. 둘은 끈기 있게, 그러나 서두르지 않고 차근차근 영학을 설득했다. 시게노부가 영학에게 질문했다.

"집에서 기르는 개가 닭장에 침입했을 때와 굶주린 이리가 닭장을 침입했을 때 어느 쪽에 닭이 더 많이 죽을까요?"

"그야, 당연히 굶주린 이리겠지요."

"얼핏 그렇게 생각되지만 사실은 그렇지 않습니다. 굶주린 이리는 닭장에 침입하더라도 기껏 한두 마리의 닭을 입에 물고 얼른 도망을 갑니다. 그렇지만 집에서 기르는 개가 닭장에 뛰어들면 차례차례 천천히 닭을 물어 죽입니다. 그러다 주인이 나타나면 쫓아가서 머리를 쓰다듬어 달라고 꼬리를 살랑살랑 흔들지요. 출세욕과 과잉충성에 눈먼 관리는 이처럼 닭장에 뛰어든 개와 같습니다. 그들은 외적들보다 훨씬 더 나라에 해로운 존재입니다."

요헤이가 그 뒤를 이어 말했다.

"집안에 개가 설치면 닭은 불안해서 알도 제대로 못 낳고, 병아리도 못 까요. 그런데 분별없는 주인은 그런 사정은 알려고도 않고, 알도 제대로 못 낳는 닭이라며 헐값에 팔거나 잡아먹어버리지요. 조선의 200년 역사에서 수백, 수천 명이 억울한 죽음을 당하고, 백성들을 공포의 도가니에 몰아넣는 그런 옥사가 얼마나 많았습니까? 이런 사건이 자주 생기면 백성들은 주눅이 들어 위축되고, 사회 도덕은 무너지며 나라는 부패해서 결국 외적의 침입을 부릅니다. 그런데 막상 외적이 침입하면 외침에 원인을 제공한 벼슬아치들은 뒤로 빠지고, 애꿎은 백성들은 방패막이가 되지요."

"조선 역사에서 그런 일이 자꾸 일어나는 이유가 뭘까요?"

영학의 물음에 시계노부가 조선의 권력자들에 대한 비판조로 말을 이었다.

"조선의 집권자에게 안민과 부국의 의지와 안목이 없기 때문입니다. 2,000년 전 제나라 환공의 경우를 보십시오. 환공은 자신을 죽이려고 했던 관중을 왕위에 오른 뒤 죽이려고 했습니다. 그러자 관중의 친구인 포숙아가 "주공께서 제나라만을 다스리려고 하면 신 포숙아와 원로 대신 고혜만으로도 충분합니다. 그러나 천하를 다스리기 원하신다면 관중이 필요합니다."고 고언합니다. 그때 환공은 태도를 바꾸어 원수였던 관중의 벼슬을 올려 재상으로 중용했습니다. 그 후 제나라는 성이 120개가 될 정도로 부강해져 대륙의 패권을 차지했습니다. 이처럼 진정으로 백성을 위하고 나라를 부강하게 만들고자 하는 의지를 가진 지도자는 아량과 관용을 베풀 줄 압니다."

"아량과 관용이 안민과 부국의 의지에서 나온다는 말인가요?"

"그렇습니다. 조선의 왕과 양반들은 나라의 대문에 빗장을 걸어 놓고, 다른 나라에 굽신거리고 이 때문에 또 다른 나라의 성질을 돋우고 있습니다. 이는 안민과 부국이 아니라 난민과 망국의 지름길이지요."

"당신들은 언제부터 조선을 왕래하였소? 어찌 그리 조선의 사정을 조선인들보다 더 잘 아는 것이오?"

"얼마 되지 않습니다. 원래 장기를 두는 사람보다 훈수를 두는 사람에게 수가 더 잘 보이지 않습니까? 그처럼 외국인이라 객관적으로 조선을 볼 수 있을 뿐이지요."

요헤이 또한 객관적으로 의견을 피력했다.

"국토의 8할 이상이 험준한 산지이고, 지진이나 해일과 같은 자연재해가 일상화된 땅에서 살고 있는 왜인들은 조선의 기름지고 안정된 땅을 너무 부러워합니다. 인간은 공기가 없으면 살 수가 없습니다. 그런데 우리는 공기의 고마움을 알지 못하지요. 조선인들이 이토록 비옥하고 아름다운 땅에서 살면서도 막상 이 땅의 고마움을 모르는 것도 마찬가지입니다. 그렇지만 외국에 나가본다면 조선의 땅이 얼마나 아름답고 풍요로운지 금방 알게 될 것입니다."

영학은 시간이 흐를수록 시게노부나 요헤이의 말에 빠져드는 자신의 모습을 보았다. 지금까지 영학은 자신이 똑똑하다고 자부했었지만, 무지와 편견에 가득 차 있다는 것을 깨달았다. 아무것도 모르면서 감히 백성들을 위한답시고, 사회의 모순을 고쳐보겠다 우쭐거렸던 자신의 모습이 부끄럽게 느껴졌다. 그러면서 앞으로 어떻게 해야 할지 머리가 지끈지끈 아파왔다. 지금의 상황이라면 스승이 그랬던 것처럼 한 평생을 숨어 살아야 할지도 모를 일이었다.

'그러면 민지는 어떻게 되나? 조선의 사회규범에 따르면 민지는 정혼을 하고 혼인날까지 잡았기 때문에 혼례를 치르지 않더라도 이미 혼인한 것으로 간주되지. 그렇기 때문에 민지는 앞으로 절대 혼인의 기회가 없을 거야. 물론 그녀의 성격으로 보아 정혼한 사실을 숨기고 딴 사람과 혼인을 하는 일은 절대 없을 것이고 다른 사내의 첩으로 들어앉는 일도 더더욱 없을 것이다. 그렇다면 결국 민지는 평생을 혼

자 살아야 한다는 건데, 그녀에게 무슨 잘못이 있는가? 굳이 잘못이
라면 하필 나처럼 재수 없는 놈을 만났을 뿐인데….'

그 대화를 나눈 후, 민지에 대한 생각으로 영학의 마음은 더 복잡해
졌다.

부축을 받아 걷기 시작한지 닷새가 지나자 영학은 혼자서 제법 걸을
수 있었다. 그제야 시게노부와 요헤이는 영학에게 왜국으로 건너갈 것
을 권유했다. 그 말을 들은 영학은 처음에는 펄쩍 뛰면서 단번에 거절
했다. 그렇지만 1~2년도 아닌 긴 세월을 숨어서 살 자신이 있냐는 그
들의 말에 말문이 막혔다.

시게노부는 눈물을 흘리면서 영학에게 사정했다.

"왜국에는 의원님을 애타게 그리는 사람과 의원님의 손길이 필요한
불쌍한 백성들이 많습니다. 그리고 왜국에 가더라도 조선으로 돌아
오고 싶으면 언제든지 올 수 있습니다. 그러니 외국 문물을 익히고
시야도 넓힐 겸 잠시 태풍을 피한다는 마음으로 일단 한 번 가보십시
오."

영학은 애타게 그리는 사람이 있다는 말에 눈이 번쩍 뜨였다. 가희
가 생각났기 때문이다. 영학은 애타게 그리는 사람이 누구냐고 물었다.
그러나 두 왜인은 구체적으로 대답은 하지 않고 가보면 안다는 말만 했
다. 영학은 아무리 생각해봐도 왜국에서 자신을 기다릴 사람은 가희밖
에 없다고 생각했다. 그렇다면 얼른 왜국으로 가야 했다. 허나 그것도
쉽게 결정할 문제는 아니었다.

몸은 회복되고 있었지만 앞날을 생각하니 영학은 잠이 오지 않았다. 수중에는 땡전 한 푼도 없어, 저들이 떠나버리고 나면 더 막막해질 것이었다. 지리산의 토굴마을로 들어갈 수도 있었다. 허나 현재 자신의 신세는 틀림없이 그들에게 부담만 될 것이며, 자칫 자신 때문에 그들이 큰 위험에 빠질 수 있었다.

영학은 현재 나라의 정세를 볼 때, 당장 자신의 무고함을 밝힌다는 것은 어림도 없을 것이라 여겼다. 아무리 생각해도 최소 수년이 필요하고, 어쩌면 영원히 기회가 없을지도 모른다는 비관적인 생각도 들었다. 그러다보니 영학의 머릿속에서는 온갖 상념이 꼬리에 꼬리를 물고 이어졌다.

다음날 영학은 시게노부와 요헤이에게 왜국에서 자신을 기다리는 사람이 누구인지 다시 물었다. 그런데 시게노부와 요헤이는 가보면 안다는 말만 되풀이했다. 두 사람의 태도에서 영학은 다시금 '가희가 틀림없다'고 단정했다. 이런 결론에 이르자 영학은 비로소 가희가 홀연히 사라진 이유가 명쾌하게 이해되었다. 영학은 다시 넌지시 그들에게 물었다.

"왜국으로 건너갔다가 다시 조선으로 오고 싶으면, 언제든지 올 수 있다는 말이오?"

그 말을 들은 두 사람은 속으로 뛸 듯이 기뻤지만, 겉으로는 내색하지 않고 엄숙하게 말했다.

"조선으로 오고 싶으면 언제라도 저희들이 모시고 오겠습니다. 무사의 명예와 목숨을 걸고 맹세하겠습니다. 왜의 무사는 주군을 선택할 수 있지만, 일단 선택한 후에는 주군에게 목숨을 바쳐 충성을 바칩니다. 원하신다면 여기에서 손가락이라도 잘라 보이겠습니다."

진지하기 이를 데 없는 그들의 표정을 본 영학은 좀 더 생각해본다고 한 뒤 다시 고민에 빠졌다.

'아무리 생각해도 오랜 세월 동안 조선에서 숨어 지내기는 어려울 거야. 숨어 지내다 뒤늦게 관에 발각되는 날에는 어떠한 변명도 통하지 않을 거고. 이왕 이렇게 된 이상 운명이라 여기고 새로운 세상도 보고 가희도 만날 겸 왜국으로 가는 게 낫지 않을까?'

다음날 영학은 결심한 듯 시게노부에게 물었다.

"왜로 가려면 어떻게 하면 됩니까?"

그 말을 들은 시게노부가 단호하게 말했다.

"미리 다 준비가 되어 있으니 걱정하지 마십시오. 그리고 의원님께서는 걷기가 힘드니 육로보다는 배로 가는 게 낫습니다."

덧붙여 시게노부와 요헤이는 육로를 이용하면 시간도 많이 걸리고 관의 눈에 띌 수 있지만, 남해에 동서로 길게 이어진 수많은 섬들을 이용하면 절대로 발각될 위험이 없다고 했다. 시게노부와 요헤이는 영학에게 남해에 있는 섬에 대해 더 상세히 설명해주었다.

남해에는 일만에 가까운 섬이 있지만, 사람들이 살고 있는 큰 섬은 남해섬이나 거제도, 진도 등 손가락으로 꼽을 정도이고, 나머지는 보석처럼 아름답고 기름진 땅임에도 사람들로부터 철저히 외면당한 채 버려져 있다.

조선의 조정은 백성들의 밀무역이나 왜인과의 사사로운 접촉을 막고, 도망 노비나 조세와 군역을 회피하는 유민을 차단할 목적으로 엄격한 공도정책을 실시하고 있다. 이러한 공도정책은 관의 입장에서 보면 너무나 편하고 효율적인 수단이다.

　철저한 행정편의에 기한 공도정책은 바다에 그치지 않고 내륙의 공산(空山)정책으로 확대되었다. 그렇지만 섬보다는 산과 가까운 백성들이 훨씬 더 많기에 백성들은 공도정책보다는 공산정책을 더 많이 인식하게 되었고, 이 때문에 백성들은 노소를 불문하고 주인 없이 비어있는 산이라는 뜻의 무주공산(無主空山)이라는 말을 입에 달고 산다.

　그런데 밀무역자나 외국인 선원들은 물론 정탐을 위해 대륙을 드나드는 왜인들은 공도정책의 혜택으로 남해안의 수천 개 섬을 지상낙원의 휴식처로 이용할 수 있게 되었다. 그들은 텅 빈 섬에서 여유롭게 쉬면서 항해에 지친 배를 수리하고, 물과 양식을 보충하고, 갈매기 알을 줍거나 사냥을 즐긴다고 한다. 고려시대에 크게 유행하였던 매사냥은 조선에 와서 맥이 끊겼지만 명과 왜를 오가는 선원들 중 매사냥을 즐기는 사람이 많아 지금도 조선의 무인도에서는 매사냥이 유행한다.

　시게노부와 요헤이는 영학의 마음이 움직였다고 보고 기쁨을 감추지 못했다. 그리고 틈만 나면 "남해를 구경하고, 낚시도 즐기면서 바다를 건너자"고 영학을 재촉했다. 허나 영학은 여전히 그들의 말에 크게 동요하지 않고 고민을 거듭했다. 그러나 아무리 생각해봐도 조선에서는 답이 없었고, 결국 영학은 왜로 건너갈 것을 종용하는 시게노부와 요헤이를 향해 고개를 끄떡일 수밖에 없었다. 그 모습을 본 두 사람은 무릎을 꿇고 서로 얼싸 안으며 감격의 눈물을 흘렸다.

23 장 섬

섬

영학이 있는 곳은 남해섬 맞은편인 하동의 어촌이었다. 외진 초가집에는 65세의 노파와 김중수라는 42세 초로의 남성이 살고 있었다. 김중수는 어린 시절 벼슬은 없지만 열 마지기나 되는 논을 소유한 아버지 슬하에서 큰 어려움 없이 자랐다. 그리고 17세에 참한 색시를 얻어 장가도 들었고, 이듬해 떡두꺼비 같은 아들도 낳았다.

그 후 그는 나라의 부름을 받아 진주의 망진산 봉화대에서 8년 동안 연대지기로 복무했고, 그 후에는 경상우수영에서 수군으로 5년을 더 복무했다. 그가 군복무를 시작한지 3년 만에 아버지가 갑자기 돌아가시는 바람에 김중수는 대역을 세우고 휴가를 얻어 상을 치렀는데, 그 비용으로 쓰기 위해 쌀 세 가마니를 환곡으로부터 빌렸다.

그런데 이놈의 환곡이라는 게 참 희한했다. 일단 한 번 썼다 하면 아무리 용을 써도 상환은커녕 해마다 빚이 늘었다. 특히 아버지가 돌아가신 후 집안에 농사를 돌볼 사람이 없는데다 군역을 벗지 못하는 김중수의 처지는 더욱 그랬다. 환곡을 쓴지 5년 만에 열 마지기의 논문서는 마을의 양반가에 넘어갔고, 그 뒤 농사지을 땅이 없어 고기 잡고 미역 따는 일이나 할 요량으로 산 너머 어촌으로 이사를 했다.

허나 그마저도 순탄치 않았다. 이사를 한지 2년 뒤에 마마로 아들을 잃었다. 그리고 그때부터 아내가 시름시름 앓기 시작하더니 아들이 죽은 지 1년 만에 아들을 따라가버렸다. 그렇게 되자 나라에서는 김중수에게 노모 부양을 이유로 군역을 면제하는 은전을 베풀었다. 그 뒤 김중수는 노모를 모시며 부지런히 미역을 따고 조개도 줍고 생선의 배를 따서 말리는 일을 했다. 하지만 한 번 쪼그라든 살림은 나아질 기미를 보이지 않았다.

그러던 중 지난 봄, 김중수는 경상감영의 포교들에게 보리밥 한 그릇을 대접하고, 은화를 세 냥이나 받았다. 포교들은 늦가을에 다시 나타나 집에서 며칠을 묵은 대가로 은화를 다섯 냥이나 더 주었다.

이때부터 김중수는 이들을 생명의 은인처럼 받들어 모셨다. 시일이 지나면서 포교들이 왜인이라는 사실을 알아차렸지만, 먹고 살기에 고달픈 어민의 입장에서 그들의 국적이나 정체는 아무런 문제가 아니라고 생각했다. 대신 행동을 조심해야 했다. 만약 관아에서 이 사실을 알게 되면 자신은 이미 죽은 목숨이라는 것을 잘 알고 있기 때문이었다.

요헤이는 김중수에게 은화 스무 냥을 주면서 어선을 마련하라고 시

컸다. 은화를 받은 김중수는 배를 가지게 된다는 사실에 기분이 좋아서
벌어진 입을 다물지 못했다. 그리고 닷새 만에 건조한지 2년이 채 되지
않고, 선실이 딸린 그럴 듯한 배를 한 척 구할 수 있었다. 시게노부는
더 이상 지체할 것 없이 그날 저녁 바로 출발하자고 했다. 영학도 이미
마음을 굳혔기에 그 말에 따르기로 했다.

정해년(서기 1587년) 정월 6일 밤새 내린 눈은 온 세상을 하얗게 덮
고 있었다. 해가 저물자 배는 출항했다. 한겨울 밤바다의 바람은 살을
에는 듯 차가웠다. 이국땅으로 떠나는 영학의 마음은 무거웠지만, 시게
노부와 요헤이는 임무를 성공적으로 마치고 고향으로 돌아간다는 뿌듯
함에 들떴다.

배는 곧장 남쪽으로 향했다. 오른쪽에는 대륙의 팔을 길게 내밀어 바
다를 껴안은 전라도 여수와, 왼쪽에는 섬이라기보다는 대륙의 일부라
여겨지는 경상도의 남해 섬이 버티고 있었다. 여수는 대륙이면서 남해
섬보다 더 바다로 돌출해있다. 그래서 예부터 여수는 전라도로 가려는
왜나 당인에게 동쪽 관문의 구실을 하였고, 경상도로 가려는 사람들에
게는 서쪽 관문의 구실을 했다. 대개의 왜인들은 전라도에 상륙하기를
좋아했다. 제 나라에서 부족한 식량을 곡창지대인 전라도에서 구하기
쉬웠기 때문이다.

풍요롭고 기름진 조국을 떠나 척박한 이국의 땅으로 향하는 영학의
마음은 착잡하기 그지없었다. 영학은 미지의 세계로 가는 두려움을 덜
기 위해 시게노부와 요헤이에게 이것저것 물으면서, 토론을 벌였다. 그
들의 입에서 나오는 세계는 경이롭고 신비했다.

왜의 땅과 기후는 척박하고 변덕스럽다. 게다가 남북으로 길게 늘어선 국토의 중앙에는 수천 채가 넘는 험준한 산들이 버티고 서서 쉽사리 인간의 접근을 허용하지 않는다. 세상을 떠내려 보낼 듯한 기세로 세차게 내리는 비는 무엇이 그리 급한지 곧고 경사진 강을 따라 곧바로 바다로 흘러가 버리기 때문에 강에는 유역이 발달하지 못했다.

한 해에 스무 번쯤 불어 닥치는 태풍과 해일, 태풍과 동반하는 폭우는 백성들의 삶을 주눅 들게 하고, 땅을 뒤흔드는 지진은 백성들을 불안과 공포에 몰아넣는다. 구린 유황 냄새를 풍기며 끊임없이 연기와 열기를 내뿜는 산봉우리는 사람을 겁에 질려 뒷걸음질치게 만든다.

왜의 강력한 우방이던 백제가 멸망한 뒤 1,000년의 세월이 흘렀다. 그렇지만 왜는 아직도 대륙에 백제와 같은 든든한 우방을 얻지 못한 채 대륙과 갈등을 빚고 있다. 그러다보니 대륙인들은 왜인들이 흉년이나 기근이 들면 굶주림을 면하기 위해 총칼을 들고 떼로 몰려드는 호전적인 민족이라는 고정관념과 함께 피해의식을 가지고 있다.

식량이 부족한 왜인들은 곡창지대인 전라도를 자주 침입했다. 그런데 식량을 구하러 오는 그들은 절박하기 때문에 다른 장사치들과는 비교할 수 없을 만큼 사납기 짝이 없었다. 이 때문에 왜구에 대비하는 조선의 수군도 전라좌수영이 경상우수영보다 훨씬 규모가 크고, 전투경험도 많았다.

지금 왜의 실력자인 히데요시는 공공연히 대륙정벌을 호언하고 있다. 영학은 만약 그의 호언이 현실이 된다면, 지금 자신이 지나고 있는 이 아름다운 바다가 얼마나 많은 백성들의 피로 물들지 두려워졌다.

두 나라가 오랜 적대관계를 청산하고 우호친선을 맺을 절호의 기회도 있었다. 조선 세종 때 왕의 절대적 신임을 받았던 신하였던 신숙주는 왕명을 받들어 수없이 왜국을 오가면서 왜의 문화와 역사를 깊이 이해하고, 양국의 친선과 교역이야말로 안민과 부국의 지름길이라고 확신했다. 이러한 확신에 힘입어 세종은 국초의 해금을 풀고 과감하게 왜인들에게 포구를 열었다.

대마도주와 체결한 계해조약에서 일본이 조선으로부터 반출할 수 있는 쌀은 세견선 50척에 실을 수 있는 양이었다. 한 척에 2,000석의 쌀을 실으면 무려 100,000석이고, 욕심을 내어 3,000석을 싣는다면 150,000석이다. 1석의 쌀로 장정 한 사람이 1년 동안 배불리 먹을 수 있으니, 50척의 세견선에 실리는 쌀만으로 수십만의 왜인들이 배불리 먹을 수 있는 것이다.

세견선만이 아니다. 조선의 포구에 머무는 왜의 선원이나 부산포나 경상도는 물론 한양에도 설치된 왜관에 머무는 왜인들에게는 별도의 식량이 제공되었다. 그리고 한양의 왜관에 용무가 있는 왜인에게는 최소 50일의 체류자격을 부여했다. 그런데다 왜인들은 조선의 관아에 어세(漁稅)를 납부하는 조건으로 동해와 남해에서 고기잡이를 할 수 있었다.

당시 양국 백성들의 살림살이는 윤택했다. 그렇지만 시대의 풍운은 양국의 관계를 그냥 두지 않았다. 양국이 자유무역을 시작한 뒤 대륙의 선진문물에 의해 풍요로워진 왜국은 정치적 격변기를 맞아 100개가 넘는 지방의 소국들이 정치적 패권을 두고 서로 싸우기 시작했다. 대륙의 앞선 문물이 급격히 유입되자 왜의 사회는 그 충격을 감당하지 못하고, 혼란에 빠지면서 나라를 재편하기 시작한 것이다. 그런데다 조선에서 전해진 광산채굴기술과 연은분리법은 왜에서 어마어마한 은 생산을 가능케 하였고, 이로 인해 막대한 부를 손에 쥔 지방영주들은 영토 확장과 정치적 영향력의 확대를 꾀했다.

왜의 대변혁을 촉진시킨 것은 이것만이 아니었다. 때마침 강력한 서양풍이 불었다. 아라비아와 천축을 거쳐 원을 통하는 육로를 통해 동양으로 진출하던 서양인들이 명의 해금을 피해 남쪽의 바다와 류큐왕국을 통해 동쪽으로 몰려오기 시작했다. 이러한 격변의 시대를 맞아 왜는 100년 넘어 지속되는 내전과 혼란의 시대를 겪어야 했다. 처절한 생존 경쟁에서 살아남기 위해 온갖 음모술수를 동원하고, 부모나 형제는 물론 아내와 자식까지 서슴없이 죽이는 잔혹하고 슬픈 역사를 만들었다.

그런데 왜국의 극심한 혼돈시기에 이웃인 명과 조선의 지배계층은 불행하게도 우물 안 개구리가 되어 백성들을 수탈하는 데 급급했다. 원을 북방으로 몰아내고 왕조를 안정시킨 명은 '한족 중심의 중화'라는 자만에 빠져 허우적거렸고, 고려의 잔재를 없애기 위해 명과 보조를 맞추어 해금과 쇄국을 택한 조선은 내부의 권력싸움에 골몰하기에 바빴다.

이러한 혼돈의 역사는 신라의 장보고가 바다의 질서를 유지했던 청해진(淸海鎭) 시대 이후 근 600년 만에 찾아 온 조선과 명, 왜의 3국간 평화정착의 기회를 멀어지게 만들었다. 조선이 왜에 대하여 3포를 개항할 무렵, 명은 해금과 쇄국으로 북방국가들과 심각한 충돌을 빚고 있었다. 그중 가장 심각한 충돌이 바로 토목보의 변이었다.

지금으로부터 약 180년 전 명의 영락제는 국초의 쇄국과 해금을 완화하고, 북방의 오이라트족을 위시한 몽골 부족들에게 조공무역과 국경무역을 허용했다. 이 교역은 50년간 지속적으로 발전하면서, 마시(馬市)라는 형태로 정착되었다. 명은 말과 가축, 피혁 따위의 물건을 북방국가로부터 사들이는 한편, 비단, 면화, 식량 등을 팔았고, 각 나라 백성들의 살림살이는 풍요로워졌다.

그런데 50명 정도이던 조공무역 사신단의 규모가 세월이 흘러 나중에는 3,000명에 이를 정도로 규모가 커지고, 관무역에 이어 사무역 시장까지 덩달아 커지게 되자 세계사의 흐름을 거꾸로 돌리려는 세력이 준동했다.

환관인 왕진(王振)은 황제의 눈을 가리고 실권을 차지한 기회를 이용하여 반대파를 몰아내고 자기편을 조정에 심기 위해 환국(換局)을 일으켰다. 쇄국과 해금이 명조의 창건자인 주원장의 유훈이라는 명분을 내세워 외국과의 교역확대를 지지하는 자들을 깡그리 제거했다. 그리고 왕진이 직접 무역을 관장하는 사례감의 지위에 올라 다른 사람의 무역을 제한하면서, 무역이익을 독점하려고 했다. 은의 유출을 막는다는 명목으로 오이라트 족이 제시한 말 값의 5분지 1의 가격만을 지불하고 그 차익을 개인적으로 챙겼다.

이로 인한 북방민족국가들과 무역으로 먹고 사는 명나라 백성들의 저항과 분노는 당연히 예정된 수순이었다. 오이라트족은 명에 제한무역의 철폐와 공정하고 자유로운 무역을 강력히 요구했다. 그러나 불알 없는 사내는 고집을 꺾지 않았다. 그렇게 되자 오이라트족은 정통제 14년(서기 1449년)에 군사를 동원하여 명나라를 침공했다.

그러자 왕진(王振)은 자신의 힘을 과시하기 위해 황제에게 친정(親征)을 요구했고, 왕진의 아첨에 놀아난 황제는 50만의 대군을 이끌고 유람을 하듯이 북방의 전장으로 나아갔다. 허수아비 황제를 앞세운 왕진의 정벌전이었다.

그러나 군사에 밝은 신하와 백성들의 여론을 무시하고 아첨꾼의 말에 놀아난 대가는 혹독했다. 황제를 좌지우지하는 왕진의 눈 때문에 전쟁에 참여한 신하들과 귀족들은 군사에 대한 무지를 숨기려고 아는 체하기에 바빴고, 적은 안중에도 없이 그저 황제에게 잘 보이려고 서로 경쟁하느라 군사들을 갈팡질팡하게 만들었다. 이 때문에 명의 50만 대군은 7~8만의 북방국 군사들에게 거의 몰살을 당했다. 이로 인해 황제는 토목보에서 포로로 잡히고, 왕진은 부하의 손에 살해를 당했다.

명의 패전소식은 수도인 북경에 큰 충격을 주었고, 겁에 질린 신하들은 수도를 다시 남경(南京)으로 옮긴 뒤 후일을 도모해야 한다고 주장했다. 그렇지만 남쪽으로 수도를 옮겼다가 이민족에게 나라를 빼앗긴 송의 전철을 밟을 수 없다는 병부시랑 우겸(于謙)의 주장에 따라, 명의 조정은 포로가 된 황제의 이복동생인 주기옥을 새로운 황제로 앞세우고 북경 사수를 천명했으며, 오이라트 족의 후방에 위치한 조선에 구원요청을 했다.

사실 전쟁을 일으킨 북방국가들은 명과의 교역확대를 원했을 뿐 명조를 쓰러뜨리려는 목적은 애초에 없었다. 그런데 막상 50만 대군을 무찌르고 황제를 포로로 잡게 되자 슬그머니 욕심이 생겼다. 그렇지만 그들은 전쟁을 계속할 수 없었다. 북방민족들이 신성시하는 장백산맥의 주봉인 백두산 부근의 군사요충지에 4군 6진의 군사도시를 건설하고, 국경지대에 잘 훈련된 군사를 주둔시키고 있는 조선이 명황실의 지지와 북방민족에 대한 적대행위의 자제를 강력하게 요구했기 때문이었다.

그런데다 조선은 북방국가에 당근을 제시했다. 명에 대한 적대행위를 중지하는 대가로 만주 봉황성(鳳凰城)의 책문시(柵門市)와 함경도 의주에서의 자유무역을 보장했다. 이 때문에 북방족들은 명에 대한 적대행위를 그치고, 대신 포로가 된 황제의 몸값을 요구했다. 그러나 명조는 이를 단호하게 거부했다. 이미 새로운 황제가 들어선 마당에 포로가 된 전 황제는 필요가 없었기 때문이었다.

이렇게 되자 북방민족들은 조선의 요구에 화답하여 포로로 잡은 황제를 북경으로 보냈다. 그러나 포로였던 황제는 북경의 별궁에 죽을 때까지 유폐를 당했다. 이 시기에 조선은 소용돌이치는 국제정세 속에서 대륙에 평화를 확고히 정착시켰다. 만약, 이때 조선이 명의 황실을 지지하지 않았다면 명 왕조는 일찌감치 소멸되고, 몽골족이나 여진 또는 거란족이 다스리는 나라로 바뀌었을지도 모른다. 그러나 조선은 흔들리지 않고 명에 대한 의리를 지켰다.

조선의 이러한 태도는 북방에 대해서만 그런 것이 아니었다. 토목보의 변이 정리될 즈음 왜는 내전상태에 돌입했다. 그때 만약 조선이 왜의 내전에 개입하여 유력한 한 지방의 소국을 지원했다면 왜의 내전상황은 조기에 종식되었을 수도 있었다. 그러나 조선은 다른 민족의 내분을 이용하여 자기의 이익을 취하는 대신 이웃의 민족자결을 존중하는 태도를 보였다. 그러면서 명조의 안녕을 지켜주고, 북방민족들을 진정시키며, 왜의 내전에 중립을 지켰다.

그런데 그로부터 100년이 지난 지금 조선이 중심을 잃었다. 세종조 때 그렇게 개방되고 깨끗했던 나라가 100년의 세월 동안 폐쇄되고 부패한 나라로 변한 것이다. 시게노부와 요헤이는 조선이 이토록 쇠퇴하게 된 가장 큰 원인은 바로 차별이라고 말했다.

그렇다. 시게노부와 요헤이는 부끄럽게도 조선을 차별의 나라라고 했다. 반상의 차별, 양천의 차별, 남녀의 차별, 노소의 차별, 경향의 차별, 고하의 차별, 유무의 차별 등 이루 말할 수 없는 차별들이 일상에 널려 있다는 것이다. 차별은 백성을 나누고, 사회를 무력화하고, 나라를 멍들게 한다. 차별을 가하는 자는 얄팍한 자존심을 챙길 뿐이지만, 차별을 당하는 자는 가슴 속에 평생 씻지 못할 원한을 쌓는다. 그렇기 때문에 차별만큼 인간이나 집단에 해로운 것은 없다고 한다.

시게노부와 요헤이의 말에 따르면, 지금 세계사는 너무 역동적으로 변하고 있었다. 지금 서양의 나라들은 쇄국과 해금을 고수하는 명을 우회하여 류큐왕국과 왜의 남쪽 지방에 강력한 무역 교두보를 마련하고 있다. 그래서 조선이나 명이 앞으로도 해금과 쇄국을 계속 고집한다면, 서양인들은 인도와 마카오를 거쳐 류큐왕국과 왜를 연결함으로써 조선과 명을 포위할 수 있다. 그렇게 되면 국제관계는 앞으로 더 큰 격변을 맞게 될 것이었다.

100여 년 전 조선이 대륙에서의 전쟁을 막고, 왜로 하여금 스스로의 내전 종식을 통한 국가적 통일의 기회를 제공한 것은, 그때 조선이 그 만큼 부강한 나라였기 때문이다. 그런데 그 후 조선은 교만에 빠졌다. 조선의 양반들은 어지러운 국제 정세에서 전쟁을 막고 평화를 유지했다는 우쭐함에 빠져, 명의 쇠약을 초래한 환관 왕진처럼 시대의 흐름과는 맞지 않는 국초의 쇄국과 해금을 들고 나와 스스로 우물 안 개구리로 전락했다.

그렇게 우물 안 개구리가 된 조선은 사농공상의 차별을 확고히 하고, 백성들의 입과 눈 그리고 귀를 봉쇄했다. 그럼으로써 이 나라 조선을 명실상부한 양반만의 나라로 만들려고 했던 것이다. 그렇게 100여 년 전 국제정세의 중심이던 나라는 지금에 이르러 이웃에서 자기 나라를 침공하겠다고 대놓고 공갈을 쳐도 아무 말도 못하고, 자기들끼리 입씨름에 바쁜 나라가 되었다.

삼포가 개항된 것이 어언 150년 전이다. 그동안 삼포(三浦)가 이포(二浦)로 되었다가 나중에는 일포(一浦)가 되고, 결국 3~40년 전에는 아예 무포(無浦)가 되어버렸다. 삼포가 무포로 된 이후 명과 조선의 해안에서는 끊임없이 나타나는 해적의 노략질로 수많은 백성들이 고통을 받고 있다. 급기야 이제는 왜의 실력자인 도요토미 히데요시가 조선과 명을 상대로 전쟁을 일으킬 것이라고 대놓고 큰소리를 치고 있다.

히데요시의 공언은 참으로 무모하고 황당하다. 수천 년의 세월을 거쳐 형성된 조선과 명, 왜와의 관계를 전쟁이라는 수단으로 한순간에 바꾸려는 발상은, 문명의 개선을 통한 역사 발전이라는 철칙을 뒤엎는 야만적인 짓이다.

시게노부와 요헤이는 입을 모아 말했다. 무모한 권력자의 몽상이 현실이 된다면 돌이킬 수 없는 비극을 초래한다. 그렇지만 그런 비극은 쉽게 일어나지는 않을 것이다. 조선이든 왜든 몽상가의 광기를 그냥 놓아두지 않는 이성과 양심을 가진 사람들이, 광기에 편승하는 사람보다 훨씬 더 많기 때문이다. 허나 그럼에도 말도 한 되는 참극이 반복되는 것 또한 인류의 역사이다.

여수와 남해 섬의 사이에 놓인 바다를 따라 남쪽으로 40리를 가면 왼쪽에 남해 섬의 몽돌해변과 응봉산이 나온다. 이 응봉산을 끼고 돌아 동쪽으로 30리를 더 가면 조도라는 섬이 있다.

조도는 남쪽의 바로 옆에 호도라는 섬을 거느리고 있다. 그렇지만 오늘 항해의 목적지는 조도나 호도가 아닌, 그 중간에 있는 목과도였다. 목과도는 날개를 활짝 편 나비 형상의 섬인데, 어떤 사람은 파도에 휩쓸려 바위에 부딪혀 찌그러진 불가사리 모양이라고도 한다.

남해안을 오가는 왜인들은 목과도에 배를 대는 것을 좋아했다. 나비의 긴 날개나 불가사리의 팔처럼 사방으로 길게 튀어 나온 바위가 묵묵히 거친 파도를 막아 주기 때문에 배를 대기 좋았고, 수심도 깊어 큰 배도 마음대로 드나들 수 있기 때문이다. 거기에다 길이가 족히 500마장에 이르는 섬은 짙은 소나무 숲으로 가득하고, 숲에는 꿩이나 토끼, 노루 따위의 사냥감이 풍부하다.

뱃길에 익숙한 왜인들은 조선의 섬과 해안을 부러워하다 못해 군침을 흘린다. 푸른 바다에 흩어진 수많은 섬들은 울퉁불퉁 튀어 나온 수많은 대륙의 돌출부와 어울려 포근하게 바다를 감싸고 있다. 이 정겨운 바다는 수심도 깊어 바다의 푸르른 빛을 깊숙이 간직하고 있으며, 먼 바다로부터 몰려온 어류들을 맞이하여 편안한 보금자리를 제공한다.

그렇지만 왜국의 바다는 이와 다르다고 한다. 섬과 바다로 둘러싸인 왜국의 서쪽 해안은 조선과 가깝지만 파도를 진정시키는 포구다운 포구가 많지 않다. 있다 해도 수심이 얕고 포구가 좁아서 큰 배들이 정박하거나 마음대로 드나들기에 불편하다고 한다. 그러나 서쪽과 달리 동쪽에는 배가 정박하기에 좋은 포구와 기름진 강의 유역이 많아 인구의 대부분이 그곳에 살고 있다고 한다.

그런데 국토의 중앙에 높이 수천 길에 이르는 긴 산맥이 떡하니 버티고 있다 보니, 왜국의 동쪽 바닷가에 사는 사람들이 대륙에 가까운 서쪽으로 가기 위해서는 수천리에 이르는 긴 해안선을 따라 지루한 항해를 거친 후 혼슈(本州) 섬과 규슈(九州) 섬의 사이에 있는 좁은 해협을 지나야 한다.

또한 교토(京都)나 오사카(大版)가 정치와 경제의 중심이라고는 하지만, 높고 험준한 산맥에 가로 막혀 있어 서쪽지방에는 중앙의 통치력이 거의 미치지 않는다. 규슈나 시코쿠 섬도 중앙권부가 존재하는 교토나 오사카가 위치한 혼슈 섬과 분리된 섬이다보니 효과적인 중앙의 권력행사가 어렵다고 한다. 그래서 왜의 백성들은 중앙의 권력보다는 지방의 권력과 자치에 의존하여 생활한다.

또 농토가 부족한 왜인들은 어업만으로는 먹고 살기가 힘들어 지방정부의 승인과 협력 하에 무역선단을 꾸려 먼 바다로 나가는 일이 많기 때문에, 중앙정부가 백성들의 생활에 직접 영향을 미치는 일은 얼마 되지 않는다고 한다.

이런 왜인들에게 조선의 섬은 너무나 고마운 존재라고 한다. 동쪽에서 서쪽으로 왜에서 명으로 직항할 때 건너야 하는 바다는 거리가 너무 멀어, 아무리 순풍을 타고 열심히 노를 저어도 이레 이상 걸린다고 한다. 그런데 바다의 바람과 기후는 3~4일 만에 급격하게 바뀔 수 있다. 특히 망망대해에서의 급격한 일기변화는 배에 탄 사람들의 안전을 위협하는 요소로 작용한다. 그렇지만 조선의 섬을 중간의 피난처로 이용하면 얼마든지 안전하게 항해할 수 있다고 한다.

왜인들이 명으로 항해하는 방법에는 크게 두 가지가 있다. 하나는 규슈 남쪽에서 점점이 늘어선 섬으로 연결되는 류큐왕국과 대만을 거쳐 명의 남부로 가는 것이고, 다른 하나는 서쪽으로 항해하여 바로 명으로 가는 것이다. 그러나 류큐왕국과 대만을 거쳐 명의 무역 중심지인 닝보로 가는 길은 너무 멀고, 시간이 오래 걸린다.

그래서 왜인들은 조선의 섬을 거쳐 명으로 가는 항로를 더 많이 이용한다고 한다. 그런데 조선의 남쪽 바다의 해류는 서쪽에서 동쪽으로 흐른다. 그렇기 때문에 명에서 왜로 항해하는 배는 조류의 도움을 받지만, 왜에서 명으로 가는 배는 조류의 방해를 받는다. 그렇기 때문에 명

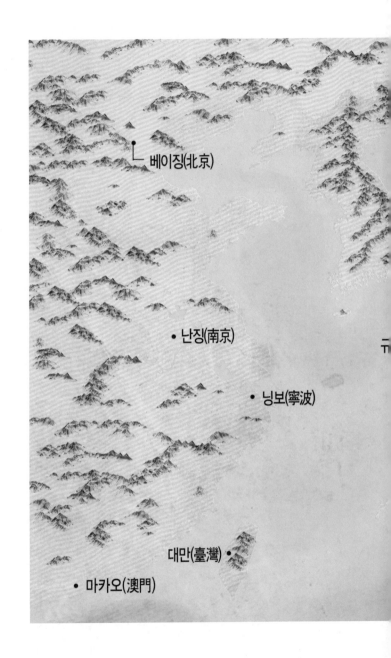

베이징(北京)

난징(南京)

닝보(寧波)

대만(臺灣)

마카오(澳門)

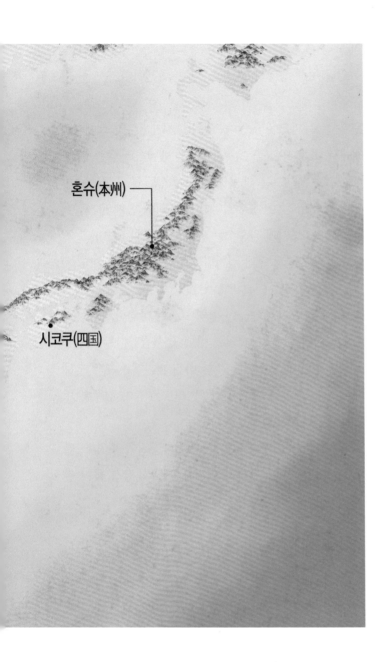

혼슈(本州)

시코쿠(四国)

으로 오가며 무역을 하는 왜의 선원들에게 조선의 남쪽 바다에 흩어진 수천 개의 섬은 고맙다 못해 생명의 은인과도 같은 존재이다.

여명이 틀 무렵 배는 목과도에 닿았다. 영학은 시게노부와 요헤이의 부축을 받으며 배에서 내렸다. 김중수는 사람들을 배에서 내려준 뒤 곧장 배를 저어 북쪽으로 갔다. 그는 남해 섬의 동남쪽 끝인 초정몽돌 마을에 사는 친구 집에 들러서 한 이틀 쉬었다가 그 친구와 함께 고기잡이를 나선다고 했다. 영학이 보기에 김중수는 고기잡이보다는 아마 그 친구에게 배를 자랑하고 싶어 안달이 난 것처럼 보였다.

영학은 눈이 그친 후 맑은 아침 하늘이 펼쳐 보이는 장엄하고도 눈부신 광경에 저절로 탄성을 질렀다. 조선의 섬이 정말 아름답다는 왜인들의 말을 실감하는 순간이었다. 깎아지른 듯한 바위 머리에는 빽빽한 해송이 동쪽 바다에서 서서히 피어오르는 황금빛 여명을 받아 검푸른 비늘을 온통 금빛으로 물들이고 있었다.

바위를 기어올라 숲으로 들어가니 통나무로 지어진 집이 보였다. 다가가보니 조선인인지 왜인인지 분간하기 어려운 건장한 장정 둘이 칼을 든 채 밖으로 나오면서 조선말로 물었다.

"누구냐?"

그러자 요헤이는 왜어로 되물었다.

"오토모가의 무사들이냐?"

곧 이어 막사 안에서 키 작은 한 왜인이 나오면서 반갑게 인사를 했다. 나이가 30은 되어 보이고, 깔끔한 복장과 허리에 찬 호화로운 칼을 보아 우두머리인 듯했다. 영학을 부축하며 뒤따라오던 시게노부는 오토모가의 무사라는 그 왜인에게 몇 마디 말을 던지면서 서둘러 영학을 집안으로 안내했다.

집안에는 두 사람의 무사가 더 있었다. 그들은 왜인의 복장을 하고 옆구리에 칼을 차고 있었다. 영학은 시게노부의 안내를 받아 집안에 놓여진 나무의자에 앉았다. 밖에서 본 무사들이 모두 안으로 들어와 이미 잘 알고 있기나 한 듯이 영학에게 허리를 숙이며 정중하게 인사를 했다. 영학도 의자에서 일어나 고개 숙여 인사했다. 왜인들과 함께 생활한 지 벌써 두 달이 다 되어 가는지라 영학도 이제 왜어로 간단한 인사말 정도는 할 수 있었지만, 아무 말 없이 미소만 지었다.

집의 크기는 8자 폭에 길이가 12자 정도 되었다. 집안에는 나무로 된 책상과 의자가 마련되어 있었고, 안쪽에는 깔끔한 다다미 두 장이 바닥을 꾸미고 있었다. 화로의 숯은 방안의 공기를 훈훈하게 데워주었다.

영학의 마음 한 구석에는 '이 땅은 조선의 땅 깊숙한 곳이거늘 왜인들이 버젓이 이렇게 집을 짓고, 다다미까지 깔아 놓고 지낼 수 있는가'라는 생각에 슬며시 불쾌감이 일었다. 허나 찬바람을 맞으면서 밤새 배를 타고 온 터라, 따뜻한 집안에 들어서자 나른함과 함께 졸음이 쏟아졌다. 결국 그는 무거운 눈꺼풀을 견디지 못하고, 의자에 앉아 머리를 벽에 기댄 채 잠에 빠져들었다.

영학은 큰 돛단배를 타고 있었다. 배가 큰 바다에 이르자 머리가 온통 하얗게 새어 버린 어머니가 만면에 웃음을 지으며 흔들리는 선창의 난간에 기댄 채 조심스럽게 다가오고 있었고, 스승은 뒤에서 바라보기만 하고 있었다. 그 옆에는 얼마나 울었던지 눈이 퉁퉁 부은 민지가 부끄러운 듯 옷고름으로 눈물을 닦으며 수줍게 미소를 지었고, 선돌은 흔들리는 배 안에서 뭐가 그리 좋은지 폴짝폴짝 뛰고 있었다.

너무나 반가운 나머지 영학이 다가가 어머니를 안으려 하는 순간 느닷없이 나타난 포교들이 붉은 실을 단 육모방망이로 어머니와 스승, 민지, 선돌을 마구 두들겨 패기 시작했다. 맨 먼저 어머니가 외마디 비명을 지르면서 쓰러졌다.

영학은 치밀어 오르는 분노를 참지 못하고 곧장 뛰어가서 포졸의 목을 비틀어 버리려고 했다. 그런데 몸이 움직여지지 않았다. 말도 나오지 않았고, 숨이 막혔다. 있는 힘을 다해 발버둥을 치다가 의자가 넘어질 듯 흔들렸고, 그 순간 영학은 잠에서 깨어났다. 자신도 모르게 안도의 한숨이 저절로 나왔다.

목과도에 닿은 지 한 시진도 되지 않아 영학은 왜인들이 섬의 남쪽 끝에 숨겨 놓은 배로 갈아타고 곧장 동쪽으로 항해를 시작했다. 시게노부는 이 배가 일본 수군의 정찰선으로 쓰이는 배라고 했다. 길이가 30척 가량 되는 큰 배였지만, 선폭이 좁아 겉보기에도 아주 날렵해 보였다.

요헤이는 여수에 전라좌수영이 있고, 남해 섬을 지나 동쪽으로 150리를 더 가면 부산포 아래의 섬인 거제도에 경상우수영이 있다고 했다. 그런데 왜인들은 전라좌수영의 수군은 겁을 내지만, 경상우수영의 수군에게는 겁을 먹지 않는다고 한다. 전라좌수영의 수군들은 전투경험도 많고 훈련도 잘 되어있지만, 경상우수영의 수군들은 그렇지 않기 때문이다.

지리적인 이유도 있다고 한다. 전라도 앞바다는 섬이 많아 시야가 좁고 포위공격을 받을 위험이 있지만, 경상도 앞바다에는 거제도만 지나면 현해탄의 넓은 바다가 펼쳐지기 때문에 시야가 넓어서 포위공격을 당할 염려도 없고, 설사 그렇게 되더라도 얼마든지 빠져나갈 틈이 있다는 것이다. 더욱이 왜인들의 배는 속도가 빠르기 때문에 넓은 바다에서 조선수군에게 포위될 일은 없다고 한다.

오늘의 목적지는 거제도의 남쪽에 있는 매마도라는 섬이었다. 대륙의 동남쪽 끝에 있는 이 섬은 말이 전차를 매달고 깃발을 날리며 매섭게 달리는 모양과 닮았다고 해서 '매마도'라고 불리기도 하지만, 섬과 섬 사이의 물결이 매섭다고 하여 매물도라고도 불렸다.

요헤이의 말에 따르면, 매마도는 지금으로부터 300년 전 고려가 몽골군을 이끌고 왜를 정벌하러 나설 때, 1,000명의 기병 선발대가 주둔했던 곳이라 한다. 그렇지만 지금은 조선과 명을 오가는 왜인들이 현해탄을 건넌 후 휴식을 취하고, 선단을 재정비하는 곳이라고 한다.

요헤이는 조선의 경상우수영에는 전선이 몇 척 되지 않는데다, 왜인들의 육지 상륙을 감시하는 데 바쁘기 때문에 매마도를 순찰하는 일은 없다고 했다. 그래서 부지런히 항해해서 매마도에 닿으면, 그때부터는 충분히 휴식을 취하면서 여유를 가질 수 있단다.

목과도를 출발한지 세 시진쯤 지나 배는 매마도에 도착했다. 섬의 동

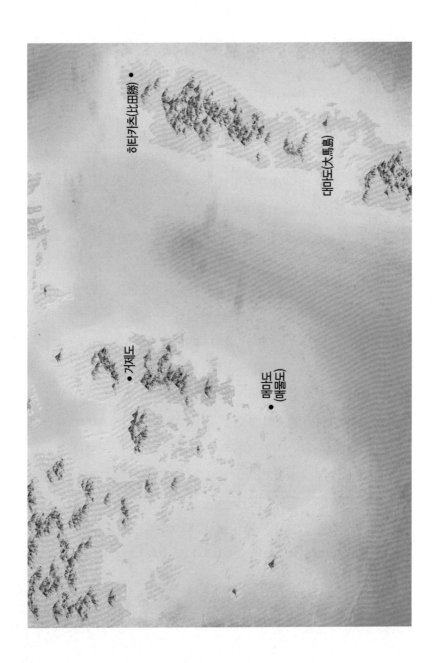

쪽 바위 사이에 배를 정박한 일행은 바닷가에 붙은 산으로 올랐다. 숲 속에는 통나무집이 다섯 채나 있었다. 영학은 시게노부의 부축을 받아 중간에 있는 통나무집으로 들어갔다. 그리고 요헤이는 섬에 있던 왜인 서너 명과 함께 매사냥을 나갔다.

시게노부는 영학에게 방안에 담요를 깔고 휴식을 권했다. 화로에 놓인 숯에 불을 붙이자 집안은 금방 훈훈해졌다. 영학은 따뜻한 방안에서 노곤함을 느끼고 담요 위에 몸을 눕혔다. 그런데 왠지 개운치 않은 기분에 사로잡혔다.

'조선의 땅인 이 섬에 어찌 조선인은 하나도 보이지 않고, 왜인들만 이 제 집처럼 드나들고 있을까? 왜인들은 남해의 수많은 섬들을 손바닥 위에 올려놓고 있는데, 막상 조선인들은 아무 것도 모른다니. 섬뿐만 아니라 왜인들은 조선 전국의 사정을 속속들이 알고 있는데, 조선인들은 왜에 대해 아는 게 하나도 없지 않은가. 만약 이런 상태에서 전쟁이 난다면 이건 정말 큰 일이 아닐 수 없다.'

하지만 이런 생각도 잠시 영학은 갑자기 졸음이 몰려옴을 느끼고 잠에 빠져 들었다. 숲은 어둠 속으로 숨고, 파도 소리가 바람을 타고 날아와 귓전을 때릴 무렵, 시게노부가 깨우는 바람에 영학은 잠에서 깨어났다.

두 시진은 넘게 잤을까. 눈을 떠보니 탁자 위에는 눈이 휘둥그레질 정도의 진수성찬이 차려져 있었다. 요헤이는 매사냥으로 꿩 세 마리와 토끼 한 마리를 잡고, 낚시로 한 자가 넘는 도다리 세 마리와 광어 다섯 마리를 잡았다고 자랑을 늘어놓았다.

영학은 요헤이가 늘어놓는 매사냥 이야기에 잠시 생각에 빠져들었다. 조선의 양반들은 사냥을 한답시고 땀을 뻘뻘 흘리고 뛰어 다니면서 매의 꽁무니를 쫓아 다니는 것은, 양반의 체통에 맞지 않는다는 이유로 매사냥을 하지 않는다. 그러나 그건 겉으로 드러난 구실에 불과했다. 사실은 무(武)를 누르고 고려문화의 잔재를 없애려는 조선 권력자의 공연한 의도 때문이라는 것은 삼척동자도 다 아는 사실이었다.

시게노부는 영학에게 규슈 출신의 젊은 무사 둘을 소개했다. 다카하시 나오이에(高橋直家)라는 무사는 오토모 가문의 가신인 다카하시 집안의 젊은 무사였고, 호소카와 하루노부(細川晴信)는 무로마치(室町) 막부(幕府) 시대의 명문가인 호소카와 집안의 후예라고 했다. 젊은 무사 둘은 얼핏 보기에 영학의 또래로 보였는데, 둘 다 조선말을 유창하게 했다. 둘은 이미 영학을 잘 알고 있다는 듯이 반갑게 인사를 했다.

식사를 하기 위해 모두 탁자에 둘러앉았다. 영학은 배가 고픈 나머지 바로 젓가락을 들고 식사를 하려고 했다. 그런데 네 명의 왜인들은 바로 식사를 시작하지 않고 두 손을 깍지 끼어 내려놓고 고개를 숙인 채 눈을 감고 있었고, 그중 다카하시 나오이에라는 무사는 왜어로 무언가를 중얼거리고 있었다. 영학은 네 사람의 진지한 표정에 왠지 엄숙함을 느끼고, 손에 든 젓가락을 다시 내려놓았다. 그들의 행동이 무엇을 뜻하는지 의문스러웠지만, 일단 그들의 표정을 살피면서 의식이 끝나기를 기다렸다.

반각이나 지났을까. 고개를 숙이고 손을 모은 채 중얼거리던 4명의 왜인들은 마지막에 일제히 '아멘'이라고 외친 뒤, 젓가락을 들면서 영학에게 밥먹기를 권했다. 요헤이는 어리둥절해 하는 영학을 보고 가볍게 미소를 지으면서, 그들은 모두 야소교 신자들이며, 야소교 신자들은 매끼니 때마다 밥을 먹기 전에 그들의 유일신인 야훼께 감사의 기도를 올린다고 설명했다.

밥을 먹으면서 영학은 조선의 제사 제도에 대해 생각했다. 조선에서는 제사를 모시기 위해서 거쳐야 할 절차가 너무 많다. 격식을 차려 마련되는 제사상에는 흰쌀밥과 고깃국, 떡, 과자, 생선, 어포, 대추, 밤, 사과, 배, 술 등을 반드시 정해진 순서와 위치에 놓아야 한다.

평소에는 밥을 굶는 한이 있더라도 제삿날에는 반드시 정해진 음식을 장만해야 하고, 제사가 끝난 뒤에는 마을 사람들에게 음식을 나누어 줌으로써 가문의 체통을 자랑한다. 그렇지만 이것은 양반가의 일일 뿐이다.

제사를 모시기 위해서는 신주가 있어야 하는데, 신주에는 고인의 성명에다 관직을 반드시 적어야 하고, 관직에 나가지 못한 조상에게는 학생(學生)이라는 칭호를 붙인다. 학생은 양반의 신분을 뜻하는 것이며, 양민들과 천민들은 감히 입에 올리지도 못하는 말이다. 그래서 인구의 절반이 넘는 양민들은 관직도 없고, 학생이라는 말을 쓸 수도 없어 제사를 모실 수 없다.

그런데 조선 인구의 3할이나 되는 천민들에게는 성(姓)과 이름이 없다. 성명이 없다보니 당연히 신주에 무엇을 써야 할지 알 수가 없다. 그래서 인구의 9할에 이르는 백성들은 제사를 지낼 수 없다. 양반이 아닌 백성들은 돌아가신 부모나 조상에게 제대로 된 의식도 치를 수 없는 기막힌 현실인 것이다.

이처럼 조선에서의 제사는 양반 특권의 표상과도 같다. 그래서 양반들은 제사를 지내지 못하는 사람들에게 제사가 끝난 후 제삿밥 한 그릇 먹여준 것만으로 어깨가 으쓱해진다. 그리고 평소 양반에게 밉보인 사람은 제삿밥을 얻어먹는 것조차 힘들다.

그런 생각을 하면서 영학이 요헤이에게 물었다.

"야소교인들은 조상들에 대한 제사를 모시지 않습니까?"

"제사는 지내지 않지만 기일(忌日)은 있습니다. 이 세상 어느 나라 사람이든 부모를 비롯한 조상들을 추억하고 기념하는 의식은 있지요. 그렇지만 조선의 양반들이 지내는 제사처럼 요란스럽지는 않습니다. 단지 평소에 먹는 것보다 좀 더 정성스럽게 음식을 준비하고, 후손들이 모여 함께 추억하면서, 손을 맞잡고 기도를 올리지요."

그때 다카하시 나오이에라는 무사가 내뱉듯이 말했다.

"조선의 양반들은 그들의 조상을 인간이 아닌 신의 영역에 올려놓고 숭배하지만, 일반 백성들에게는 조상을 기념하고 추억하는 기회마저 빼앗고 있소. 그런데 조상은 존경과 추억의 대상이 될 수 있지만, 숭배의 대상은 아니지 않소? 조상은 나의 뿌리이며 나를 세상에 나올 수 있게 해준 고마운 존재이지만, 결코 이 세상을 창조하고 우주 삼라만상의 질서를 잡아주는 천주에 견줄 수 있는 신은 아니오. 그럼에도 조선의 양반들은 효를 사람으로서의 도리 중 최고의 덕목이라고 강조하지요. 그런데 돌아가신 부모와 조상에 대한 제사를 중요시하면서 막상 백성들에게는 제사를 못 지내게 하니, 도대체 이게 무슨 경우입니까? 더욱이 조선의 양반들이 자기네 조상을 신으로 떠받드는 것은 인간의 정신세계와 사회의 가치관을 어지럽히는 것 아니오?"

그의 빈정거리는 듯한 말에 영학은 슬그머니 기분이 나빴다. 마땅히 대꾸할 말이 없다는 게 영학을 더 기분 나쁘게 했다. 그렇지만 일단 아무 말 않고 잠자코 듣고만 있었다. 이번에는 호소카와 하루노부가 입을 열었다.

"야소교에 십계(十戒)라는 계명이 있다오. 십계명의 제1조는 '야훼가 아닌 다른 우상을 섬기지 말라'는 것이오. 그런데 조선의 양반들은 아예 신의 존재를 부정하고, 죽은 인간을 신으로 만들어 우상을 숭배하고 있소. 그들이 우상을 숭배하는 것은 순전히 탐욕 때문이오. 그들은 양반의 특권과 명예를 유지하기 위해 일반 백성들과 뚜렷하게 구별되는 제사의식을 성대하고 엄숙하게 치르는 것이오. 이런 의식은 2~3000년 인류가 미개할 때, 세속의 권력자나 무당들이 자신의 지위를 지키려고, '신의 아들'이라고 거짓말을 한 것과 다름이 없소."

그는 잠시 숨을 고르고 자신의 의견을 올곧게 이어나갔다.

"그렇지만 지금과 같은 문명 세상에는 '인간은 모두 하나님의 아들'이라는 믿음에 기초한 만민평등사상이 퍼져 있소. 실제로 하나님의 아들인 야소께서도 똑같은 인간이라며 인간이 겪는 고난과는 비교도 되지 않는 극심한 치욕과 고통을 당했소. 야훼이신 천주님은 하나밖에 없는 아들에게 부와 권력과 명예를 주기는커녕 인간의 죄를 대신하여 온갖 고난과 아픔을 겪다 마지막에 십자가에 못이 박혀 죽게 했소. 이 때문에 인류는 인간이 신 앞에서는 다 보잘 것 없는 불쌍한 존재이고, 사람 위에 사람 없고 사람 밑에 사람 없다는 사실을 똑똑히 인지하게 되었소. 그런데 조선의 사회는 천주의 뜻을 완전히 거역하고 있으며, 조선의 양반들은 하늘에 너무나 큰 죄를 짓고 있소. 그런데 어떻게 조선이라는 나라가 잘될 수 있겠소?"

영학은 그들의 말에 비위가 뒤틀렸다. 그러면서도 생전 들어보지 못한 야소교와 세계사의 관한 이야기를 듣게 되자 마치 다른 세계에 살고 있는 것 같은 이 왜인들에게 누를 수 없는 호기심을 느꼈다. 그래서 영학은 다카하시와 호소카와에게 물었다.

"언제부터 조선의 땅을 드나들기 시작했습니까?"

"5~6년 전부터입니다. 조선의 땅뿐만이 아니라 서쪽의 명나라는 물론 남방의 류큐왕국과 섬라국, 천축까지 가 보았지요. 그렇지만 왜인들은 남방의 국가들보다는 대륙의 북방 문물이 더 앞서 있다고 생각하고, 관심도 많습니다."

영학은 새로운 이야기에 끌려 밥을 먹는 둥 마는 둥 했다. 이를 눈치챈 시게노부와 요헤이는 서둘러 밥상을 치운 후 술자리를 마련했다. 술상에는 박으로 만든 병에 담긴 정종과 어포가 놓였다.

영학은 가장 먼저 야소교에 대한 이야기를 청했다. 그러자 4명의 왜인들은 신이 나서 이야기보따리를 풀어 놓기 시작했다.

24 장

대중문화

대
중
문
화

왜인들은 명나라와 천축국에서도 서쪽으로 수만 리 떨어진 예루살렘이라는 땅에 살던 유대민족에 대한 이야기를 풀어놓았다. 그들은 3~4000년 전 나라를 빼앗기고 이집트를 비롯한 이민족의 지배를 받으면서 극심한 차별과 고통을 받았다. 그들은 이민족에게 나라를 빼앗긴 채 수천 년을 고통과 압제에 시달리면서도 민족 고유의 신앙과 문화를 잃지 않았다. 그들은 야훼라는 유일신을 믿으며, 언젠가 야훼께서 보내주신 메시아가 자신들을 구원해 줄 것이라고 굳게 믿었다.

그런데 지금으로부터 약 1,600년 전 야훼의 아들이라는 야소가 태어났다. 야소는 앉은뱅이를 낫게 하고, 문둥병을 치료했으며, 보리떡 몇 덩어리와 물고기 두 마리로 수천 명을 배불리 먹게 하는 등의 기적을 행했다. 그리고 모든 인간은 하나님의 자식이며, 왕이든 귀족이든 노예든 가난뱅이든 모두 다 하나님 앞에서는 똑같이 죄인에 불과하다고 대중들을 설파했다.

이러한 야소의 가르침은 당시 로마라는 대제국으로부터 차별받고 억압받던 약소민족들에게 큰 위안이 되었다. 귀족들보다는 평범한 사람들에게, 있는 사람보다는 없는 사람들에게 큰 정신적 안식을 주었다. 그렇지만 이러한 가르침은 로마제국의 권력자는 물론 유대민족의 권력자들에게 용납이 되지 않았다.

유대민족은 언젠가 메시아가 나타나 그들 민족을 구원하여 그들을 다른 민족보다 우월한 민족으로 만들어 줄 것이라고 믿었다. 그들은 모든 민족이 평등하다고 한 야소의 가르침에 실망한 나머지 야소를 로마의 관원에게 '하나님의 아들'이라고 거짓말을 하면서 백성들을 현혹시키고, '무리를 이루어 사회를 혼란시키는 불순분자'라고 고발하였다. 이 때문에 야소는 양손과 양발에 못이 박혀 십자가에 매달리는 형벌을 받고, 극심한 고통 속에서 죽어갔다. 야소가 죽음의 고통에 시달리는 동안에도 군중들은 권력자의 눈치를 보느라 야소에게 조롱과 비난을 퍼부었다.

그러나 야소의 죽음은 끝이 아니라 진짜 시작이었다. 야소의 평등과 박애 사상은 야소가 사형을 당한 뒤에도 사라지지 않고, 오히려 믿는 자들을 통해서 온 세상에 퍼져 나갔다. 그 결과 야소의 사상은 유대민족을 아울러 다민족으로 이루어진 로마제국의 종교가 되었다. 이 때문에 조그만 도시국가에서 시작된 로마제국은 수백 배로 넓혀진 광대한 영토를 천 년이 넘도록 다스리면서 빛나는 번영을 구가했다.

다카하시 나오이에(高橋直家)는 붓으로 종이 위에 영학이 처음 보는 꼬부랑 글씨를 적어가면서 이렇게 말했다.

"야소의 만민평등과 박애사상은 로마의 통치원칙으로 집약되어 1,000년 전에 만들어진 로마법 대전에 그대로 반영되었지요. 로마법 대전(Corpus Luris Civilis)은 모든 민족들에게 법 앞의 평등을 강조하면서 가장 중요한 세 가지 원칙을 내세웠습니다. 첫째, 명예롭게 살라(honeste vivere), 둘째, 다른 사람을 해하지 말라(alterum non laedere), 마지막으로 각자의 몫을 인정하라(suum cuique tribuere)는 것이었죠."

그러면서 다카하시는 로마법의 세 가지 요청을 조선사회에 적용할 수 있느냐고 물었다. 첫째, 조선의 백성들은 명예롭게 살아가는가? 둘째, 조선 사람들은 다른 사람에게 해를 주는 것을 죄악으로 생각하는가? 셋째, 조선인들은 타인의 존재와 역할을 인정하는가?

그 질문에 영학은 단 한마디도 대답할 수 없었다. 영학은 아무런 대꾸를 하지 못하는 게 기분 나쁘면서도, 마음 한구석에는 왜국은 조선과 무엇이 다를까 하는 의구심이 들었다. 그래서 영학은 다카하시에게 물었다.

"그러면 그 로마법원칙을 왜국에 적용하면 어떻습니까?"

그 말에 다카하시는 자신 있게 답했다.

"고려시대까지만 해도 대륙의 문화가 왜국의 문화에 비해 많이 앞서 있었던 것은 사실입니다. 그러나 조선에 들어서면서 그 격차가 많이 줄었습니다. 그렇지만 앞으로는 분명히 일본이 조선을 앞설 것입니

다. 왜냐하면 일본의 백성들은 조선의 백성들에 비해 훨씬 더 많은
자유를 누리기 때문입니다. 가고 싶은 곳에 갈 수 있고, 하고 싶은 것
을 할 수 있습니다. 글공부를 해서 학자가 될 수 있고, 신체를 단련하
여 무사가 될 수 있으며, 산지를 개간해서 농사를 지을 수 있고, 고기
잡이나 무역을 위해 바다로 나갈 수 있습니다. 하다못해 해적질을 해
서라도 돈을 벌어서 고국에서 가난하고 불쌍한 이웃을 도우면 존경
을 받습니다. 어느 분야든 열심히 노력하면 성공할 수 있습니다. 그
과정에서 관의 눈치를 볼 필요가 전혀 없지요. 사농공상의 구별이나
남녀의 차별도 없습니다. 그리고 조선과 가장 차이 나는 점인데, '괘
씸죄'라는 관습법이 없습니다. 그래서 함부로 사람을 처벌하거나 다
른 사람의 재산을 빼앗지 않습니다."

그 말을 들은 영학은 은근히 부아가 돋아 따지듯 말했다.
"과연 그렇다고 장담할 수 있습니까?"
그러자 다카하시는 정색하고 말했다.
"자랑을 하는 것 같아 말하기 거북스럽지만 저는 8세 때 천자문을 떼
고, 14세 때 사서삼경을 마쳤습니다. 그 뒤 5년 동안 무역선을 타고
조선과 명은 물론 남방의 류큐왕국과 섬라국까지도 가 보았습니다.
조선을 왕래한 건 열 번이 넘습니다. 사마천의 사기와 같은 고전은
물론 척계광의 기효신서(**紀效新書**)와 같은 최신서(**最新書**)를 읽고,
세계사를 공부했습니다. 이론은 물론 경험까지 했기에 저는 자신 있
게 말할 수 있습니다."

영학은 말문이 막혔다. 기효신서라면 명나라 동남해안의 방비책임을 맡은 척계광이 왜구와 전투를 하면서 얻은 경험과 지식을 토대로 만든 병법서였다. 영학은 얼마 전 조선의 조정에서 왜의 조선 침공에 대비하기 위해 명에 기효신서를 요청했다는 말을 들은 적이 있었다. 그러나 말만 들었을 뿐 그 책을 구경도 하지 못했던 터였다. 그런데 다카하시는 그 책을 직접 읽었다고 한다. 확신에 찬 다카하시의 태도를 보고 영학은 무어라고 대꾸할 기운이 나지 않았지만 기죽은 모습을 보이기 싫어 다시 물었다.

"결국 지금의 조선백성들에게는 자유가 없고, 왜의 백성들에게는 자유가 있기 때문에 앞으로 왜국의 국력이나 문물이 조선을 앞설 것이라고 하는 겁니까? 백성들의 자유가 나라의 부강에 그렇게도 중요합니까?"

영학의 질문을 조용히 듣고만 있던 호소카와 하루노부(細川晴信)가 대화에 끼어들었다.

"그건 서양의 역사에 확연히 드러나지 않습니까? 지금으로부터 2,500년 전 서양의 그리스 반도에는 수많은 도시국가가 건설되었는데, 그곳에서는 시민들이 추첨이나 선거로 선발한 대표가 나라를 다스리는 방식으로 정치가 이루어졌지요. 왕이 아닌 백성들에 의한 정치가 이루어진 그 국가들은 자유로이 무역을 하면서 부강해졌고, 그 아득한 옛날에도 바다를 건너 영토를 확장하면서 문명을 발전시켰습니다. 국가의 힘은 다름 아닌 백성들의 힘의 총합입니다. 백성들의 힘은 역동성에서 나오며, 그 역동성은 자유에서 나오는 것입니다. 자유가 없으면 백성들이 힘을 쓸 수가 없습니다. 부강한 나라가 되는 길은 자유를 부여하여 백성들의 기를 살리고, 마음껏 끼를 발휘하도록 만드는 것이지요."

"그런데 백성들의 자유와 권리가 넘쳤던 그리스가 아닌, 로마가 나중에 대제국을 건설했다고 하지 않았습니까?"

"로마에서도 민주정치가 이루어졌습니다. 물론 민주정치의 역사는 그리스가 앞서 있는 것이 사실입니다. 각 도시국가들과의 동맹으로 이루어진 그리스 군은 동방의 전제왕권인 페르시아와의 전쟁에서 승리하였습니다. 그런데 그 후 그리스 내부의 아테네와 스파르타가 서로 주도권을 두고 분열하는 바람에 힘이 약화되지요. 이 전쟁에서 스파르타가 이기지만 양쪽의 희생이 너무 컸습니다. 이 때문에 이들은 그리스의 마케도니아 왕국에 의해 멸망하지요. 이 도시국가들은 외부의 강대한 적 앞에서 단결했지만 외부의 강력한 적이 사라지고 난 뒤 서로 주도권을 쥐려고 분열해서 싸우다가 멸망한 셈입니다. 이에 비해 로마는 원로원을 중심으로 한 민주정치를 유지하면서 꾸준히 나라를 키워갔지요. 그러다 나중에 마케도니아와의 전쟁에서 승리한 뒤 급속도로 성장합니다. 그 과정에서 로마는 그리스의 문물과 정신세계까지 계승하지요."

"서양의 역사를 공부해 보면, 백성들이 스스로 나라를 다스리는 제도가 왕이 절대 권력을 행사하는 제도보다 우월하다는 것을 알게 된다는 말인가요?"

영학의 물음에 호소카와가 대답했다.

"백성들이 스스로 나라를 다스리는 정치제도를 공화정이라고 합니다. 그리고 왕이 나라를 다스리는 제도를 왕정이라고 하지요. 지금까지의 역사를 보면 공화정이 더 나은지, 왕정이 더 나은지 한마디로 결론을 내릴 수는 없습니다. 그렇지만 왕정을 채택하고 있는 나라 사이에서도 백성들의 자유와 권리는 각 나라마다 차이가 큽니다. 그리고 분명히 말할 수 있는 것은 백성들의 자유와 권리가 앞선 나라가 부강하다는 것입니다."

"왕정을 채택하고 있는 나라 중에서도 백성들의 자유와 권리가 나라마다 차이가 난다고 했는데, 그렇다면 조선과 일본, 명의 경우는 어떻게 차이가 납니까?"

"백성들의 자유와 권리는 일본이 가장 앞서 있습니다. 그 다음이 명이고, 마지막이 조선입니다. 그런데 이 세 나라 백성들의 자유와 권리의 차이가 엄청납니다. 그리고 그 차이는 바로 국력의 차이가 되지요."

"어째서 그렇습니까?"

"명과 조선에는 환관과 궁녀가 있지요? 그렇지만 일본에는 환관이 없습니다. 아시다시피 환관제도는 왕으로 하여금 궁녀를 독점하기 위해 수백, 수천의 남성들을 거세하는 제도이지요. 모든 생명에게는 생존과 생식 본능이 있습니다. 그런데 환관들은 생존을 위해 생식본능을 포기하지요. 그러나 이로 인한 폐해가 얼마나 큰 줄 압니까? 환관들이 거세되었다고 해서 궁극적으로 생식본능을 포기한 것도 아닙니다. 출세한 환관들은 부인을 두고 양자를 들이지요. 그런데 환관 제도는 대궐 내 성문란과 퇴폐를 조장합니다. 환관들은 수태를 시키지 못하기 때문에 궁녀들과 관계를 하더라도 현장만 발각되지 않으면 들킬 염려가 없다고 생각하지요. 그러다보니 왕의 얼굴도 구경하기 힘든 궁녀들은 아예 대놓고 환관들을 유혹합니다. 그래서 궁내에서는 끊임없이 성병이 창궐하지요. 또한 불알 없는 놈이라고 괄시 받는 환관들은 잘난 척하는 신하들에게 지지 않으려고 왕의 총애를 차지하기 위해 경쟁합니다. 그 과정에서 온갖 음모, 술수가 벌어집니다. 이 때문에 부정부패가 만연하여 나라가 망하는 사태가 얼마나 많습니까?"

"일본에도 궁녀는 있지 않습니까?"

"맞습니다. 일본에서는 궁녀를 여관(女官)이라고 하지요. 일본의 여관들은 월급을 많이 받습니다. 그래서 서로 여관이 되고, 여관이 된 후에는 승진을 위해 맡은 일에 최선을 다합니다. 하기 싫으면 관두면 되고요. 그리고 일본의 최고 통치자인 천황은 실권이 없기 때문에 비싼 돈을 주고 많은 여관을 둘 수 없습니다. 실제 권력을 행사하는 막부에 여관이 있기는 하지만 일본의 여관들은 업무시간에 막부의 정무를 보는 장소에 들어가지도 못합니다. 설사 막부의 최고 권력자인 장군의 눈에 들어 잠자리를 갖거나 아이를 낳는다 해도 벼락출세하는 일은 절대로 없습니다. 아마 동침한 여자라고 하루아침에 벼락출세를 시켰다가는 그 장군은 세상의 웃음거리가 되어, 권좌에서 쫓겨날 것입니다. 이것이 일본의 정치문화입니다. 그런데 명이나 조선의 궁녀들은 어떻습니까? 얼굴 한 번 본 적도 없는 왕이 죽으면, 옛날에는 왕의 무덤에 산 채로 묻히기도 했고, 지금도 절에 가서 중이 되어 왕의 여자로서 평생을 지내야 하지 않습니까? 이 역시 백성의 자유와 권리를 중대하게 억압하는 것이지요."

"환관이나 궁녀는 명에서 먼저 생긴 제도이고 조선은 이를 따라한 것 아닙니까? 또 조선의 환관이나 궁녀의 수가 명에 비하면 아주 적은데, 왜 백성들의 자유와 권리가 조선이 명보다 못하다고 합니까?"

"환관이나 궁녀는 궁에만 있는 제도입니다. 그런데 조선의 양반들은 그들의 집안에 환관이나 궁녀와 다를 바 없는 노비를 두고 있지 않습니까? 그리고 환관은 육체적으로 거세를 당하지만 노비는 법률적으로 거세를 당하지 않습니까? 법으로 인격이 부인되고, 대대로 천민 신분이 이어지며, 국가에서 다수의 노비를 관리하는 나라는 전 세계 문명국 중에서 조선이 유일합니다. 명에서는 주인으로부터 월급을 받는 하인이 있을 뿐, 법으로 인격이 부인되는 노예가 없어진지 오래입니다. 그런데 고려시대에 인구의 1할이 되지 않던 노비의 수가 조선에서는 인구의 3할로 증가합니다. 그리고 고려에서는 이의민이라는 사람처럼 노비 출신이 최고 권력자가 될 정도로 출세의 통로가 있었지만, 조선에서는 출세는커녕 노비들이 인간대우를 받지 못하고 있습니다. 이런 걸 보면 야소의 박애와 만민평등사상은 적어도 조선에서만큼은 딴 세상 이야기이지요."

조선에 관한 신랄한 비판을 들은 영학은 민망한 마음에 입맛만 다셨다. 거기에다 다카하시가 더 보탰다.

"명에서는 황제의 권력이라고 해 보았자 북경에서만 영향력을 행사할 뿐, 실제 모든 정치는 왕이라 불리는 각 나라의 제후들에 의해 이루어지지요. 그런데 그 왕들은 위로는 황제의 눈치를 살피고, 밖으로는 다른 왕들을 의식하기 때문에 실제로 마음대로 권력을 휘두르는 경우는 미치지 않고서는 일어나지 않습니다. 일본에는 천황이 있지만 군림만 할 뿐 실제 통치권은 막부의 대장군에게 있으며, 각 지방에서는 다이묘(大名)들이 백성들을 다스립니다. 그렇기 때문에 백성들은 자기 지방의 영주가 제대로 못하면, 다른 곳으로 떠나버립니다. 그래서 지방의 영주들은 백성을 자기편으로 만들기 위해 서로 피 터지게 경쟁하지요. 이에 반해 조선의 왕은 아무 눈치 볼 게 없습니다. 그러다보니 양반들과 결탁해서 제 마음대로 하지요. 그리고 강압에 의한 복종을 자신의 능력인양 완전히 착각하고 있습니다."

잠자코 듣고 있던 호소카와가 다시 입을 떼었다.

"백성들의 힘이 어느 정도인지는 지나의 역사에 다 나타나 있지 않습니까? 최초로 6개의 제후국을 아우르고 통일을 이룬 진 왕조는 민심을 잃는 바람에 백성들이 주축이 된 진승, 오광의 난에 의해서 불과 30년 만에 무너졌습니다. 그 후 한, 수, 당, 송, 원의 통일왕조들은 모두 민심을 잃었을 때 순식간에 무너졌습니다. 그러다보니 수나라는 2대 30년을 가지 못했고, 다른 왕조들도 길어야 200년을 넘기지 못하고 왕조가 망했지요. 그렇지만 반도에서는 민심을 잃었다고 해서 백성들에 의해 왕조가 교체된 사건은 단 한 번도 없었습니다. 그만큼 조선의 백성들에게 힘이 없다는 말이지요."

"그럼 왜국에는 백성들의 민심이반 때문에 권력이 교체된 사건이 있습니까?"

"당연히 있지요. 지금의 전국시대는 시대의 변화와 백성들의 요구를 수용하지 못한 무로마치(室町) 막부의 무능에 대항하여 일어난 오닌(應仁)의 난 때문에 촉발된 것입니다. 오닌의 난은 지금으로부터 100여 년 전 무로마치 막부의 제8대 쇼군(將軍)인 아시카가 요시마사(足利義政)가 후계자 결정에 변덕을 부리는 바람에 비롯된 사건입니다."

호소카와는 목이 마른 듯 술잔을 들어 목을 축인 후 말을 이었다.

"아시카가 요시마사는 건축이나 예술 따위의 문화생활을 즐기면서, 골치 아픈 정치는 모두 부인인 히노 도미코(日野富子)와 쇼군을 보좌하는 관령의 직책에 있는 호소카와 가츠모토(細川勝元) 그리고 야마나 소젠(山名宗全)이라는 유력 슈고(守護) 다이묘(大名)에게 맡겨 버립니다.

그는 29세가 되도록 아들이 없자 동생 아시카가 요시미(義視)를 자신의 후계자로 삼았습니다. 그런데 뒤늦게 아들이 생기게 되자 마누라 등살에 못 이겨 후계자를 바꾸어 버립니다. 이렇게 되자 동생을 지지하는 세력과 아들을 지지하는 세력 간에 싸움이 붙게 되었지요. 이로 인해 일본은 간레이케(管領家)를 지지하는 지방의 다이묘들과 쇼군의 부인을 지지하는 다이묘들로 갈라져서 서로 전쟁이 벌어지게 되었고, 이 때문에 수도인 교토(京都)가 폐허로 변합니다. 교토가 폐허로 변하자 막부나 슈고 다이묘들은 완전히 권력을 잃어 버렸고, 상공업과 무역을 통해 부를 쌓은 지방의 영주들이 힘을 쓰기 시작한 것이지요."

영학은 대충 흐름을 이해할 수 있었지만 왜의 역사를 몰랐기 때문에 자세히 알아들을 수 없었다. 그래서 요점을 확인해보려고 물었다.

"그렇다면 왜의 내전시대는 중앙의 정치권력이 내분으로 힘을 잃자, 각 지방의 권력자들이 중앙의 권력을 차지하기 위해 서로 싸우면서 시작했다는 말입니까?"

"그렇게 볼 수도 있지만, 그보다는 백성들의 지지를 기반으로 한 지방권력이 무능한 중앙의 권력을 타도하는 과정이라고 보는 게 옳습니다."

"지방의 영주는 백성들과 다르지 않습니까?"

"결코 그렇지 않습니다. 영주도 백성의 한 사람이지요. 오닌의 난 때 중앙의 무능한 권력을 무력화시킨 것은 각 지방의 다이묘들입니다. 그러나 중앙의 권력을 붕괴시킨 지방의 다이묘들은 상공업과 무역의 발전을 통해 부를 축적한 백성들의 지지를 받지 않고서는 존재할 수 없습니다. 그렇기 때문에 실제로 무능한 중앙의 권력을 붕괴시킨 힘은 부와 지식을 쌓은 백성들의 힘이지요."

다카하시 나오이에가 부연 설명을 하듯 영학에게 말했다.

"역사의 기록을 보면 무로마치 막부는 지금으로부터 불과 14년 전인 계미년(서기 1573년)에 오다 노부나가(織田信長)에 의해 공식적으

로 없어졌지만, 실제로는 백성들의 봉기로 이미 100여 년 전에 무너
졌습니다."

"백성들의 힘에 의해 무로마치 막부가 무너졌지만, 그로 인해 백성
들이 얻은 이익이 무엇인가요? 오히려 온 나라가 100개가 넘는 작은
나라로 나뉘어 전쟁을 하는 극심한 혼란이 일어난 듯한데…"

그 말에 다카하시는 당연히 그런 말이 나올 줄 알았다는 듯이 자신
있게 설명했다.

"그 혼란은 새로운 질서를 위한 진통입니다. 이 혼란기가 지나고 나
면 새로운 정치제도가 건설될 것입니다. 그리고 새로 건설되는 제도
아래에서 백성들의 삶은 나아질 것이고, 과거보다 더 큰 자유와 권리
를 누리게 될 것입니다. 그렇기 때문에 이 혼란기는 극복해야 할 과
정이라고 생각합니다."

"어째서 그런 것입니까? 도대체 이해가 되지 않습니다."

"옛날 일본은 왕과 귀족중심의 사회였습니다. 왕과 귀족들은 일본 전
국에 장원과 노비를 두고 수도에서 안락하고 유복하게 생활하였지
요. 이런 귀족 중심의 사회는 조선의 전 왕조인 고려에서도 마찬가지
지요. 그런데 지금으로부터 400년 전에 교토에서 동북쪽으로 1,000
리 넘게 떨어진 가마쿠라(鎌倉)라는 곳에 무인들을 중심으로 한 막부
가 설치되었습니다. 가마쿠라 막부의 설치로 교토의 중앙권력은 지
방으로 양분화 되었지요."

"지금 일본을 실질적으로 지배하는 기관은 막부이지 않습니까?"

"지금은 그렇지만 400년 전 무인정권 때에는 권력이 교토의 궁궐과

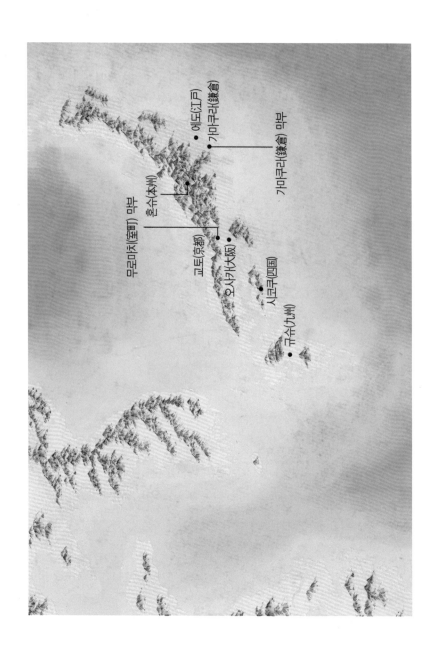

에도(江戸)

가마쿠라(鎌倉)

가마쿠라(鎌倉) 막부

혼슈(本州)

무로마치(室町) 막부

교토(京都)

오사카(大阪)

시코쿠(四国)

규슈(九州)

가마쿠라의 막부로 양분된 구조였습니다. 그런데 가마쿠라 막부가 설치된 이후 130년이 지나자 왕가의 분열이 생겨 60년 동안 남과 북에 따로 천황이 옹립되는 사태가 벌어져 서로 싸우게 되지요. 이로 인해 천황의 권력은 무력해지고, 가마쿠라 막부도 함께 무너집니다."

"그 뒤에 가마쿠라 막부를 대신하여 무로마치 막부가 세워졌습니까?"

"그렇습니다. 그래서 가마쿠라 막부와 무로마치 막부는 권력구조의 차이가 큽니다."

"어떻게 차이가 납니까?"

"가마쿠라는 교토로부터 동쪽으로 1,000리 이상 떨어진 곳입니다. 이곳에 세워진 막부는 왕과 귀족들 중심의 교토 정부와 권력을 나누고 있었지요. 그런데 지금으로부터 200년 전에 세워진 무로마치 막부는 교토 안에 무로마치 도노(室町殿)라는 궁궐을 설치하면서 중앙과 지방의 권력을 모두 장악합니다. 이때부터 천황은 상징적인 존재로 군림을 할 뿐 실질적인 통치권을 상실하였습니다."

"그럼 무로마치 막부는 지방의 권력이 귀족 중심의 중앙권력을 압도함으로써 탄생한 것이라고 볼 수 있겠군요."

"그렇습니다. 지방의 권력이 중앙의 권력을 장악했다고 볼 수도 있지만, 궁극적으로는 백성들의 힘이 왕과 귀족의 힘을 누른 것입니다."

지금까지 술잔을 기울이며 잠자코 듣고만 있던 시게노부가 대화에 끼어들었다.

"조선의 정치사와 일본의 정치사는 거의 비슷하게 진행되었지만, 방향은 서로 달랐습니다. 400년 전 무인정권인 가마쿠라 막부가 성립되기 20년 전 고려에서 먼저 무인정권이 수립되었습니다. 그런데 고려의 무인정권은 100년을 버티다 소멸되었지만, 일본의 무인정권은 세월이 흐를수록 권력을 강화해 나갔습니다."

"어째서 그렇게 된 것입니까?"

"여러 가지 원인이 있겠지만, 저는 백성들의 지지를 받았느냐 아니냐에 원인이 있다고 봅니다."

"권력투쟁과 백성들의 지지가 무슨 상관입니까?"

"권력싸움에 백성들의 지지는 절대적이지요. 가마쿠라 막부는 미나모토노 요리토모(源賴朝)가 정이대장군(征夷大將軍)에 임명됨으로써 시작됩니다. 미나모토노 요리토모는 교토에서 1,000리가 넘게 떨어져 있는 한적한 농촌인 가마쿠라에 막부를 설치하지요. 미나모토노가 가마쿠라에 막부를 설치한 것은 지지 세력이 없는 교토를 떠나 새로운 곳에서 지지기반을 다지기 위해서인데 이 지지기반이 바로 가마쿠라를 비롯한 지방의 백성들입니다."

영학은 지금까지 전혀 관심을 갖지 않았던 왜국의 역사 이야기가 나오자 아는 것은 없었지만, 호기심이 발동하여 입을 다물고 온 신경을 집중하면서 이야기를 들었다.

"반면에 고려의 무인들은 문신들을 죽이고 왕을 바꾼 뒤 민중들의 지지를 얻을 생각은 않고, 권력싸움에만 몰두하는 바람에 오히려 민심을 잃었습니다. 그 뒤 문신들의 반격을 감당하지 못하고 몰락하지 않았습니까."

"그럼 무로마치 막부는 백성들의 지지를 받았습니까?"

"무로마치 막부의 쇼군은 위로 천황을 받들어 모셨습니다. 그러면서도 왕권을 억제하면서, 백성들에게 생업에 매진할 수 있도록 자유와 권리를 주고, 국가의 산업과 해외무역을 장려하였습니다. 지방의 도시에 광범위한 자치권을 주고 외국인에 대한 치외 법권도 인정하였지요. 이 때문에 여러 지역의 도시들이 경쟁적으로 성장했습니다. 또국가 전체적으로 수공업이 발달하고 상업이 융성하여 백성들의 생활이 번창하였지요. 그런데 무로마치 막부가 안정될 무렵에 세워진 조선왕조는 백성들을 어떻게 대했는지 아십니까?"

"조선은 어떻게 하였소?"

"조선은 사농공상의 계급적 차별을 강화하고, 수많은 백성들을 노비로 만들었으며, 백성들의 생업을 천시하고, 오로지 권력에만 순종하도록 만들기 위해 백성들의 자유와 권리를 빼앗고 통제에만 골몰하였습니다. 그러다보니 고려의 자유분방한 사회분위기는 사라지고, 수공업과 상업은 급격히 후퇴하였으며, 백성들의 삶은 도탄에 빠져들고, 정치는 썩을 대로 썩었습니다. 선생이 조선인이기는 하지만, 조선의 이러한 실정을 부인할 수 있습니까?"

영학이 얼른 대답을 하지 못하자, 시게노부는 계속 말을 이었다.

"고려시대는 물론 조선 초기의 문물은 분명히 왜국에 비해 앞서있었습니다. 그렇지만 조선왕조가 들어선지 100년 뒤부터 서서히 역전되기 시작했는데, 이는 일본의 백성들이 조선의 백성들에 비해 훨씬 더 많은 자유를 가졌기 때문이지요."

"왜나 조선이 비슷한 시기에 왕과 귀족정권에 대하여 반기를 든 무인정권을 맞이하였지만, 그 이후의 과정은 어쩜 그렇게 다를까요?"

"자연환경의 차이가 중요한 원인이라고 생각합니다."

"자연환경이 인간의 삶의 방식에 그토록 크게 영향을 미칩니까?"

"그럴 수밖에 없지요. 인간은 절대로 자연환경을 벗어나서 살 수 없으니까요. 일본에는 인간으로서는 어쩔 수 없는 자연재해가 너무나 많습니다. 그러다보니 일본인들은 자연에 저항하기를 포기하고, 순응하는 자세가 몸에 배어 있습니다. 자연재해를 순순히 운명으로 받아들이지요. 자연재해를 겪으면서 초라하고 보잘 것 없는 인간의 능력에 비해 너무도 큰 자연의 위대함을 저절로 실감하면서, 일본인들은 개인의 힘보다는 서로 뭉쳐야만 재난을 극복할 수 있다는 것을 깨닫게 됩니다. 그리고 일본인들은 척박한 자연환경 때문에 바깥세계로 진출하지 않으면 생존이 어렵습니다. 그래서 조선인들보다 더 악착같이 살고, 서로 잘 뭉치며 외국의 문화에 개방적입니다. 이런 개방적인 태도는 고대에 번영을 이룬 그리스나 로마인들의 태도와 비슷하지요."

"그리스나 로마도 섬나라입니까?"

"섬나라는 아니지만 삼면이 바다와 접한 반도국가입니다. 거기에다 국토의 대부분이 산지이며, 바다에 수많은 섬을 가지고 있는 점은 조선과 비슷합니다. 그리스의 섬은 5,000개가 넘는데 그 수는 조선과 비슷할 것입니다. 이 때문에 그리스나 로마 사람들은 바다를 끼고 생활했으며, 바다를 통해 지속적으로 외부세계와 접촉하면서 살았습니다. 그러다보니 해상무역과 해양문명이 급속도로 발전하면서, 백성들의 생활도 적극적이고 개방적으로 변했지요."

"그리스나 로마는 땅이 큰 나라입니까?"

"그렇지 않습니다. 로마는 반도보다 약간 더 크지만, 그리스는 반도의 절반밖에 되지 않습니다. 그러면서도 이 두 나라는 서양 제국의 문명과 정신세계를 주도하는 강대국이 되었지요."

그때까지 말이 없던 요헤이가 대화에 끼어들었다.

"자연환경의 차이도 있지만 역사적 원인도 있습니다."

"어떤 역사적 원인입니까?"

"8~900년 전 대륙에서 백제와 고구려가 멸망했을 때, 두 나라의 수많은 귀족들은 금은보화를 챙겨 일본으로 건너와서 도래인이라는 새로운 계층을 형성하면서, 대륙의 앞선 문화를 일본에 이식했습니다."

"도래인들이 일본의 정치문화를 선도한 셈이군요."

"그렇습니다. 도래인들이 일본의 정치문화에 미친 영향은 실로 어마어마하지요. 지금 일본에 뿌리내려진 '일군만민론(一君萬民論)', 즉 천하는 천황이 다스리고 그 아래 만민은 모두 평등하다는 사상은 다름 아닌 도래인들이 심어 놓은 사상입니다."

"그들은 왜 일군만민론 사상을 조국이 아닌 일본 땅에 정착시켰을까요?"

"그들은 망국의 설움을 맛본 뒤에야 비로소 뼈저리게 깨달았답니다. 백성들을 무시하는 소수귀족 중심의 사회야말로 나라를 망치는 가장 큰 원흉이라는 것을…그래서 그들은 일본으로 이주하여 일본의 귀족이 된 후 백성을 중심으로 한 정치제도를 안착시키려고 노력했지요."

다카하시 하로노부가 덧붙여 말했다.

"망국의 설움과 정치적 실패에 대한 반성만으로 그랬을까요? 그들이 아무리 귀족이 되었다 하더라도 일본 사회의 주류는 아니지 않습니까? 그러다보니 비주류인 그들은 일본인으로부터 차별을 받지 않기 위해 천황을 구심점으로 한 일군만민론 사상을 만들지 않았을까요?"

요헤이가 하루노부의 말에 맞장구치며 말했다.

"맞습니다. 인간은 자신의 필요가 아니면 그렇게 애쓰지 않는 법이니까요. 그런데다 천황가의 혈통에는 백제와 고구려인의 피가 흐르기 때문에 도래인들은 천황 아래 만민평등사상에 더더욱 열광했는지도 모르지요."

이번에는 시게노부가 입을 열었다.

"돌이켜보면 신라가 백제와 고구려를 멸하고 반도를 통일할 수 있었던 것은 가야 6국 백성들의 인심을 얻고, 이들을 신라의 백성으로 받아들이면서 차별하지 않은 대외관계의 유연성 때문입니다. 그리고 대외관계를 중시하여 당과 강력한 동맹을 맺은 것도 큰 도움이 되었지요. 그런데 이런 대외관계의 유연성이나 포용력은 백성들을 배제하는 소수 귀족 중심의 정치에서는 발휘되기 힘든 것이지요."

시게노부의 말에 영학은 깊은 흥미를 느껴 질문했다.

"외부세계와의 접촉이나 대외관계의 유연성은 백성들의 자유 없이는 불가능하다는 말입니까?"

그 말에 호소카와 하루노부가 기다렸다는 듯이 대답했다.

"당연히 그렇지요. 자유가 있어야 밖으로 나가고, 장사도 하는 거 아닙니까? 외국에서 좋은 것이 있으면 자기 나라로 가져올 수도 있고, 자기 나라에만 있는 것을 외국으로 가지고 나가서 그걸 이용해 돈벌이를 할 수 있어야지요. 그리고 번 돈을 고향에 가지고 와서 사람들에게 대우받고 으쓱거릴 수 있어야 고생한 보람이 있을 것 아닙니까? 그렇기 때문에 백성들의 고달픈 삶을 이해하는 권력자들은 외국으로 나가거나 외국인과 접촉하려는 백성들을 막지 않습니다. 그런데 속이 좁고 의심 많은 권력자들은 백성들이 외국에서 돈 벌어 와서 잘 사는 꼴을 못 보지요. 또한 외부세계를 경험했다고 아는 체하거나 입바른 소리하는 백성들을 가만 두지 않습니다. 그뿐입니까. 백성들이 배가 부르고 똑똑해지면 자신들의 무능과 부패를 알아차리기 때문에 온갖 핑계를 동원하여 백성들의 입에 재갈을 물리고 손발을 묶으려고 하지요."

"백성들의 자유와 인권이 잘 발달된 그리스와 로마도 결국에는 망하지 않았습니까?"

"시민들의 자유와 권리가 절정을 이루었을 때 그리스와 로마는 전성기를 구가하였습니다. 그렇지만 그리스의 도시국가들이 강한 동맹을 맺어 페르시아 제국의 침략을 무찌른 후에는 교만해진 나머지 도시국가들끼리 서로 싸우다가 결국 마케도니아 왕국에 망했지요. 이때부터 시민의 자유와 권리는 쇠퇴하기 시작합니다. 로마의 경우에도 제국이 커지게 되자 광대한 영토의 통일과 안정을 위한다는 명분으로 황제가 탄생했지만, 초기의 황제들은 백성들을 의식하고 권력을 절제했기 때문에 제국은 번영합니다. 그런데 황제의 절대 권력이 강화되고 난 뒤부터 나라가 부패하기 시작했지요."

"조선은 그리스나 로마의 역사와는 전혀 다른 별개의 세상이군요."

"꼭 그런 것은 아닙니다. 역사를 보면, 신라나 백제, 고구려가 서로 각축전을 벌였던 삼국시대나 신라에 의해 삼국이 통일되었을 때, 그리고 고려 때까지만 해도 외부세계와 끊임없이 접촉해왔습니다. 고구려, 신라, 백제는 제각기 당, 말갈, 거란, 일본 등과 교류하면서, 서로 경쟁적으로 자기편으로 만들기 위해 필사적인 외교전을 폅니다. 고려 때는 송, 원과는 물론 서쪽의 인도, 아라비아, 로마까지 교류를 하였고, 이 때문에 고려라는 나라의 이름이 세계만방에 알려졌습니다. 한족의 나라인 송과 몽골족이 세운 원은 천하의 패권을 잡기 위해 서로 경쟁적으로 고려를 자기편으로 끌어들이려 필사적인 노력을 기울였습니다. 그런 가운데 백성들의 자유와 권리는 확대되었고, 나라는 부강해졌지요. 그러나 200년 전 엄격한 통제제도를 채택한 조선왕조가 들어서면서부터 이 나라는 쇠퇴하기 시작합니다. 100년 전만 해도 일본은 조선의 문화와 국력을 우러러보았지만 지금은 아니지요."

"조선왕조 때부터 이 사회가 그토록 후퇴하기 시작하였습니까?"

"믿고 싶지 않겠지만 엄연한 현실입니다."

"왕조가 바뀌었다고 어떻게 그토록 다른 나라가 될 수 있단 말입니까?"

"왕조가 바뀌었기 때문이 아니라 국가의 이념이 잘못되었기 때문입니다. 사회를 떠나 혼자서는 살 수 없는 것이 인간입니다. 사회적 동물이 모인 사회 또한 마찬가지입니다. 인간이 혼자서 살 수 없는 것처럼 외부 사회와 교류하지 않고 혼자서는 절대로 생존할 수 없는 것이 사회입니다. 이는 국가도 마찬가지입니다. 그런데 조선의 사회는 외부세계와 비교되는 것을 거부하고, 교류도 없이 홀로 살려고 합니다. 말도 안 되는 어리석은 생각이지요. 그러면서 그 어리석은 생각을 관철하기 위해 백성들의 행동과 사상까지도 통제합니다. 이런 사회가 어떻게 발전할 수 있습니까? 망하는 건 시간문제이지요."

하루노부의 장황한 설명에 영학은 고개를 끄덕거리면서 질문의 방향을 다시 자연으로 돌렸다.

"아까 자연환경이 정치환경의 중요한 원인이라고 했는데, 조선과 왜와 명의 사정은 어떻게 다릅니까?"

"그건 이 다카하시 나오이에가 감히 한 말씀 하겠습니다. 명은 지대박물(地大博物), 즉 땅은 넓고 물산이 풍부하여 없는 것이 없지요. 그렇지만 일본은 지동박물(地動薄物), 즉 땅은 움직이고 물산은 부족하여 많은 인구를 부양하기 어렵지요. 그에 비해 조선은 지순박물(地順朴物), 즉 땅이 순하고 물산은 원활합니다."

"좋은 표현이군요. 그런데 이런 자연환경이 정치와는 어떻게 관련이 있습니까?"

"명은 땅이 너무 넓고 물산이 풍부하기 때문에 일인의 절대 권력자가 통치하는 것은 불가능합니다. 그래서 중앙의 권력과 지방의 권력이 서로 조화되어야 나라를 잘 다스릴 수가 있지요. 그렇지만 일본은 땅의 변화가 많고 물산이 부족하기 때문에 외국과 교역을 해야만 나라를 유지할 수 있습니다. 그래서 항상 외부세계와 교섭해야 하는데다 국토의 중앙에 높은 산맥이 있어 동서로 분리되고, 4개의 큰 섬과 수천 개의 작은 섬으로 이루어졌기 때문에 절대 권력자가 탄생하기 어렵습니다. 그런데 조선은 땅이 편하고 물산이 원활하여 외부세계와의 교섭이 절실하지 않고, 산도 완만해서 백성들 간의 교류도 용이해 중앙의 획일적인 통제가 가능합니다. 그래서 문화나 지리적으로 일인의 절대 권력자가 탄생하기 쉽습니다."

"결국 당신 말에 의하면, 편하고 살기 좋은 자연환경이 백성들을 방심하게 만들었다는 것이군요."

"백성들이 방심했다기보다는 권력자들이 탐욕을 부렸고, 그 탐욕이 현실화된 것이지요."

"살기 좋은 자연환경 때문에 백성들이 억압을 당하다니…. 참 희한한 모순이군요."

"세상에 음양의 조화가 있듯이 좋은 것이 있으면 나쁜 것도 있는 법이지요. 반도국가라는 것이 그런 것 같습니다. 반도의 땅에 갇혀 살기를 거부하고, 대륙과 바다를 통해 외부로 뻗어나간 국가나 민족은

찬란한 문명을 이루었습니다. 고대 그리스와 로마가 그 예이지요. 그렇지만 소극적이고 방어적인 자세로 반도 안에서 자기들끼리 우물 안 개구리처럼 살려고 하면, 종국에는 자신도 지키지 못합니다. 주변의 국가들이 가만 두지를 않지요. 특히 조선과 같이 기후가 온화하고, 토지가 비옥하며, 백성들의 문화수준이 높은 땅덩어리는 주변국에서 당연히 군침을 흘리지요. 이것은 엄연한 역사의 교훈입니다."

영학은 눈을 반짝이면서 진지하게 물었다.
"소극적이고 방어적인 태도를 바꾸기 위해서는 어떻게 해야 합니까?"
"그것은 의외로 간단합니다. 백성들에게 자유와 권리를 주면 됩니다. 그 자유와 권리는 개방적인 태도로 외국인들에게도 한정된 지역이기는 하지만 과감하게 치외법권을 인정할 정도가 되어야 합니다."
"말로는 간단하고 쉬운데, 실현하기가 쉽지 않겠군요."
"그것도 그렇지만, 조선의 통제체제가 그리 오래 가겠습니까? 수천 년의 역사에서 극단적인 통제체제가 들어선 것은 불과 200년에 불과합니다. 지금이라도 통제체제만 고쳐진다면, 조선은 머지않아 세계만방에 이름을 날리는 나라가 될 것입니다. 지금도 조선에는 일본이 따라가지 못하는 우수한 문화가 너무 많습니다."
풀이 죽은 영학을 의식한 듯 시계노부가 입을 열었다.
"조선왕조에서도 150년 전 세종대왕 시절에는 진정으로 백성을 위한 정치가 행하여졌습니다. 신분제도가 완화되어 노비도 능력만 있으면

출세할 수 있었고, 북쪽에는 사군육진이라는 군사도시를 설치하여 여진, 거란과 교역을 하였으며, 남쪽에는 삼포를 개항하여 일본과 무역을 하게 하였습니다. 더욱이 백성들이 쓰는 말을 글자로 만들지 않았습니까? 조선글은 스물여덟 자밖에 안 되는 낱글자이지만, 표현하지 못하는 말이 없습니다. 우리 일본글은 그보다 두 배가 넘는 낱글자를 가지고서도 표현하거나 발음하기 어려운 말이 많지요. 그만큼 과학적이고 합리적으로 만들어진 글자이지요. 제가 장담컨대 앞으로 조선은 글만 잘 활용해도 엄청난 선진문화를 이룰 것입니다. 이런 걸 보면 조선은 얼마든지 희망이 있습니다."

그제야 영학은 표정이 밝아지면서 말을 꺼냈다.
"그렇지요. 그때만 해도 양민은 물론 노비들도 '열심히 노력하면 잘 살 수 있다'는 희망을 가졌지요. 그렇지만 그 뒤로 세월이 갈수록 양반의 특권과 횡포가 심해지고, 나라는 썩어가고 있으니 참 큰일입니다. 그런데 백성들이 쓰는 말과 글이 나라의 발전에 그렇게도 중요합니까?"
자신의 말에 표정이 밝아진 영학을 본 시게노부는 확신을 주려는 듯 힘을 주어 말했다.
"그건 당연한 일이지 않습니까? 일본은 지금으로부터 900년 전에 백성들이 쓰는 말을 글자로 만들었습니다. 글자의 모양은 한자를 본땄지만 소리는 백성들의 말을 따라 가나문자를 만들었는데, 이는 신라에서 만든 이두문과 유사하지요. 그 후 일본의 만요슈(萬葉集)라는 책에서 보듯 백성들의 대중문화가 비약적으로 발전하기 시작했고, 이것은 곧 백성들의 힘이 되었습니다. 가나문자가 처음 만들어졌을 때 한자를 읽고 쓸 줄 아는 일본의 귀족들은 이 문자를 여자들이나 쓰는 글이라고 하여 온나데(女手)라고 조롱하였습니다. 그렇지만 가나문자를 쓰지 말라는 말은 하지 않았지요. 이 때문에 백성들의 문학은 점점 발전하여 결국에는 양과 질에서 귀족문화를 완전히 압도하였습니다. 이런 걸 보면 대중문화의 힘은 무서운 것이지요. 대중문화는 곧 백성들의 힘이며, 생활 속의 자유입니다. 그래서 백성들이 쓰는 말과 글이 나라의 발전에 중요한 것입니다."

"그렇군요. 그런데 그대들은 어떤 교육을 받았기에 이토록 해박한 지식을 가지고 있습니까?"

"교육을 받았다기보다는 여러 나라를 돌아다니다 보니 주워듣는 것이 많고, 넓은 세상을 보기 때문이지요. 문 선생도 나라 바깥을 보게 되면 세상의 흐름에 대해 많은 것을 알게 될 것입니다. 일본인들은 대륙과 떨어져서는 살 수가 없습니다. 그래서 말이 통하는 조선인이 있다면 많은 대화를 나누고 싶어 합니다. 앞으로 그 영특한 두뇌로 일본어를 공부하시면, 인생에 많은 도움이 될 것입니다. 가나문자는 신라인들이 쓰던 이두문자와 구조가 같기 때문에 배우기가 쉬울 것입니다."

"그렇지 않아도 지금 왜어를 공부하고 있습니다. 나중에는 선생들과 왜어로 대화를 나눌 수 있도록 열심히 공부하겠습니다. 오늘 말씀 참 유익하고, 고마웠습니다."

대화를 마친 영학은 바람을 쐬기 위해 밖으로 나왔다. 밤공기는 소름이 끼치도록 차가웠다. 서쪽으로 기운 달은 하동을 떠날 때보다 조금 더 커져 반달이 되었지만 무수히 빛나는 별빛을 조금도 가리지 못했다. 영학은 고개를 들어 비 개인 밤하늘을 쳐다보았다. 별들은 손을 뻗으면 잡힐 듯 가까이 있었다.

'지금 어머님은 어떻게 지내고 계실까? 민지는 무얼 하고 있을까? 스승님, 선돌이, 명원이, 성진이는 갑자기 소식도 없이 종적을 감춘 나를 두고 무슨 생각을 할까? 지금 왜의 땅으로 가는 나는 과연 선택을 잘 한 것인가? 아니, 말로만 듣던 왜국으로 가는 게 꿈인가? 현실인가? 왜국으로 건너갔다는 가희는 잘 있을까? 왜국에서 나를 기다린다는 사람이 가희가 아니면 얼마나 낭패스러운가…'

수많은 생각들이 찰나에 뇌리를 스쳐갔다. 그리고 자신도 모르는 사이, 영학의 눈에는 아련한 눈물이 어렸다.

25장

대
마
도

대
마
도

　　영학은 어젯밤 늦게까지 술을 마시고 이야기를 나누느라 늦게 잠이 들었지만, 긴장이 돼서인지 해가 뜨기도 전에 잠에서 깼다. 느긋하게 아침을 먹고 밖으로 나서자 선원들은 이미 출항 준비를 마치고 영학을 기다리고 있었다.

　　드디어 조선을 떠나는 순간이 왔다. 영학의 착잡한 심경과는 달리 바람과 물결은 순조로웠고, 동행하는 이들의 표정은 밝다 못해 들떠 있었다. 그들이야 이국땅에서 고향으로 돌아가는 것이지만, 영학은 생면부지의 이국땅으로 향하는 길이였기에 두렵기만 했다. 그러나 어렵게 작정한 일이었기에, 영학은 두려움을 떨쳐버리리라 다짐했다.

　　배가 출발한 지 일각이나 지났을까. 끝이 보이지 않는 넓고 검푸른 바다가 바로 눈앞에 펼쳐지면서, 바다 한 가운데 섬의 형체가 뚜렷이 나타났다. 불과 한 시진이 지났을 뿐인데 배가 대마도에 닿았다. 대마도의 북쪽 끝 히타카츠(比田勝)라는 한적한 어촌을 돌아 배는 남쪽으로 길게 누운 섬을 따라 나아가기 시작했다. 히타카츠에서는 맑은 날이면 부산포에 있는 산의 형체를 뚜렷하게 볼 수 있고, 정월대보름에 쥐불놀이를 하면 그 불빛을 선명하게 볼 수 있다고 한다.

배를 타고 바라보는 대마도의 첫 풍경은 온통 산이었고, 그 산은 바다에 바짝 붙어 있어 평지를 구경할 수 없었다. 배의 오른쪽에는 산으로 가득한 섬들이 있었고, 왼쪽 편에는 끝도 없는 망망대해가 펼쳐져 있었다.

배는 부산포 앞바다에서 대마도에 이르는 시간보다 더 긴 시간을 남쪽으로 나아가 대마도에서 가장 큰 고을이라는 이즈하라(巖原) 포구에 닻을 내렸다. 이즈하라는 바다와 산 사이에 폭이 수백 보 정도 되는 평지를 가지고 있었고, 그곳을 중심으로 산기슭을 따라 옆으로 길게 촌락을 이루고 있었다.

요헤이는 대마도에 대해 자세히 설명해주었다. 대마도는 크기가 조선 거제도의 한 배 반 정도인데, 섬 전체의 인구가 자그마치 8만이 넘고, 이중 절반이 이즈하라에 살고 있다고 한다. 그리고 놀랍게도 대마도에는 2,000명가량의 조선인들이 살고 있는데, 이즈하라에 살고 있는 조선인만 해도 1,000명이 넘는다고 한다. 이즈하라의 조선인들은 왜인들과는 별도로 200가구나 되는 큰 마을을 이루어 살고 있다. 그 말을 듣고 영학이 요헤이에게 물었다.

"이 섬에 8만이 넘는 인구를 먹여 살릴 양식이 있습니까?"

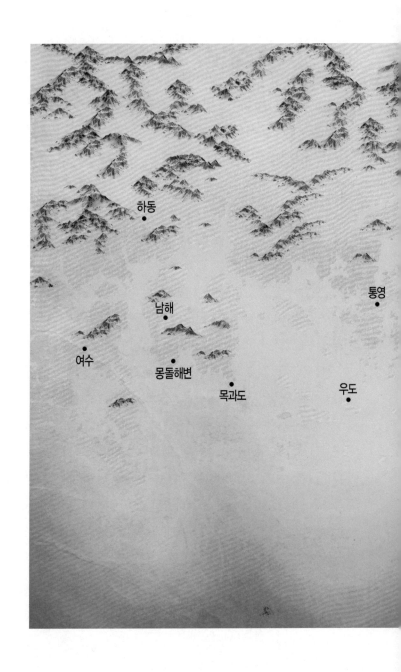

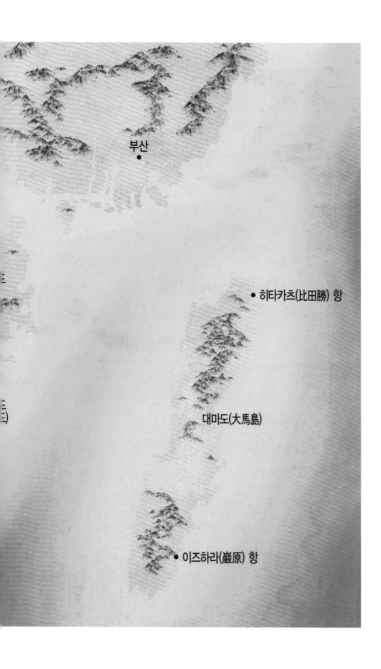

부산

히타카츠(比田勝) 항

대마도(大馬島)

이즈하라(巖原) 항

"대마도는 농토가 섬 면적의 3푼에 불과하고, 나머지는 모두 가파른 산이기 때문에 대마도에서 나는 양식으로는 그 인구를 먹여 살릴 길이 없습니다."

"그러면 이 인구는 무얼 먹고 삽니까?"

영학의 질문에 요헤이가 웃으면서 대답했다.

"사람이 농사만으로 먹고 사는 것은 아닙니다. 대마도인들은 예로부터 무역으로 먹고 살았지요. 대마도에 상주하는 인구는 8만이지만, 유동인구를 합치면 인구는 그 배가 넘지요. 그래서 대마도에서는 15만 명 이상의 인구를 먹여 살릴 양식이 있어야 합니다."

"아니, 농토도 별로 없는 이 땅에서 어떻게 15만이나 되는 인구가 먹고 산단 말입니까? 그럼 여기 사람들은 생선이나 해초를 먹고 삽니까?"

요헤이는 여전히 웃음 띤 얼굴로 대답했다.

"이곳 사람들도 쌀을 주식으로 합니다. 대마도에서는 해마다 10만 석 이상의 쌀이 외부로부터 공급됩니다."

"그럼, 그 10만 석의 쌀은 어디로부터 공급됩니까?"

"예전에는 조선에서 많이 공급되었지만, 지금은 조선과의 외교가 단절된 상태라 혼슈나 규슈 섬에서 7~8만 석 이상의 쌀을 사오고 있습니다. 그렇지만 지금도 조선으로부터 암암리에 들여오는 쌀이 2~3만 석 정도 되지요."

"2만 석이라면 큰 배 10척에 가득 실을 양이 아닙니까? 그렇게 많은 쌀이 지금도 조선에서 들어오고 있습니까?"

"아주 큰 배라면 7~8척이면 2만 석을 실을 수 있습니다. 사실 그렇게 많은 건 아니죠. 140년 전의 계해조약 때는 세견선이 50척이나 되지 않았습니까? 정말 그때 대마도인들은 살기가 너무 좋았지요. 역사 이래로 지금까지 왜국에서 가장 부유하고 발전된 지역이 바로 대마도였습니다. 그런데 지금은 조선과의 무역이 부진한 바람에 한창 때보다 인구가 많이 줄었습니다."

요헤이의 말을 들은 영학은 대마도에 깊은 흥미를 느꼈다. 요헤이의 설명 덕분인지 왠지 대마도가 친근하게 느껴지기도 했다. 그래서 이것저것 두서없이 질문을 던졌다.

"아무리 조선과 무역을 한다고 해도 그렇지 이 작은 섬이 왜국에서 가장 부유하고 발전된 지역이었다고 하는 것은 과장된 것 아닙니까? 이곳에 농토가 많은 것도 아닌데."

"농토가 많다고 잘 사는 게 아닙니다. 대마도인들은 예로부터 지금까지 본섬보다 윤택하게 살아왔습니다. 이 작은 섬의 경제나 문화가 교토나 오사카보다 앞섰다고 하면 믿기지 않겠지만, 그게 사실입니다. 사실 지금 일본의 경제를 뒷받침하는 것은 막대한 양의 은광산입니다. 금과 은이 있으면, 쌀은 얼마든지 사들일 수 있지요. 그런데 일본에서 최초로 개발된 은광산이 여기 대마도에 있습니다. 그뿐만 아닙니다. 대마도에서 금을 생산한 것은 본섬보다 100년이나 앞섰습니다. 그 이유가 무엇인지 아십니까?"

"조선과 가까이 있기 때문입니까?"

"바로 그렇습니다. 고대로부터 선진문명은 대륙에서 일본으로 넘어왔습니다. 광산채굴기술과 연은분리법은 조선의 기술자가 대마도로 건너와서 일본인부들과 함께 직접 채굴을 하고 원광석으로부터 은을 분리하는 기술을 시전했기 때문에 일본에 들어온 것이지요. 대마도가 조선으로부터 조금만 더 멀었다면, 조선의 기술자들이 대마도로 오지 않았을지도 모릅니다. 아마 일본인들이 조선의 광산기술자들을 부산포 앞바다로 데려가서 바로 저기 보이는 저곳에서 광산채굴을 하면 한몫 단단히 잡는다고 설득했을지도 모르지요. 그만큼 대마도가 조선과 가깝습니다. 사실 대마도는 조선과 100리 거리지만, 일본 규슈 섬과는 300리가 넘습니다. 아침에 보지 않았습니까? 조선의 땅에서 대마도가 바로 보이지요? 마찬가지입니다. 대마도에서도 조선의 땅이 바로 보입니다. 그렇지만 본섬은 아예 그림자도 볼 수가 없지요."

"일본으로 건너간 조선 문화의 영향이 그렇게 큽니까?"

"정확히 말하면 조선이 아니고, 신라, 백제, 고구려, 고려시대 그리고 조선 초기에 숱한 선진문물이 대마도를 거쳐서 일본으로 건너왔지요. 대마도라는 이름의 유래만 해도 그렇고요."

"대마도라는 이름의 유래가 무엇입니까?"

"지금으로부터 1,500년 전에 전라도와 충청도 지방에 마한(馬韓)이라는 부족국가의 연맹체가 있었지요. 이 마한은 바다를 통해 왜국과 활발하게 교류했습니다. 그런데 당시에는 항해기술이 미약해서 눈에 보이는 땅 말고는 갈 수가 없었지요. 그러다보니 마한의 사람들은 대마도까지 왕래하면서 교역을 했는데, 하도 교류가 많다보니 대마도를 마치 고향인 전라도, 충청도처럼 편하게 여겼지요. 그래서 마한 사람들은 '건너편에 있는 마한'이라는 의미로 대마(對馬)라는 이름을 붙이고, 여기에 섬을 뜻하는 도(島)자를 붙여 대마도라고 불렀습니다. 마한이 없어진지 벌써 1,000년이 지났지만 그 이름은 아직 그대로 사용되고 있습니다."

요헤이의 말을 듣고, 영학은 이 섬이 우리나라와 그토록 깊고 오랜 인연을 맺고 있다는 사실에 놀랐다. 그리고 대마도인들이 살아가는 방식을 보면 사농공상의 계급적 사회에서 농업의 중요성을 강조하며 살아가는 게 결코 효율적인 제도가 아니라는 생각도 들었다. 상(商)이나 공(工)은 농(農)의 아래 단계에 있고, 농공상은 사(士)를 받드는 수단이라고 배우고 자랐던 영학으로서는, 상과 공이 주가 되고 농이 보조적인 경제수단이 되는 대마도의 생활방식을 선뜻 이해하기 어려웠다. 그나마 그동안 주워들은 이야기가 있어 어렴풋이 이해할 뿐이었다.

영학은 화제를 돌려 요헤이에게 물었다.

"대마도에 있는 조선인들은 어떤 식으로 살아갑니까?"

"대마도의 조선인은 농사를 짓는 사람은 거의 없고, 대부분 어업에 종사하거나 왜인 선단의 일원으로 참여하여 무역에 종사합니다. 그리고 광산에서 일하는 사람들도 있죠. 어업에 종사하는 조선인들 중에는 제주도 여인들이 많은데, 제주도의 여인들이 물길에 능하기 때문입니다. 태어나자마자 바닷가에 놓인 바구니 안에 드러누워 바다

냄새를 맡으며, 물길작업을 하다 잠시 틈을 낸 어머니의 젖을 먹고 자란 제주 여인들의 물길능력은 왜인들의 상상을 초월할 정도지요. 그래서 왜인들은 어떻게든 자기네 바다에 제주의 여인들을 데려오고 싶어 합니다. 그리고 제주의 여인들은 화폐경제가 발달하지 않은 조선과는 다른 왜국에서 몇 년만 고생하면 고향에서 조그만 집과 전답을 마련할 수 있는 적잖은 금화나 은화를 모을 수 있지요. 그래서 지금도 수십 명이 넘는 제주의 해녀들이 대마도에서 일하고 있는데, 어떤 이는 아예 남편을 데리고 함께 옵니다. 그렇지만 조선의 국법에 따르면 생업을 위해 왜로 오는 것은 반역죄에 해당되지요. 그렇다보니 제주도에는 오랫동안 보이지 않던 이웃이 수년 만에 모습을 보이더라도 굳이 어디 갔다 왔느냐고 캐묻지 않는 풍습이 있답니다."

영학은 요헤이의 말을 듣고 나서 비로소 제주도인의 조선 조정과 뭍에 대한 피해의식이 이해되는 것 같았다. 그래도 영학이 요헤이에게 대마도에 닿는 즉시 조선인들이 사는 마을을 방문하고 싶다고 하자 요헤이가 난처해하며 말했다.

"대마도에 사는 조선인들은 문 선생을 만나려고 하지 않을 것입니다."

영문을 알 수 없어 영학이 반문했다.

"조선인이 타국에서 동족을 만나면 당연히 반갑지, 왜 만나기를 꺼립니까?"

요헤이는 영학의 물음에 선뜻 답하지 못했다. 영학이 양반이기 때문에, 그들이 만나기 꺼려한다는 사실을 쉽사리 말하기 어려웠다. 양반은 조선에서 누리며 사는 사람이지만 노비나 상민들은 당하고 사는 사람이다. 모든 인간은 자신의 눈으로 세상을 바라보기에, 있는 사람의 눈은 없는 사람의 눈과 보는 것이 다르고, 누리는 사람은 당하는 사람의 입장을 이해하기 힘들다는 것을 요헤이는 잘 알고 있었다.

대마도에 살고 있는 조선인들은 모두 하나같이 조선의 사회에서 억압받고 무시당하던 사람들이었고, 조선에서 살기가 어려워 국법을 어기면서까지 멀고 험한 이국땅에 온 사람들이다. 그렇지만 그들은 언젠가는 고향으로 돌아가겠다는 꿈을 한시도 잊지 않는다.

그런데 그들이 인생에서 가장 경계해야 할 사람은 바로 양반이었다. 그들이 왜국에서 돈벌이를 했다는 사실이 양반의 귀에 들어가는 날이면 그들의 목숨은 이미 죽은 목숨이기 때문이다. 조선의 백성들은 양반만 보면 행여 무슨 봉변이라도 당할까봐 도망치기 바빴다. 그런데 금령의 땅인 왜국에서 양반을 만난다면 그야말로 놀라서 뒤로 자빠지고 말 것이다. 조선에서 양반들에게 굽실거리면서 울증과 화병에 시달리던 사람들이, 왜국에서 만난 양반을 달가워할 리 없었다.

이런 사정을 잘 아는 요헤이는 영학의 말을 들어줄 수 없었지만, 어렵게 왜국으로 모셔온 귀한 손님이었기에 체면을 살려주고 싶었다. 그래서 요헤이는 "나중에 기회를 봐서 조선인 마을의 연장자와 상의해보겠다"고 대답했다.

시게노부와 요헤이는 이즈하라 포구에 면한 여관으로 영학을 안내했다. 여관은 통나무 기둥에 판자를 붙인 2층 건물이었고, 1층에는 사람들이 모여서 밥을 먹는 식당이 있었다. 여관으로 들어서자 주인 내외가 입구에서 허리를 숙이며 손님을 맞았다. 그런데 손님을 맞이하는 남정네의 모습이 가관이었다. 부엌에서 요리를 하다 나왔는지 허리에는 부엌데기 아낙네들이 쓰는 앞치마를 두르고 있었던 것이다. 그 모습을 본 영학은 심한 거부감을 느끼며 속으로 생각했다.

'이놈들은 부끄러움도 없구나. 사내대장부가 부엌에 출입하는 것도 모자라 아예 버젓이 앞치마를 두르고 밖으로 나오다니……. 참, 무례하구나. 여기가 조선이라면 저 남정네나 아낙네나 모두 관아에 끌려가서 엉덩이가 피투성이가 되도록 곤장을 맞을 게야. 게다가 당장 여관의 문을 닫아야 할 거다.'

그러나 이곳은 왜의 땅이었기에, 영학은 되도록 문화와 풍습의 차이라고 억지로 이해하려고 애썼다.

식당에는 네 개의 나무탁자가 놓여 있고, 탁자마다 네 개의 의자가 놓여 있었다. 영학 일행이 안쪽 탁자에 자리를 잡고 의자에 앉자, 남정네는 요리준비를 한다고 부엌으로 들어가고, 화려한 기모노를 입은 아낙네가 목기로 만든 종지에 차를 담아왔다. 영학은 남정네가 부엌에서 일하고, 아낙네가 나서서 손님을 맞이하는 모습에 자신도 모르게 또 비위가 상했다.

'부부가 유별하고 남녀칠세부동석이 기본적인 사회윤리인데, 어떻게 여자가 외간 남자에게 스스럼없이 다가와서 말을 걸고, 아무렇지도 않게 실실 웃음을 흘릴 수 있나? 요망하기 짝이 없는 일이다. 예부터 여자와 사발은 밖으로 내돌리면 깨어지는 법이거늘, 왜인들은 남녀

간에 분별도 없고, 여인들에게 정조관념이 없구나. 이건 왜의 남자들에게 문제가 있다. 여자가 저렇게 설치고 다녀도 단속할 생각은 않고, 아무렇지도 않게 그냥 부엌으로 쏙 들어가 버리다니…….'

영학으로서는 아무리 애를 써도 이 상황이 도저히 이해가 되지 않았다. 그래서인지 차를 마시면서도 아무런 맛을 느낄 수 없었다. 대마도에 내린지 불과 한 시진도 지나지 않았지만, 조선과 왜국의 사람 사는 모습이나 풍습에 차이가 너무 많다는 생각이 들었다. 먼저 큰 고을도 아니고, 변방의 섬에 있는 조그만 포구에 어떻게 이런 큰 객주가 있을 수 있는지부터가 의아했다. 그것도 하나가 아니고 어림짐작으로 보아도 서너 채나 되는 큰 객주가 있다는 사실이 말이다.

영학은 '식당'에 대해서도 처음 알게 됐다. 조선의 객주가에는 별도로 사람들이 모여서 밥을 먹는 공간이 없기 때문이다. 영학은 그냥 바깥의 마당에서 밥을 먹거나 밥이 차려진 상이 들어오면 방안에서 밥을 먹으면 되는 것을, 식당이란 곳을 별도로 만들 필요가 있나 하는 의문이 들었다.

또 조선의 객주가에서 노비는 아무리 돈이 있어도 헛간에서 자거나 마당에 깔아 놓은 멍석 위에서 자야 한다. 양반에게만 혼자 쓸 수 있는 깨끗하고 따뜻한 봉놋방이 제공되고, 양민들에게는 여러 명이 공동으로 쓰는 허름한 방이 제공된다. 이것이 법이다. 조선은 객주가라고 해봐야 방이 3~4개에 불과한 작은 규모다. 다수의 나그네들이 유숙할 수 있는 큰 시설이 있기는 하지만, 이는 관에서 운영하는 역이라 공무를 수행하는 관리들만이 사용할 수 있을 뿐 민간인에게는 사용할 기회가 주어지지 않는다. 더욱이 조선에서는 아무리 손님이 많은 객주가라 하더라도 마음대로 규모를 늘리지 못한다. 아무리 돈이 많더라도 객주가는 관의 시설인 역보다 작게 지어야 한다는 것이 확고부동한 법이기 때문이다.

그런데 왜에서는 여관의 규모나 사용방법에 관한 규제가 없는 듯했다. 그저 돈만 있으면 신분과 상관없이 혼자서도 깨끗하고 편한 방을 마음대로 쓸 수 있는 것이다. 영학은 어떤 법도도 존재하지 않는 이 상황이 혼란스러웠다.

이 여관은 3대째 80년 동안 가업을 승계하여 운영되고 있다고 했다. 이 때문에 여관의 주인은 손님들에게 대마도에서 가장 깨끗하고 안락한 숙소와 맛있는 음식을 제공한다는 자부심이 대단했다. 여관의 뒤채에는 주인 내외와 노부모가 살고 있었다. 여관의 여주인은 자신이 손님을 응대하고, 남편은 요리뿐만 아니라 노부모와 아이들 돌보기, 아침 청소까지 담당한다고 했다. 그래서 이 여관은 그들에게 가정이고 일터였다.

시게노부는 이 식당에서 제공되는 일명 '우동'이라는 굵은 국수의 면발이 아주 쫄깃쫄깃하고 국물의 맛이 일품이라며, 이것을 맛보기 위해서라도 대마도에 올 때면 꼭 여기서 묵는다고 말했다.

이야기를 하던 중 식사가 나왔다. 검게 색칠이 되어 윤이 나는 나무 소반 위의 목기에 음식이 담겨 있었다. 영학은 얼핏 보기에 정갈하고 깔끔하다는 인상을 받았다. 검은 옻칠을 한 둥근 나무그릇에 흰 쌀밥이 담겨져 있었고, 사발처럼 생긴 목기에 담긴 우동에서는 김이 모락모락 올라오고 있었다. 작은 나무 종지에는 단무지라 불리는 노란 무짠지가 있었고, 다른 종지에는 갈색의 무짠지가 담겨 있었다.

굵은 우동 면발 위에는 쑥갓, 배추 등의 야채와 함께 밀가루를 입히고 기름에 튀긴 새우 두 마리가 얹혀 있었다. 그런데 숟가락이 보이지 않았다. 그래서 영학은 젓가락을 손에 들고 시게노부와 요헤이가 어떻게 먹는지 살펴보기 위해 잠시 기다렸다.

시게노부와 요헤이는 손바닥에 밥그릇을 올려놓고 젓가락으로 밥을 떠먹기 시작했다. 그리고 젓가락으로 우동 면을 반쯤 건져 먹은 뒤 목기를 두 손으로 들어 올려 후루룩 마시듯이 먹었다. 영학은 두 사람이 먹는 모습이 천박하다는 느낌이 들어 얼굴을 찌푸렸다. 그 순간 영학은 부산포의 태종대에서 수졸들이 했던 말이 생각났다. 조선에서는 밥을 상 위에 내려놓고 수저로 떠먹지만, 왜인들은 밥그릇을 손바닥에 올려놓고 먹기를 좋아한다는 말이었다.

조선과 대마도의 거리는 바닷길로 100리에 불과하다. 바람과 물결을 잘 타면 조선에서 대마도로 오는데 한 시진이면 충분하다. 영학은 이렇게 가까운 두 나라의 풍습이 이토록 다를 수 있다는 사실이 너무 신기했다. 그 나라 문화의 집약체를 음식으로 본다면, 100리 바닷길을 사이에 둔 조선과 왜의 문화적 간극은 물리적인 거리보다 훨씬 더 큰 듯했다.

밥은 조선의 밥과 별반 다른 게 없었다. 굳이 차이를 발견하자면 조선의 밥이 더 찰졌다. 그렇지만 처음으로 먹어보는 우동 맛은 인상적이었다. 멸치와 조개에다 미역과 다시마를 우려내어 맛을 낸 국물도 목을 시원하게 해주었다. 영학은 과연 여관 주인이 자부심을 가질만한 맛이라고 생각했다. 무짠지는 짠맛 대신 단맛이 났고 조선에 비해 약간 싱거웠지만, 먹기에는 괜찮았다.

식당 안에는 10명 넘는 사람들이 저녁 식사를 하고 있었다. 조선의 객주가에서는 밥을 먹을 때 의례 반주로 막걸리를 마시지만, 이곳에는 술을 마시는 사람이 드물었다. 여관에 있는 사람들은 기모노라는 화려한 옷차림을 한 여관의 안주인 말고는 모두 활동하기 좋은 평상복 차림이었다.

사람들의 머리 모양을 보니, 영학이 조선에서 들었던 전통적인 왜인의 모습은 보이지 않았다. 왜인들은 모두 옆머리를 빡빡 밀고 머리 중간에 상투를 튼 모습이라고 들었었는데 상투를 틀지 않고 긴 머리를 두건으로 감싸거나, 상고머리를 한 사람이 많았다. 조선의 양반들처럼 복장이나 머리 모양에 크게 신경을 쓰지 않는 듯했으며, 조선의 상민이나 노비들의 머리 모양과 비슷했다. 그러다보니 상투를 튼 영학의 모습이 유별나게 보였다.

영학은 왜국에서 조선 양반들의 신분표시인 상투를 틀고 살 수는 없다고 생각했다. 그래서 상투를 풀어야겠다 생각하면서도, 막상 상투를 풀면 상민으로 계급이 추락한다는 상실감이 느껴지지 않을까 하는 걱정이 앞섰다. 이런 걱정 때문에 자신을 비롯한 조선의 양반들이 잠자리에서 일어나자마자 먼저 머리카락에 온 신경을 쓴다는 사실을 다시 한 번 상기했다.

식사를 마친 후 시게노부는 영학을 2층의 방으로 안내했다. 방의 크기는 폭이 다섯 자에 길이가 8자 정도 되어 보였다. 바닥에는 깨끗한 다다미가 놓여 있었고, 중앙의 화로에는 이미 숯불이 지펴져 있어 방안은 포근했다.

그때 여관의 안주인이 영학의 방으로 성큼성큼 들어와서 '유카타'라는 편한 옷과 수건을 갖다 주었다. 그리고는 부끄러워하는 내색도 전혀 없이 얼른 옷을 갈아입고 뒷간의 목욕통에서 목욕을 하라고 했다.

조선의 법도에서 남녀유별은 엄격하다. 그래서 여염집의 여자가 외간 남자와 눈을 마주보고 대화를 하는 일은 도저히 있을 수 없는 일이고, 있어서도 안 되는 일이다. 그렇기 때문에 몸종이나 기녀가 아니고서는 여자가 남자와 대화를 나누거나 잔심부름을 하는 일은 정숙하지 못한 행동으로서 사회적 지탄을 받는다.

또 조선에서의 몸종은 잠자리에서 시중을 들고 남자의 잠자리가 허전하지 않도록 동침하는 일을 한다. 그런데 이 여인은 몸종이 아닌 여관의 주인이고, 엄연히 남편과 자식이 있으며, 시부모를 모시는 여인이다. 영학은 아무리 장삿속이라고 하지만, 어떻게 외간남자의 방을 아무 거리낌 없이 들락거릴 수 있는가 생각하면서 왜에는 남녀유별이란 개념 자체가 없는 것인가 하는 의문이 들 지경이었다.

영학은 안주인이 갖다 준 유카타를 입었다. 속적삼이나 바지저고리 하나 없이 천둥벌거숭이의 몸에 얇고 헐렁한 긴 저고리를 몸에 걸치고 허리에 달린 끈을 묶으니 이건 옷을 입은 게 아니라 몸을 가린 것일 뿐이라는 생각이 들었다. 한 손으로 저고리 밑자락을 들어 올리면 음경이 그대로 드러나는 형태였다. 그런데 왜인들은 이런 옷을 입고 집안은 물론 온 동네를 돌아다닌다고 하니, 영학으로서는 이해할 수 없는 행동이었다.

바람이 심하게 불거나 발을 잘못 디뎌 넘어지기라도 한다면, 치부가 다른 사람에게 보일 것이었다. 그뿐이 아니다. 유카타를 입으면 상체는 가려지지만, 무릎 아래의 맨살은 그대로 밖으로 드러난다. 조선 사회에서는 다리의 맨살을 그냥 드러내 보이는 것은 예의범절이 아니다. 털이 듬성듬성한 맨살을 어떻게 다른 사람에게 보인단 말인가?

조선의 양반에게는 의관이 중요하다. 속적삼과 속바지를 차려 입고, 혼자서는 신거나 벗기도 힘든 버선을 신은 뒤 바지와 저고리를 입고, 그 위에 도포자락을 걸치고 도포의 색깔과 어울리는 허리띠를 졸라맨다. 머리는 상투를 틀고 뻣뻣한 말 털로 곱게 정돈된 갓을 쓰고 신발을 신는다. 그러면 사람의 얼굴과 손만 밖으로 드러나지 신체의 다른 부위는 절대로 노출되지 않는다.

여자의 경우는 더했다. 여자는 속바지에 속치마를 입은 후 치마와 겉 저고리에다 외투를 걸치는데, 겉저고리의 길이는 어깨로부터 젖가슴 아래까지 와야 하고, 단정하게 고름을 매어야 한다.

그런데 저고리의 고름을 매는 게 보통 고역이 아니다. 고름의 위치는 젖가슴 높이의 정중앙, 고름의 가로 폭은 한 자, 매듭의 모양은 중앙의 고름이 폭 두 치, 길이 두 치의 정방형을 이루고, 세로 모양의 고름은 중앙의 고름을 중심으로 좌우 대칭을 이루어야 하며, 매듭에 주름이 생겨서는 안 된다. 매듭을 짓고 아래로 늘어뜨리는 고름의 길이도 한 자를 기준으로 한다. 이렇게 고름을 매는 방식은 저고리에서 그치는 것이 아니라 외투 저고리에도 똑같이 적용된다.

게다가 여인들은 이렇게 복장을 갖추고서도 외출을 할 때는 양손으로 장옷이나 쓰개치마를 머리 위에 덮어 써야 한다. 여인들은 외출을 하면 항상 양손을 어깨 위로 올려 얼굴 위를 덮어 쓴 장옷이나 쓰개치마를 붙잡아야 했다. 이러한 불편함이 따르긴 했지만 여인들의 복식은 개인의 기호가 아니라 사회의 규범이다. 따라서 전통 복식을 따르지 않고 마음대로 변화를 주는 것은 법을 위반하는 것이다.

여인들이 외출을 할 때 장옷이나 쓰개치마를 덮어 쓰는 관습은 고려에서 유래한다. 고려의 귀족여인들은 외출을 할 때 폭 3자, 길이 8자 크기의 너울이라는 천을 쓰고 다녔는데, 이 너울이 조선에 들어와서 장옷이나 쓰개치마로 대체되었다. 고려시대 여인들이 사용하던 너울은 서역의 아라비아에서 시작되어 몽골을 거쳐 우리나라에 전래되었다고 한다. 그런데 왜국에 와서 보니 여인들의 복장에 너울이나 쓰개치마는 찾아볼 수가 없다.

조선의 의복문화에 대하여 한 번도 다른 생각을 해보지 못한 영학은 아무리 왜국에 왔다고 하더라도 갑자기 복식을 바꿀 수가 없었다. 그래서 영학은 시게노부에게 암청색이나 암갈색의 평복을 두세 벌 구해달라고 부탁했다.

시게노부가 영학이 부탁한 옷을 구하기 위해 밖으로 나갔을 때, 요헤이는 영학의 방안 탁자 위에 조선에서부터 보따리에 싸서 고이 들고 온 의방유취요결 18권을 차곡차곡 쌓아 놓았다.

30권의 책 중에서 10권은 지리산의 토굴마을에 있고, 나머지 20권의 책 중 18권을 그 난리북새통 속에서 챙겨온 것이다. 요헤이가 어떻게 의방유취요결을 알고 보물처럼 챙겨왔는지 의아한 생각이 들었지만, 반가운 마음이 앞서 애써 의문을 떨쳐 버렸다. 탁자 위에 놓인 책을 보자 새삼 스승을 비롯해 그리운 사람들의 얼굴이 하나하나 새록새록 떠오르면서, 영학의 눈시울은 또다시 붉어졌다.

그날 밤 영학은 시게노부와 요헤이에게 왜국에 와서 처음 느낀 바를 말했다.

"삼강오륜(三綱五倫)은 명은 물론 조선과 왜의 기본적인 사회이념인데, 어떻게 왜국에는 오륜의 하나인 남녀유별(男女有別)이 제대로 지켜지지 않는 것입니까?"

질문을 받은 시게노부와 요헤이는 퍼뜩 이해가 되지 않는다는 표정을 지었다. 그래서 영학은 낮에 여관에서 느낀 생각을 시게노부와 요헤이에게 솔직하게 이야기했다. 그러자 시게노부와 요헤이는 한참을 깔깔거리고 웃었다. 그리고선 그것은 문화적 차이에서 비롯된 인식의 차이일 뿐이라며, 시게노부가 설명을 하기 시작했다.

"제가 보기에 조선에서의 남녀유별은 오륜이 정한 남녀유별이 아니라 남녀차별(男女差別)입니다. 남자와 여자는 둘 다 야훼 하느님의 창조물이기 때문에 여자도 인격과 감정을 가진 남성과 동등한 존재이지요. 인격은 동물과 구별되는 인간으로서의 특성입니다. 즉, 동물과 달리 이성적으로 생각하고, 자유의지를 가지는 존재이지요. 그런데 조선에서의 여자는 남자에게 종속된 신분일 뿐 인격의 주체로서 대우받지 못합니다. 조선의 양반들은 여필종부(女必從夫)라는 말을 지극히 당연시하지만, 이는 조선만의 풍습일 뿐 외국의 문명사회에서는 절대 통할 수가 없는 개념입니다. 도대체 왜 여자는 자신의 자유의지를 부인하고 무조건 남자의 의사를 따라야 합니까?"

요헤이가 시게노부의 말에 고개를 끄덕였다. 시게노부는 단호한 어투로 계속 말을 이어갔다.

"여자를 인격적인 존재로 인정한다면, 여자가 남자건 여자건 만나서 서로 대화를 하거나 옷을 어떻게 입거나 무슨 행동을 하든 다른 사람이 상관할 바가 아닙니다. 그리고 남녀가 교제할 때 남자가 마음에 드는 여자를 고르듯 여자도 마음에 드는 남자를 고르는 것은 당연한 이치인데 조선은 이를 용납하지 않지요."

가만히 생각해 보면 맞는 말이었다. 남녀 간의 사랑이란 둘의 감정이 서로 합치되어야 한다. 그런데 혼인에 있어서 여자에게는 아무런 선택권이 없고, 당사자인 남자에게 일부 선택권을 주고, 또 중요한 선택권을 혼인의 당사자도 아닌 부모들이 갖는 것은 야만시대의 겁탈보다 더 악랄한 짓인지도 모른다.

인격을 인정받지 못하는 여인은 동물의 암컷보다 훨씬 더 비참한 존재이다. 야만의 자연에서도 동물의 암컷은 수컷을 선택할 권리를 절대적으로 보장받는다. 동물의 암컷은 발정기가 아니면 절대로 수컷을 받아들이지 않기 때문이다. 아니, 이는 선택이 아니라 신체 구조상 수컷을 받아들이지 못한다. 그리고 동물의 암컷은 발정기에 들더라도 마음에 들지 않는 수컷이 구애를 하면 거들떠보지도 않는다. 심지어 구애를 경쟁하는 수컷들끼리 목숨을 내걸고 피터지게 싸우도록 만든 뒤 살아남은 수컷을 선택하기도 한다. 이것이 자연의 섭리이다.

그러나 조선의 사회는 여인들에게 너무 잔인하다. 자기 새끼를 위해서라면 미련 없이 목숨까지 바치는 본능은 동물의 암컷이나 여인들이나 마찬가지이지만, 조선의 사회는 권력을 이용하여 여인의 인격을 짓밟는 것은 물론, 나아가 어미의 목숨보다 더 소중한 자식의 인생을 철저히 유린한다. 그것이 바로 노비종모법(奴婢從母法)이고, 적서차별법(嫡庶差別法)이다.

자식을 낳은들 그 자식이 떳떳하게 세상을 살아가지 못하고, 평생 종살이를 하거나 음지에서 살아야 한다면, 어느 여인도 자식 낳기를 원치 않을 것이다. 그러기에 조선에서 노비나 서자로 태어난 자식은 어미가 원해서 낳은 자식이 아니다. 그저 어미가 죽지 못해 양반이라는 수컷을 받아들여 생긴 부산물일 뿐이다. 그렇기 때문에 노비나 서자의 어머니는 평생 자식에 대한 죄책감에서 벗어날 수 없다. 원하지 않는 남성을 받아들여야 하는 고통만 해도 견디기 힘들지만, 부산물로 태어난 자식에 대한 죄책감에 비하면 아무 것도 아니다. 그래서 조선의 여인들에겐 한(恨)이 너무 많고 깊다.

북방국가나 명에서도 여인들은 대우를 받고 산다. 몽골제국을 건설한 테무진의 어머니도 한때 부족 간의 전투에서 패배한 남편을 떠나 다른 남자와 살면서 그 남자의 아이를 낳았다. 나중에 태무진의 아버지는 그 적에게 설욕을 하고, 다시 아내를 찾아옴으로써 사내의 자존심을 되찾았다. 그 아내는 다시 화목한 가정을 꾸리고, 아이들을 더 낳아 훌륭하게 키웠다. 그리고 이 아이들은 사이좋게 자라서 나중에는 서로 협력하여 동양과 서양에 걸친 대제국을 건설하였다.

거친 전쟁터에서 적의 목을 서슴없이 베는 잔인함을 가진 몽골의 사내들은, 권력이나 돈을 이용해서 여인을 소유하지 않았고 여인의 인격을 존중했다. 그리고 아내가 낳은 다른 사내의 아이까지 기꺼이 자기 자식으로 양육했다.

비록 몽골의 사내들이 죽을 때는 말자상속법에 따라 자기 핏줄임이 확실한 막내에게 자신의 지위나 재산을 물려주기는 했지만, 어떠한 경우에도 아내의 인격과 아내가 낳은 자식의 존재와 인격을 부인하지 않았다. 어쩌면 이러한 존중과 관용이 초원의 떠돌이 부족인 몽골족을 세계제국의 건설자로 만들었는지 모른다.

명에서도 여인의 인격과 모성을 부정한다는 것은 꿈도 꾸지 못할 일이다. 여성의 지위가 막강했고, 여인의 마음을 얻기 위해 나라를 통째로 들어먹는 황제나 제후들에 대한 역사 또한 즐비했다.

40년 전 명의 가정제를 궁녀들이 목졸라 죽이려고 했던 임인궁변(壬寅宮變)만 해도 그렇다. 그때 양금련(楊金蓮), 형취련(刑翠蓮) 등 16명의 궁녀들은 변태적인 행위에다 매질을 일삼는 황제를 죽여 버리기로 하고, 잠든 틈을 이용해서 노끈을 황제의 목에 감은 뒤 힘껏 잡아당겼고, 이로 인해 황제는 의식을 잃었다.

그런데 황제가 죽을 운이 아니었던지 궁녀들의 옷감으로 만든 노끈에 장신구가 달려 있었고, 장신구끼리 서로 맞부딪히는 바람에 궁녀들이 안간힘을 다해도 황제의 숨통을 끊지 못했다. 이 때문에 궁녀들이 의식을 잃은 황제가 죽었다고 생각하고 우왕좌왕할 때 환관이 달려와 황제의 숨통을 열어주는 바람에 폭군의 횡포는 계속 이어질 수 있었다. 암탉이 울면 집안이 망한다는 속담이나 여필종부의 관념에 젖은 조선에서는 생기기는커녕 상상도 할 수 없는 일이다.

시게노부와 요헤이는 2,000년 전 고대 그리스에서 일어난 재미있는 이야기를 들려주었다. 단순 무식한 남자들이 하도 전쟁을 벌여 세상을 혼란스럽게 하기에 참다못한 그리스의 여인들이 똘똘 뭉쳐 전쟁을 일삼는 남편과의 동침을 거부했다. 그렇게 되자 자신의 본능적 욕구를 해소할 길이 없게 된 남성들은 아내의 요구에 굴복하여 결국 전쟁을 중단했다고 한다.

이런 이야기를 들으면서 영학은 생각했다. 왜의 땅에 온 지 아직 하루도 지나지 않았다. 그런데 조선에서는 아무런 의문의 여지없이 당연시 했던 가치관이나 행동양식이 여기서는 완전히 시각을 달리한다. 어떻게 이 짧은 시간에 이렇게 큰 의식의 변화가 올 수 있는가? 이래서 불교에서는 별안간의 깨달음인 돈오(頓悟)를 통해 득도를 한다고 말하는가?

다음날 아침, 쾌청한 날씨였다. 영학은 어슴푸레한 새벽에 일어나 산책을 나갔다가 바로 앞에 펼쳐진 끝없이 넓은 바다가 붉게 물든 채 둥그런 불덩어리를 서서히 토해내는 모습을 보았다. 하늘과 바다는 온통 불그스름한 빛으로 물들어 있었고, 땅 위의 만물은 졸음을 떨쳐내고 서서히 생기를 되찾고 있었다.

한 시진이 넘도록 해변을 거닐다 문득 한기를 느낀 영학은 걸음을 재촉하여 여관으로 돌아왔다. 여관 안으로 들어서자 분홍빛 바탕에 청색 얼룩무늬가 새겨진 기모노를 입은 여주인이 두 손을 맞잡은 채 밝은 표정으로 목과 허리를 깊숙이 숙여 인사를 하면서, 아침식사 준비가 다 되었음을 알렸다. 어젯밤 시게노부와 요헤이로부터 이야기를 들었기에 이제는 여성이 외간남자에게 반갑게 인사하는 게 이해가 되었지만 여전히 어색했다.

영학은 시게노부와 요헤이가 기다리는 것을 보고 서둘러 뒤뜰의 우물에서 세수를 한 뒤 아침상이 차려진 식탁에 앉았다. 아침 식사는 된장을 풀어 넣은 생선국과 쌀밥이었다. 왜의 된장은 조선의 된장보다 짠맛이 덜한 대신 고소하고 단맛이 많이 났다.

맛은 일품이었다. 3대를 이어 온 주인의 정성과 솜씨가 요리에 배어든 듯했다. 아침 식사를 하면서, 시게노부가 영학에게 말했다.

"좀 있다 손님이 찾아 올 것입니다."

생판 모르는 이국땅에서 손님이라니, 영학은 의아하게 생각했다. 그러다가 '혹시 가희가 아닐까?' 하는 생각이 퍼뜩 들었다. 그러나 시게노부의 이어지는 말은 뜻밖이었다.

"대마도의 당주인 소 요시토시(宗義智)라는 사람입니다."

"대마도주가 왜 나를 만나려고 합니까?"

"뒤떨어진 일본의 의료수준을 한층 높여줄 귀한 인물이 왔는데, 도주가 만나러 오는 게 당연하지 않겠습니까?"

시게노부의 말을 듣고 영학은 정면으로 그의 얼굴을 쳐다보았다. 그냥 하는 말 같지는 않았다. 그러나 영학은 당최 이해하기 어려웠다. 대마도주는 조선으로 치면 현령을 넘어서 군수 이상의 벼슬이며, 그것도 중앙의 권부로부터 임명되어 1~2년 만에 교체되는 벼슬이 아니라 대대로 세습되는 자리였다. 군수보다 더 높은 사람이 다른 나라에서 온 일개 의원을 만나러 온다는 것은, 격에 맞지 않는 일이었다. 조선의 법도에서는 있을 수 없는 일이었다. 그렇지만 영학은 대마도주와의 만남을 피할 방도가 없었고 관리에 대한 최소한의 예의는 차려야 한다고 생각했다.

영학은 아침을 먹고 얼른 방으로 올라가 상투를 다듬고, 의관을 갖추어야 한다고 생각했다. 그러던 찰나 조선에서 입고 온 갓과 바지, 저고리, 도포 등은 지금 모두 여관주인이 세탁하고 있다는 사실이 떠올랐다. 그래서 영학은 시게노부에게 오늘은 의관을 갖추기 어려우니 내일 대마도주의 집으로 찾아 가서 만나는 게 좋겠다고 말했다. 그러자 시게노부가 말했다.

"일본에는 신분의 차이가 없고, 복장에 크게 신경 쓰지 않습니다. 그러니 그냥 편하게 만나십시오. 도주의 나이도 아마 문 선생과 동갑이라 앞으로 좋은 친구가 될 것입니다. 또 조선에도 여러 번 가 보았고 조선말도 잘 하니 대화를 나누는 데 아무런 문제가 없을 것입니다."

영학은 내키지는 않았지만 어쩔 수 없이 그의 말을 따라야 했다.

26장 친구

친구

　아침식사를 마친 지 반 시진도 지나지 않았을 때 영학의 또래로 보이는 젊은이 한 명이 불쑥 여관의 문을 열고 들어왔다. 여관 주인 내외는 객지에서 오랜만에 돌아온 아들을 만나는 것처럼 호들갑을 떨면서 그 젊은이를 반갑게 맞았다. 그 모습을 본 영학은 저 젊은이가 대마도주의 시동일 것이라고 짐작했다.

　그런데 시계노부는 저 사람이 바로 대마도주라고 일러주었다. 그는 귀공자보다는 호남형에 가까웠고 서민적인 복장을 하고 있었다. 영학은 당황스럽지 않을 수 없었다. 높은 벼슬아치가 바깥나들이를 하면서 아랫사람을 만나려면 당연히 격식을 차려야 하는데, 그 사람에게는 관리나 지방의 통치자라는 표시는 어디에서도 찾아볼 수 없었다. 그냥 상민들이 입는 짙은 갈색 평복을 입은 채, 그것도 종자 한 명 없이 혼자서 생면부지의 외국인을 만나러 온 것이었다. 영학은 처음 맞닥뜨리는 상황이었지만 어쩌면 사농공상의 구별이 없는 세상이라서 그럴지도 모른다고 생각했다. 그러면서도 완전히 납득이 가지는 않았다.

지금 대마도주인 소 요시토시는 소 마사모리(宗将盛)의 넷째 아들이다. 대마도의 17대 당주인 소 요시시게(宗義調)는 오랜 내전으로 혼란한 정세에 염증을 느낀 나머지 은거하면서 조용히 살기를 원했다. 그래서 그는 당주의 지위를 집안 조카인 소 요시토시의 형인 소 시게나오(宗茂尙)에게 넘겼다. 그런데 소 시게나오는 얼마 있지 않아 병으로 죽었고, 그 뒤 당주의 자리는 소 요시토시의 또 다른 형인 소 요시즈미(宗義純)에게 넘어갔다. 그런데 어찌된 영문인지 소 요시즈미마저도 곧 병으로 죽었다. 그래서 지금은 소 요시토시가 당주의 지위에 있다고 한다.

그런데 오늘 처음 만난 대마도주 소 요시토시는 영학에게 깜짝 놀랄 이야기를 했다. 초대 대마도주 소 쥬사이(宗重尙)는 원래 동래부에 속한 부산포 우암리에 살던 송(宋) 씨였는데, 500여 년 전 조선에서 100명의 패거리를 이끌고 대마도로 와서 고구려의 후손으로서 대마도를 차지하고 있던 아비류평태랑(阿比留平太郎)을 몰아낸 후 대마도를 차지했다는 것이다.

그 후 초대도주의 뒤를 이은 제2대 대마도주 소 주고쿠(宗助國)는 대마도에 침입한 몽골군과 싸워 대마도주로서의 본분을 다했고, 그 이후 소(宗) 씨 가문은 500년 동안 대대로 대마도주의 지위를 이어 오고 있다고 한다. 요시토시는 자신이 19대 대마도주이기는 하나 아직 어리고 경험이 없어 제16대 도주인 소 요시시게가 막후에서 실권을 행사하고 있다고 한다.

이런 역사 때문에 2대부터 18대 대마도주의 무덤은 대마도에 있지만, 초대 대마도주의 무덤은 대마도가 아닌 부산포에 있다고 한다. 그것은 초대 대마도주가 죽어서 고향땅에 묻히기를 원했기 때문이라고 한다. 그래서 2대 대마도주는 아버지의 무덤을 부산포의 화지산(和池山)에 만들었다. 화지산은 봉수대가 있는 황령산 바로 북쪽에 붙어 있다고 한다.

그 말을 듣고 영학은 황령산 봉수대에 올라가 본 적이 있다고 자랑을 했다. 그러자 요시토시는 빙그레 웃으면서 말했다.

"저도 세 번이나 올라가 봤습니다."

영학은 세 번이나 황령산에 올라가 봤다는 요시토시의 말에 놀랐다. 그 말이 믿기지 않았지만 어쨌든 반가운 나머지 목소리를 높여 맞장구쳤다. 요시토시는 영학의 호응에 신이 나서 말을 이어갔다.

지금 소 씨 후손들은 시조의 무덤에 참배할 수 없으며, 시조의 무덤이 있는 곳을 철저히 비밀에 붙인다고 한다. 만약 초대 대마도주의 무덤이 부산포에 있다는 사실이 드러날 경우, 적대관계에 있는 조선정부에서 무슨 수를 써서라도 그 무덤을 파헤쳐 버릴까봐 두려워하기 때문이다. 그는 조선과 왜의 백성들이 자유롭고 평화롭게 왕래하는 시대가 와서 시조의 무덤에 향을 피우고, 비석을 세우는 것이 소 씨 가문 대대로 내려오는 소원이라고 했다.

지리상으로 대마도는 조선의 땅으로부터 100리 길이다. 그러나 가장 가까운 일본의 규슈 섬으로부터는 300리 길이 넘는다. 그러다보니 예부터 대마도인들은 대마도가 지리적으로 가깝고 선진문화와 풍부한 물산을 가진 대륙국가에 속한 섬이었으면 하는 바람을 가졌다.

그렇지만 조선에서는 대마도라는 조그만 섬에 전혀 관심을 주지 않고, 오히려 경원시하면서 소외감을 주었다. 반면에 왜인들에게 대마도는 대륙으로 향하는 길목이자 디딤돌로서 생명줄과 같은 존재였기에, 왜인들은 대마도를 아주 소중하게 여겼다.

사람은 자기를 알아주는 사람을 위해서 목숨을 바칠 수 있다고 하지 않았던가. 대마도인들은 지리적으로 가깝고 문화가 앞섰지만 소외감을 주는 조선보다는, 비록 문화는 뒤떨어지지만 자신들을 알아주는 왜와 운명을 같이 하게 되었다고 한다. 하지만 대륙과 왜의 외교관계는 어느 시대를 막론하고 대마도인들의 생존과 생활방식에 직접적인 영향을 주었다. 그래서 대마도인들은 대륙과 왜와의 정세에 극도로 민감할 수밖에 없었다. 소 요시토시는 이러한 대마도의 생존을 책임진 대마도주이다.

그런데 지금 대륙과 왜의 정세는 혼란스럽기 짝이 없다. 왜인들은 자신들과의 교역을 금지하고 있는 조선의 조정에 분개하고 있다. 이런 여론에 편승하여 지금 내전종식을 눈앞에 둔 왜의 실력자인 도요토미 히데요시는 공공연하게 군사력을 동원하여 대륙으로 진출할 것을 주창하고 있다. 대륙과 왜의 사이에서 전쟁이 일어난다면, 이 조그만 대마도

땅은 고래싸움에 끼인 새우 신세가 될 것이었다.

소 가문의 최고어른인 소 요시시게는 대마도의 미래를 생각하면 밤잠을 이루지 못한다고 한다. 그래서 요시시게는 양자인 요시토시와 함께 어떤 일이 있더라도 대륙과 왜의 전쟁을 막아야 한다고 결의하고 있었다. 이 때문에 요시시게는 조선의 지식인이 대마도에 온다는 소문을 듣고, 만사를 제쳐두고 득달같이 달려온 것이다.

소 요시토시는 영학이 양반인데다 실력 있는 의원이라는 사실에 더욱 관심을 가졌다. 몸속 깊숙이 화살이 박혀 죽음을 피할 길이 없었던 오토모 가문의 공자를 신기에 가까운 의술로 살려냈다는 소식도 익히 들어 알고 있었다. 그런데 이 정도의 의술이라면 조선에서도 숭상을 받을 사람이 어떻게 자연과 기후가 척박한 문화의 불모지인 일본으로 건너 왔을까 하는 의문이 들었지만, 이유야 어쨌든 일본으로서는 고대 백제와 고구려의 귀족들이 도래인으로 일본에 정착한 사건 못지않게 역사적 의미가 있는 일이라고 평가했다.

소 요시토시는 영학에게 대륙과 왜의 역사를 이야기하기 시작했다. 영학으로서는 처음 듣는 이야기이지만 아주 흥미진진했다.

1,200년 전 백제의 근초고왕은 아직기와 왕인을 왜국에 보냈다. 아직기와 왕인은 〈천자문〉과 〈논어〉를 가지고 왜국으로 가서 왜인들에게 한자를 전하고, 유학사상을 가르쳐 주었다. 그리고 박사 고흥으로 하여금 〈서기〉라는 역사책을 발간하게 한 뒤, 이를 왜국에 전했다. 그 뒤 백제의 성왕은 불경과 불상을 왜국에 전했다. 당시 왜인들은 지역과 촌락

마다 서로 다른 토속신을 가지고 있었는데, 불교의 전파를 계기로 전국을 종교적으로 엇비슷하게 통일할 수 있었다.

이로써 불교세력의 지원을 받은 소가 노무마코(蘇我馬子)가 권력을 잡고, 일본 역사상 최초로 중앙집권에 성공하여 아스카(飛鳥) 문화를 발전시켰다. 소가 노무마코는 중앙집권을 공고히 하기 위하여 자신의 조카딸을 천황으로 만들어 스이코(推古) 천황을 탄생시켰다.

백제로부터 전파된 불교세력을 이용하여 권력을 잡은 소가 가문은 왜의 국가체제형성에 지대한 공헌을 하였다. 스이코 천황은 국가적 체계를 갖추고 수와 당에 사신을 보내어 본격적인 국제 교류를 했고, 이로 인해 이 시대에 대륙의 문화가 일본으로 엄청나게 밀려들었다. 그러다 보니 왜는 수, 당과 가까운 신라와 새로이 외교관계를 맺게 되었고, 그때까지 동맹국으로 지내왔던 백제와는 거리가 생기게 되었다.

그렇게 되자 백제와 가까운 기존 세력과 신라 및 당과 친밀한 신흥세력 간 갈등과 충돌이 벌어지게 되었다. 이러한 소용돌이치는 국제정세 속에서 국가 혁신을 주장한 세력이 정변을 일으켜, 그때까지 4대에 걸쳐 권력을 유지한 소가 씨를 몰락시킨 사건을 일으켰는데, 이것이 바로 타이가 개신(大化改新)이라고 한다.

지금부터 940년 전의 일이다. 타이가 개신은 대륙의 신라, 백제, 고구려, 당과 거란, 여진 등 다변화하는 외교관계와 급격한 대륙문물의 유입과 이로 인한 국내적 혼란을 수습하고 정치의 안정을 기한다는 구호를 앞세워 일으킨 정변이었다. 그러나 이는 단순한 권력의 교체가 아닌 국가제도의 혁신을 이룬 사건이었다. 정변에 성공한 세력들은 '나라의 땅은 소수 귀족들의 소유가 아닌 다수 백성의 것'이라는 개념의 공지공민제(公地公民制)를 채택하고, 전국적인 인구조사와 함께 복잡한 조세체계를 단순화했다.

이로써 왜의 백성들의 생활은 눈에 띄게 개선되었다. 왜가 이처럼 국가제도 개혁에 성공한 것은 중앙집권을 바탕으로 대외적으로는 대담하게 국가의 문호를 개방하고 외국의 문화를 적극 수용하는 한편, 대내적으로는 귀족들의 특권을 누르고 백성들의 요구를 과감하게 수용했기 때문이었다.

이처럼 왜가 타이가 개신을 통해 국내정치에 몰두하고 있을 때 동맹이었던 백제가 신라와 당의 연합군에 의해 멸망하는 사건이 일어났다. 왜는 백제와의 의리를 지키기 위해 백제군과 연합하여 백제의 영토였던 백마강에 상륙전을 펼쳤지만, 급히 구성된 왜군과 백제의 연합군이 수많은 연합전투 경험을 가진 신라와 당의 연합군을 당해내기는 무리였다.

그 후 백제의 귀족들은 빼앗긴 영토의 수복을 뒤로 미루고, 모든 재산을 챙겨 바다 건너 왜로 왔다. 이 때문에 타이가 개신으로 국가제도를 개혁했던 왜는, 백제의 멸망으로 인해 엄청난 부와 인구가 밀려드는 바람에 뜻하지 않은 경제발전을 이루었다.

그때 백제의 귀족들은 대륙의 선진법률제도를 가져왔다. 이 때문에 왜는 백제귀족들의 조언에 따라 다이호율령(大寶律令)을 제정하고, 수많은 묘호박사(明法博士)들을 전국에 파견하여 일본의 법치에 기초를 닦았다.

이 시기에 왜는 문화도 획기적으로 발전하는 계기를 맞이하게 된다. 왜의 백성들에 의해 가나문자가 본격적으로 사용되면서, 만요수(萬葉集)를 편찬하여 대중문화가 비약적으로 발전하기 시작했다.

왜의 역사발전이나 사회변동은 반드시 대륙의 역사 및 사회변동과 그 궤를 같이했다. 대륙의 정세변화는 바로 그대로 왜의 사회변동을 초래했다. 물론 왜의 정세변화도 대륙국가의 사회변동에 영향을 미치기는 했으나 대륙의 문화가 왜에 미치는 영향보다는 미약했다.

현재 조선이나 명은 북로남왜의 우환으로 골머리를 썩고 있다. 이는 왜가 아직 분열상태를 극복하지 못한 내전상태라 중앙의 권력이 외국으로 튀어나가는 지방 세력들을 통제하지 못하고, 조선이나 명과의 사이에서 해상질서수립을 추진할 외교적 역량이나 힘이 없는 탓이다.

이처럼 왜의 역사는 대륙의 역사와 떼려야 뗄 수 없는 불가분의 관계에 있다. 그리고 대마도는 시대를 막론하고 그 불가분적 관계의 중심에서 단 한 치도 벗어나지 못한다. 대륙국가와 왜의 관계가 원만할 때에 가장 큰 혜택을 보는 곳이 바로 대마도이지만, 관계가 좋지 못할 때에 가장 큰 피해를 당하는 곳 역시 바로 대마도이다.

지금 시대의 풍운은 대마도인들을 생사의 기로에 몰아넣고 있다. 그렇지만 대마도주로서는 흉금을 터놓고 함께 고민할 사람조차 없었다. 대마도의 실제 주인이자 소 가문의 최고 어른인 소 요시시게는 이러한 사정을 잘 알면서도 겉으로는 내색하지 않고, 여전히 은둔생활을 하고 있다. 이 때문에 요시토시는 외로웠다.

그러던 중 지식과 소신을 가진 동갑내기 조선의 양반이 대마도에 왔다는 사실은 너무나 반갑고 고마운 일이었다. 요시토시가 영학의 존재를 반가워할 또 다른 이유도 있었다. 그것은 다름 아닌 자신과 요시시게의 건강과 관련된 일이었다.

요시토시의 친형인 시게마오와 요시즈미는 요시시게의 뒤를 이어 대마도주의 지위에 올랐으나 둘 다 병으로 일찍 죽었다. 요시토시는 두 형의 죽음으로 큰 정신적 충격을 받았고, 어려서부터 정신적으로 방황했다. '인생은 이렇게도 허망한가?', '인간은 왜 죽는가?'라는 의문 속에서 삶의 슬픔과 회의를 뼈저리게 느꼈다. 때때로 자신도 허약체질이라 형들처럼 일찍 죽을지도 모른다는 두려움에 휩싸이기도 했다. 그래서 소 요시토시는 야소교 신앙에 관심이 많았다. 아직 세례를 받은 것은 아니지만, 앞으로 기회가 되면 세례를 받기 위해 틈틈이 야소교의 성경을 읽는다고 했다.

요시시게의 건강이 문제라는 말도 덧붙였다. 요시시게는 격랑이 이는 국제관계 속에서 교토의 중앙정부와 조선과의 전쟁을 막기 위해 자신이 정치 일선으로 복귀해야 할 필요를 느꼈지만, 작년부터 시력을 점점 잃어가고 있었다. 요시시게의 건강은 대외적으로 철저히 비밀에 부치고 있지만, 요시시게의 경험과 지도를 절실히 필요로 하는 요시토시로서는 여간 걱정스러운 게 아니었다. 그래서 행여나 하는 마음에서 조선에서 온 의원을 만나러 온 것이었다.

그렇지만 요시토시가 보기에 영학은 너무 젊었다. 자신도 표면적으로는 대마도주의 직위에 있지만 실상 중요한 결정은 모두 요시시게의 재가를 받아서 이루어진다. 그런데 동갑내기에 불과한 새파란 젊은이가 과연 소문처럼 신의에 가까운 실력이 있을 것이라고 확신하기 어려운 게 솔직한 심정이었다. 그러나 오토모 가문의 귀공자를 살린 사례가 있으니 일단 기대를 가져보기로 마음을 먹었다.

영학은 누명을 쓰고 이국땅에 몸을 피신한 자신을 환대해주는 요시토시가 눈물겹도록 고마웠다. 그런데다 둘은 만나자마자 말이 너무 잘 통했다.

그날 둘은 점심에 이어 저녁도 함께 먹었다. 여관의 방안과 식당에서 차를 마시기도 하고, 바깥에 나가 바닷가를 보면서 산책도 하면서 많은 이야기를 나누었다. 영학은 요시토시가 세상물정에 밝으면서도 아주 성실한 사람이라고 생각했고, 요시토시는 영학이 영리하면서도 이해심이 많다고 느꼈다.

이야기를 하는 도중 영학은 요시토시의 건강상태를 진단해보았다. 안색과 눈동자를 살펴보고, 혓바닥을 내밀어 보라고 한 후, 손목의 맥박을 짚었다. 다행히 아주 건강했다. 영학은 진맥을 마친 후 말했다.

"지금 건강으로 보면 앞으로 50년은 너끈히 살겠습니다. 지금으로서는 특별히 걱정할 게 없을 것 같네요."

그러자 요시토시가 고개를 갸우뚱하면서 말했다.

"그런데 왜 형들은 그렇게 일찍 병으로 죽었을까요?"

"인명은 재천이라는 말도 있고, 인간의 삶과 죽음은 다 하나님의 소관이 아닙니까?"

영학의 농담 섞인 말에 요시토시는 기뻐하면서도 놀라는 기색으로 말했다.

"하레이루야, 조선의 양반이 '하나님'이라는 말을 다 하다니."

"뭐가 그리도 좋습니까?"

영학의 물음에 요시토시는 "'하레이루야'는 말은 서양의 말로 '하나님을 찬양하라'는 뜻"이라면서, 자신의 생각을 풀어놓기 시작했다.

요시토시는 자신의 인생목표가 하나님의 말씀이 기록된 성경에 적힌 대로의 삶을 사는 것이라고 했다. 일상생활에 감사하고, 매 끼니마다 양식을 주신 하나님께 감사의 기도를 올리면서, 기회가 될 때마다 하나님을 알지 못하는 사람들에게 하나님의 사랑을 알리면서 살고 싶다고 했다. 더 욕심을 부린다면 자신의 자식 중 하나는 하나님을 섬기면서 하나님의 나라를 건설하는 데 평생을 바치는 신부로 만들고 싶다고 했다.

그는 모든 사람이 하나님의 아들이라는 사실을 굳게 믿었다. 그렇기 때문에 그는 대마도주의 지위에 있으면서도 대마도인들에게 군림하려고 하거나 거들먹거리지 않았다. 다 같은 하나님의 자식들인데, 땅 위에서 지위가 조금 있다고 없는 사람을 업신여기는 것은 하나님에게 가장 큰 죄를 짓는 것이라고 말했다.

또한 그는 조선을 왕래하면서 조선인들은 신분이나 지위, 재산으로 사람을 차별하고, 남녀로 차별할 뿐만 아니라, 있는 사람이 없는 사람을 너무 함부로 대한다는 것을 잘 알고 있었다. 그래서 그는 조선의 땅이야말로 야소교의 사상과 신앙이 가장 필요한 곳이라는 신념을 가지고 있다고 했다.

그렇지만 야소교의 사상은 양반이 존재하는 한 조선의 땅에 발을 붙이지 못할 것이라고 단정했다. 그런데 뜻밖에도 조선의 양반인 영학의 입에서 '하나님'이라는 말이 나오자 의외라는 생각이 들면서, 조선에도 야소교가 전파될 가능성이 느껴져 눈이 번쩍 뜨였던 것이다.

요시토시는 오토모 신조를 치료해 준 영학의 따뜻한 마음과 회생의 가망이 없는 목숨을 살린 신비한 의술에 존경을 표했다. 그러나 영학은 오토모 신조라는 사람을 알지 못해, 오토모 신조에 대해 물었다.

오토모 가문은 규슈의 명문가였지만, 규슈에 하나님의 왕국을 건설한다는 목적으로 성급하게 군사를 일으켰다가 다른 가문과의 전투에서 패배하는 바람에 멸문의 위기에 처했다고 한다.

요시토시는 오토모 가문이 멸문의 위기에 처하자 교토의 권력자에게 중재를 간청하였고, 오토모 가문의 요청을 받아들인 도요토미 히데요시의 도움으로 겨우 멸문의 위기를 면했다고 했다. 그런데 영학이 살렸던, 뱃속에 화살이 박힌 환자가 바로 오토모 가문의 공자라는 말을 듣고서야 비로소 영학은 그 환자의 얼굴을 떠올릴 수 있었다.

영학은 요시토시에게 왜의 대륙침공 가능성을 물었다. 요시토시는 일본의 대륙침공 가능성이 아주 높으며, 그래서 고민이 크다고 대답했다. 영학은 요시토시가 왜 그렇게 생각하는지 속을 떠보기 위해 무심한 척 질문을 던졌다.

"지금까지 조선과 일본 사이에서 전면전을 치른 적이 없는데, 소규모 국지전은 몰라도 설마 전면 침공이야 하겠습니까?"

그 말을 들은 요시토시는 의외라는 듯 영학을 쳐다보면서 말했다.

"일본과 조선 사이에 왜 전면전이 없었습니까? 한두 번도 아니고 여러 번 있었지요."

"언제 전면전이 있었습니까?"

"수만의 군사가 동원된 전쟁만 해도 맨 먼저 백제가 멸망한 뒤 일본군과 백제군이 연합하여 신라와 당의 연합군을 상대로 한 백마강 전투, 그 후 신라 문무왕 때 수만 일본군의 신라 침공, 고려 때 10만이넘는 고려와 몽골 연합군의 침공, 고려 말 7만의 일본군이 내습하여 이루어진 진포전투와 황산전투, 150년 전에 있었던 조선군의 대마도 정벌전, 이 모두 전면전이라고 보아야 하지 않겠습니까?"

"그렇게 볼 수도 있겠군요. 그런데 조선의 백성들은 전면전이 한 번도 없었던 것으로 알고 있으니 그게 문제군요."

"과거에 일본과 대륙 사이에서 전면전이 없었다는 말은 조선의 위정자들이 얼마나 무책임하고 안일한지를 단적으로 드러내는 것입니다. 그들은 백성들에게 태평성대를 선전하기 위해 역사를 호도하고 있지요. 이런 무책임한 태도는 지금 상황에서 일본의 침공을 부추기는 짓과 다름이 없습니다."

요시토시의 말에 영학은 놀라지 않을 수 없었다. 곰곰이 생각해 보니 일본과 대륙 사이에는 과거 수많은 전쟁이 있었다. 최근에도 왜인들은 지방영주의 묵인과 협조 아래 무장선단을 구성하여 조선과의 밀무역에 거리낌 없이 나서고 있다. 그런데도 조선의 양반들은 왜군의 침공사실을 축소하고, 마냥 태평성대를 구가하고 있다고 나발을 불고 있었다.

그동안 조선의 많은 애국지사들이 '인재를 골고루 등용하고, 군사를 양성하여 국방을 튼튼히 하자'고 피를 토하는 심정으로 호소하면서 국가의 위기를 부르짖었다. 그런데 탐욕에 눈이 먼 권력자들은 '지나친 논리의 비약으로 혹세무민하여 백성들을 불안에 떨게 만들고, 태평성대를 어지럽힌다'는 논리로 그들의 입을 틀어막았다.

영학은 조선에서 사는 동안 왜의 도적이라는 뜻의 왜구(倭寇)라는 말을 들었을 뿐 왜의 군대라는 의미의 왜군(倭軍)이라는 말은 단 한 번도 들어보지 못했었다. 그래서 백성들은 왜의 도적떼를 조심해야 한다고 생각했지 왜의 군대가 침공한다는 것은 꿈에도 생각지 못했던 것이다.

그렇다면 영학은 조선의 조정이 왜군이라는 말 대신 왜 꼭 왜구라는 단어를 썼을까 의문을 품었다. 요시토시는 왜구라는 단어에 교묘한 사상통제와 책임회피 의도가 숨어있다고 지적했다.

왜구는 왜의 도적들이기 때문에 백성들이 조심하고 피해야 했고, 그래서 왜구에게 당하면 백성들이 조심하지 못했기에 생긴 일이라며 백성들의 책임으로 돌아갔다. 그렇지만 왜군은 백성들이 아니라 군대가 상대해야 하며, 왜군에게 당하면 백성의 책임이 아니라 나라를 다스리는 조정이 책임져야 했다.

그런데 조선의 조정은 군사를 제대로 관리하지 못했다. 그래서 그들은 가급적 왜군이라는 단어는 쓰지 않고, 대신 왜구라는 단어를 사용함으로써 정부가 져야 할 국방의 책임을 백성들에게 미루었다. 그리고 왜인의 침입으로 피해가 생기면, 그건 조정의 책임이 아니라 백성들의 책임이라는 여론을 만들었다. 그 말을 듣고 영학은 요시토시에게 따지듯이 물었다.

"왜인들은 엄청난 자연재해를 일상적으로 겪으면서 어느 민족들보다도 신에 대한 외경심과 자연에 순응하는 마음이 강하다고 들었습니다. 그렇기에 인간의 유한계성이나 보잘 것 없는 존재라는 의식을 체득하고, 세속의 생활에서 절제와 겸손 그리고 도덕성을 미덕으로 여기는 마음이 강하지 않습니까? 그런데 왜국은 왜 끊임없이 다른 나라를 침략하여 그 나라 백성들을 못살게 구는 것입니까? 도대체 왜인의 본성은 무엇입니까?"

요시토시는 지그시 눈을 감으면서 대답했다.

"일본인들은 자연에 대한 외경심이 큽니다. 자연에 대한 외경심은 인간의 유한계성에 대한 자각과 신을 숭배하는 마음을 갖게 하지요. 그래서 일본인들은 현실에서 절제와 겸손을 큰 미덕으로 여깁니다. 도덕심도 높지요. 그러나 이것은 일본인들의 개인적인 특성일 뿐입니다. 일본인들은 자신이 속한 집단을 중요시하는데 이는 경험의 산물입니다. 갑자기 큰 지진이나 태풍이 몰아칠 때 개인의 힘으로는 불가능하고, 집단적으로 대처해야 합니다. 그래서 일본인들은 공동체를 자신만큼 소중하게 여기는 경향이 있습니다. 이 때문에 일본인들은 잘 뭉치고 개인은 겸손하고 도덕성이 높지만, 단체의 일원이 되면 개인적인 도덕과 양심의 판단은 일단 뒤로 미루는 경향이 있습니다. 그렇기 때문에 일본인들은 개인적으로 예의바르고 겸손하면서도 집단 대 집단의 관계에 있어서는 무심하고 배타적 태도를 지니는 것이지요. 실제 역사를 보더라도 일본인들은 흉년이나 기근이 들어 가족이나 이웃이 굶주리면 그냥 앉아서 있기보다는 떼를 지어 바다를 건넜습니다. 그 과정에서 다른 집단의 사정이나 양심의 가책 따위는 무시되었죠. 이것이 일본인의 생존법입니다.”

“그렇다 하더라도 자기네 생존이 절박하다는 이유로 외국을 침공하는 것은 결코 정당화되지 않습니다. 그리고 그런 방식 때문에 조선이나 명이 왜국과 가까워지지 못하는 게 아니겠습니까?”

“그건 어쩔 수 없는 일입니다. 당장 먹고 살기에 급급한데, 남을 생각할 여유가 있겠습니까? 어차피 자연의 모든 생명은 약육강식의 생존경쟁을 통해서 유지되고, 그렇게 본다면 일본인들은 나름대로 생존이라는 자연의 섭리에 충실할 뿐이지요. 지형이 안정되고 기후가 온화하여 물산이 풍부한 대륙인들이, 척박한 땅에서 졸지에 가족이나 이웃이 몰살당하는 재해를 당하고도, 신에게 원망은커녕 더 큰 불행을 내리지 않아 고맙다고 빌어야 하는 일본인들의 심정을 어찌 이해하겠습니까?”

그러나 영학은 약육강식이 자연의 섭리하는 요시토시의 말에 반발심이 생겼다. 한편으로 너무 냉정하고 비인간적이라는 생각도 들었다.

“약육강식이 자연의 법칙이기는 하나, 인간은 이성을 가진 존재입니다. 그렇기 때문에 인간다움이 있어야 하지 않겠습니까? 그리고 인간다움은 약육강식보다는 측은지심에 있다고 생각합니다. 그대가 그토록 신앙하는 하나님께서도 모든 인간은 소중한 존재라고 하셨습니다. 제가 조선인이라 조선인의 시각에서 보는 것일지는 모르지만, 왜인들은 자기네 나라만 소중하고, 다른 나라의 사정은 생각하지 않는 경향이 있습니다. 이 때문에 일본은 수천 년의 세월에도 불구하고 대륙과 우호관계를 형성하지 못하고, 경계를 받는 게 아니겠습니까?"

요시토시는 영학의 말을 부인하지 않았다.

"그것은 저도 인정합니다. 그 점을 인정하기 때문에 저는 신이 너무나 많은 일본에, 유일신인 하나님의 보살핌이 필요하다고 생각합니다. 그리고 살기 어렵다고 해서 섣불리 외국을 침공하기보다는 인내심을 가지고 대륙의 국가들과 진심으로 가까워지려는 노력을 해야 한다고 생각하지요. 그래서 저나 양아버지나 일본과 조선의 전쟁을 막아야 한다고 결심했습니다."

"그대처럼 훌륭한 생각을 가진 사람이 있는 한 일본과 조선의 관계는 희망이 있다고 생각합니다. 그런데 일본에 신이 너무나 많다는 건 무슨 말입니까?"

"지금까지 지진을 경험해 본 적이 있습니까?"

"한 번도 없습니다."

"앞으로 경험하게 될 것입니다. 지진은 한 번 크게 땅이 떨리고 난 뒤에도 결코 바로 끝나지 않습니다. 성벽이 무너져 내리고, 마을을 집어 삼키는 산사태나 성벽을 덮치는 큰 파도를 동반하는 큰 지진은 수십 년 만에 한 번씩 옵니다. 그렇지만 잔잔한 지진은 하루에도 몇 번씩, 수일 동안 지속될 때가 많지요. 일본인들은 지진이 일어나도 도망가지 않습니다. 아니, 도망갈 데가 없습니다. 이번 지진도 그저 무사히 지나가기를 바라면서 대자연의 처분에 순종할 뿐이죠. 지진으로 이웃사람이 죽으면 그나마 내가 죽지 않은 것에 감사하면서 피해를 당한 이웃을 내 일처럼 슬퍼하고 도와줍니다. 불행은 언제든지 나에게 올 수 있는 것이니까…. 또 여진으로 계속 땅이 흔들리는 데도 불구하고, 산사태로 매몰된 사람들의 시체를 수습하는 일을 묵묵히 해야 합니다. 속수무책으로 재해를 당하는 사람의 심정이 어떨지 상상이나 하실 수 있겠습니까?"

영학은 요시토시의 말이 가슴속 깊이 와 닿지는 않았지만, '경험해보면 알게 되겠지'라는 생각으로 말했다.

"본 적이 없고 경험도 없는 제가 감히 어떻게 알겠습니까."

"일상적인 자연재해를 통해서 일본인들은 자연의 위대함과 신의 섭리를 몸으로 깨우쳤습니다. 그래서 보잘 것 없는 인간의 존재와 인간의 한계를 저절로 인식하고 있지요. 그래서 대개의 일본인들은 비록 세상의 미물일지라도 인간보다 나을 수 있다고 생각합니다. 땅이 요동치는데도 넘어지지 않는 나무를 숭배하고, 무너지지 않은 집을 고맙게 생각하고, 깨어지지 않은 술독은 물론 옹기나 사발에게도 감사해하지요. 일본인들은 땅 속에 사는 거대한 메기가 갑갑증을 참지 못해 몸부림을 칠 때 지진이 일어난다고 믿습니다. 그리고 화산의 분화는 산신령이 노해서, 해일은 바다의 용왕이 기분이 상해서 일어난다고 여기지요. 거의 모든 자연현상을 다 숭배한다고 보면 됩니다. 그래서 일본인의 마음속에 존재하는 신은 수만, 수십만에 이르지요."

"그렇다고 옹기나 사발에게까지 감사하는 건 좀 심한 것 같습니다."

"제 생각도 그렇습니다. 그런데 일본에 신이 많다는 것은, 역으로 유력한 신이 없다는 것과 마찬가지 아니겠습니까? 또 그만큼 사람들의 심리나 정서가 불안정하다고 해석할 수 있지요. 인간의 무기력함을 자각하는 사람들은 현세의 초월적 존재를 간구하는데, 일본인들에게는 그런 경향이 매우 강합니다. 그런데다 저는 지난 시절 형들의 죽음을 겪으면서 정신적으로 더 많이 방황했지요. 그래서 유일신인 야훼를 마음속에 받아들이기 위해 때를 봐서 세례를 받으려고 합니다."

"그렇군요. 많은 고난이 있으셨네요. 그렇지만 고난 없는 인간이 있겠습니까? 오히려 고난은 인간을 단련시켜 큰 인물로 만들지요."

그 말에 요시토시는 손으로 가볍게 영학의 등을 치면서 말했다.

"그건 제가 그대에게 하고 싶은 말이었습니다."

영학은 낯선 이국땅에서 마음이 통하는 친구를 만난 것이 너무 기뻤고, 그의 마음 씀씀이가 고마웠다. 그리고 그와 대화를 나누면서 대륙을 침략할 것이라는 도요토미 히데요시의 말이 결코 허풍이 아니라는 생각이 들었다.

히데요시는 일본을 제패하고 조선과 명을 정벌한 뒤 왜와 조선의 통치를 부하에게 맡기고, 자신은 지금 세계적 무역의 중심지인 명나라의 닝보(寧波)에 성을 짓고 살겠다고 한다. 닝보는 명의 영토인 저장성(浙江省)의 북동부 해안에 붙은 평야에 건설된 항구도시로, 1,100년 전 백제와 활발히 교역했던 명 남부의 중심도시인 난징(南京)과 붙어 있으며, 5~600년 전 남송(南宋)의 수도였던 항주의 길목이다. 남송의 멸망 후 원 왕조에 이르러 바다를 통한 해외무역이 보편화된 후 가장 발전한 도시가 바로 닝보란다. 그런데 명 왕조가 들어서면서 닝보는 해금과 쇄국으로 예전에 비해 쇠퇴하기는 했지만, 5~60년 전부터 포르투갈과 잉글랜드 등의 서양세력이 몰려옴에 따라 이제 서서히 예전의 지위를 되찾고 있다고 한다.

요시토시는 히데요시에 관해 이렇게 말했다.

"히데요시는 어릴 때 왕직을 존경하면서 무역상이 되려는 꿈을 가졌는데, 노인이 되어 권력을 잡고서도 그 꿈을 못내 버리지 못하고 있는 듯합니다."

그 말에 영학이 농을 하듯 물었다.

"어릴 때 꿈을 노인이 되어 실현하려고 하는 건 노욕입니까? 아니면 노망입니까?"

"그건 노욕도 되고 노망도 되지 않겠습니까? 그런데 노욕도 좋고 노망도 좋은데, 권력을 잡은 자가 노욕이나 노망에 빠지면 백성들이 죽어나는 게 문제죠."

그러면서 요시토시는 덧붙여 말했다.

"어쩌면 히데요시는 자신이 몽골초원의 목동으로 태어나 세계제국을 건설한 테무진을 닮았다고 착각하고 있을지도 모릅니다. 만약 그가 그런 착각을 한다면 이는 일본이나 조선의 백성들에게 엄청난 재앙이 될 것입니다."

"아무리 그래도 그렇지, 최고 권력자의 지위에 있는 자가 설마 그런 착각에 빠지겠습니까?"

그 말에 요시토시는 고개를 저으면서 말했다.

"아닙니다. 최고권력자의 지위에 오르면 대개의 인간은 출세를 위해서 과잉충성을 일삼는 신하들에게 둘러싸여 바보천치가 되고 말지요."

"에이, 설마 그러기야 하겠습니까?"

"유감스럽게도 지금 히데요시에게는 그를 징기스칸보다 더 위대하다고 착각할 만한 요소가 아주 많습니다. 우선 히데요시는 해외로 수많은 첩자를 보내고 있는데, 들리는 말에 의하면 지금 그들이 올리는 첩보는 하나같이 같은 내용이라고 합니다."

영학은 아주 구미가 당기는 표정으로 물었다.

"그래, 무슨 내용입니까?"

"지금 조선이나 명은 썩을 대로 썩어 민심이반이 극심한데, 이러한 부패와 민심이반의 주요 원인은 해금과 쇄국에 있으며, 이때 새로운 통치자가 나타나서 자유무역과 개방정책을 내세우고 상공업을 진흥한다면 백성들은 열렬히 지지할 거라는 내용이지요. 게다가 사농공상이나 민족적 차별을 철폐함으로써 크게 민심을 얻을 수 있다는 겁니다."

"고유문화나 민족감정이 없다면 그렇게 볼 수도 있겠지만, 그게 말이 됩니까?"

"그러게 말입니다. 그런데 수많은 아첨꾼들이 만들어 놓은 화려하고 아름다운 구름 위에서 살아가는 히데요시가 수없이 반복되는 엉터리 보고를 제대로 가릴만한 분별력을 유지할 수 있을지가 의문이지요."

영학은 요시토시의 걱정에 충분히 공감이 갔다. 그리고서는 다시 요시토시에게 물었다.

"히데요시의 공언대로 일본이 조선을 침략한다면 과연 일본이 승리할 수 있을까요?"

그러자 요시토시는 굳은 표정으로 말했다.

"전쟁이 발발한다면, 승자는 없고 패자만 있을 것입니다. 그리고 가장 큰 피해자는 왜와 조선의 백성들이겠지요. 그래서 저는 무슨 수를 써서라도 이 전쟁을 막으려고 합니다."

영학은 그의 결심이 얼마나 굳은지 확인하기 위해 일부러 시비를 걸듯이 물었다.

"지금 왜와 조선의 군사력은 비교가 되지 않습니다. 조선은 관리들의 부패로 국방체제가 완전히 무너진 상태이지요. 장부상 수십만의 군사가 있지만 실제 전투에 참여할 수 있는 병사는 몇 천도 되지 않습니다. 그렇지만 히데요시가 동원할 수 있는 병력은 수십만에 이를 것입니다. 그런데 어떻게 전쟁의 승자가 없단 말입니까?"

그러자 요시토시는 답답하다는 표정을 지으며 말했다.

"지금 전투에 참가할 수 있는 병력의 수는 그리 중요하지 않습니다. 현재 병력의 수는 전쟁의 초기 양상을 결정할 뿐이고, 전쟁이 발발하면 모든 국력이 동원될 것입니다. 결국 나라와 나라 사이의 전쟁은 병력이 아니라 잠재적 국력에 의해 좌우되는 것이지요."

"그럼, 조선의 잠재적 국력은 결코 일본에 뒤지지 않는다는 말입니까?"

"대마도는 일본의 본섬보다 조선의 영토와 더 가깝습니다. 저는 그러한 대마도를 관리하는 대마도주이지요. 그래서 조선의 역사와 문화를 누구보다도 잘 안다고 자부합니다. 그리고 일본인으로서 일본의 역사와 문화도 잘 알지요. 게다가 무역경험이나 서양인을 접촉한 경험도 많아 좀 더 넓은 시각으로 세상을 볼 수 있습니다. 그렇기에 저는 조선의 국력은 일본보다 약하지 않다고 봅니다."

"조선의 국력이 그렇게 대단합니까?"

"조선은 오랜 역사와 우수한 문화를 가진 나라입니다. 비록 지금은 차별과 통제가 판을 치고, 관리들의 부정부패가 만연하고 있지만 이는 그리 오래되지 않았습니다. 신라와 고려시대는 말할 것도 없고, 불과 3~40년 전까지만 해도 조선의 국력은 일본을 압도했지요. 150년 전 조선의 군사가 대마도 정벌을 단행했을 때 일본의 정국은 분열되어 서로 싸우기 바빠 중앙에서 대마도에 군선 한 척 지원하지 못했습니다. 대마도에 상륙했던 조선의 장수는 일본군이 무서워서가 아니라 태풍이 두려웠고, 농지는 없이 산으로 가득 찬 섬을 굳이 무리를 해서 점령할 필요가 없다고 판단하고 물러났을 뿐입니다. 불과 30년 전인 을묘년(서기 1555년)에는 왜인들이 70여 척의 배를 타고 전라도의 달량포와 이포를 침입했지만, 조선군에 의해 여지없이 격멸되었습니다. 그때 대마도주였던 양아버지 소 요시시게(宗義調)는 난의 주동자를 체포하고 목을 잘라 조선에 보내 사죄를 하였지요. 제가 보기에는 지금도 조선의 국력은 결코 일본에 뒤지지 않습니다. 지금 일본과 조선이 전쟁을 하면, 초기에는 일본군이 승리하겠지만, 나중에 조선의 백성들이 들고 일어나면서부터는 고전할 수밖에 없습니다. 그래서 저는 히데요시가 절대로 조선을 점령하지 못한다고 단언합니다."

"지금 조선에는 나라의 부패를 보다 못해 차라리 전쟁이 나서 나라가 뒤집히기를 바라는 백성들도 많습니다. 그런데 전쟁이 나면 그 백성들이 목숨을 걸고 일본군에 맞서 싸우겠습니까?"

"조선의 썩은 정치에 하도 실망한 백성들은 처음에는 일본군이 승리하더라도 '어디 한번 맛 좀 봐라'는 심정으로 수수방관할 것입니다. 그렇지만 한 달도 지나지 않아 '일본 놈이 설치는 꼴을 더 이상 두고 보지 않겠다'고 마음을 바꾸어 먹겠지요. 이게 바로 조선의 백성들입니다. 지금의 일본은 조선인들의 문화에 대한 자부심과 긍지를 넘지 못합니다."

영학은 요시토시의 해박한 지식에 감탄했다. 그는 일본인이면서 조선인인 자신보다 조선의 역사에 대해 훨씬 더 많이 알고 있다. 조선의 역사만이 아니다. 명의 역사는 물론 서양의 역사까지도 훤히 꿰뚫고 있지 않은가? 요시토시만 그런 것이 아니라 지금까지 만난 왜의 무사들도 그랬다.

문득 스승의 말이 기억났다. 수년 전 스승은 영학에게 "역사를 아는 자는 허물어지는 집에 머물지 않는다"고 했다. 그리고 보면 양반들의 사상적 편협함은 결국 역사의 무지에서 비롯된 것이 아닐까? 자국과 이웃의 역사를 모르면서 어떻게 국사를 논한단 말인가? 그리고 인류사를 모르면서 어떻게 인간의 삶을 논할 것인가?

잠시 이런 생각을 하던 영학은 다시 요시토시에게 물었다.

"그대처럼 조선의 잠재력과 조선인들의 문화적 자부심을 긍정하는 왜인들이 많습니까?"

요시토시는 망설임 없이 대답했다.

"그렇습니다."

그러자 영학이 반문했다.

"조선의 잠재력과 조선인들의 문화적 자부심을 긍정하는 왜인들이 많다는 것은 조선과의 전쟁에서 승리를 확신하지 못하는 사람들이 많다는 뜻입니다. 그런데 왜 왜국이 조선을 침략한다고 보는 것입니까?"

"수적으로 본다면 대부분의 일본인은 조선과의 전쟁을 반대합니다. 백성들 어느 누가 전쟁을 바라겠습니까? 그렇지만 사람들은 권력자의 눈치를 봅니다. 그래서 히데요시가 대륙침략의 꿈을 버리지 않는 한 대다수의 사람들이 입을 닫을 것이고 그게 문제가 되겠지요."

"히데요시는 원래 서민출신이 아닙니까? 그럼에도 백성들의 민심을 제대로 볼 수 없단 말입니까?"

"히데요시도 결국은 열등감 많은 한 인간이지 않습니까? 그런 그가 어떻게 수많은 아첨꾼과 과잉충성하는 신하들을 극복하겠습니까."

"아까 그대는 조선과의 전쟁을 막기 위해 애쓴다고 했습니다. 그렇다면 가장 먼저 히데요시를 설득할 것입니까?"

"저 말고도 의식 있는 많은 일본인들이 히데요시를 설득하고 있지만, 그 설득이 성공할지는 아무도 모르지요. 이때 조선의 양반들이 정신을 차린다면, 일본 내 평화주의자들은 훨씬 더 많은 힘을 얻을 것입니다. 그래서 제가 만사를 제쳐두고 그대를 찾아온 것이지요."

"조선에서 쫓겨난 제가 무슨 힘이 되겠습니까. 하지만 전쟁을 막을 수만 있다면 무슨 일이든 해야지요!"

"어쩌면 그대가 아주 중요한 역할을 할 수도 있을 것입니다."

"어째서 그렇습니까?"

"지금 히데요시는 올해 50세지만, 아직 후계자로 삼을 아들이 없습니다. 만약 그에게 아들이 생긴다면, 그는 승산이 적은 대륙침공보다는 교토에 막부를 재건하여 아들에게 물려주려고 할 것입니다. 그런데 그는 원래 가문이 한미한 데다 아들마저 없기 때문에 굳이 막부를 재건할 필요나 이유가 없지요. 그래서 말인데, 그대가 히데요시에게 아들을 낳도록 해주면 어떻습니까? 그대의 의술이면 충분히 가능할 것입니다."

"생명은 하늘이 관장하는 것이지 인간이 어쩔 수 있는 건 아니지만 노력해보겠습니다. 그런데 아들을 낳으려면 남자보다는 부인이 더 중요하지 않겠습니까?"

"우선 남자에게 힘이 있어야 여인을 찾을 수 있겠지요. 그러니 그가 여인을 찾도록 만들어주시지요. 조선과 일본 양국 백성들의 운명이

걸려 있다는 각오로 말입니다."

"이런 문제는 스승님께 물어보면 좋을 텐데…. 스승님을 왜국으로 모셔올 수도 없고…. 그래도 한 번 해보겠습니다. 그런데 약을 지으려면 진맥도 필요하고, 체형이나 체질은 물론 식생활이나 행동양식까지도 다 알아야 하는데 가능하겠습니까?"

"그거야 알아내면 되지요. 히데요시의 최측근인 이시다 미쓰나리 나리와 상의하면 문제없습니다. 그분은 도요토미 가문의 충실한 신하로서 평화를 원하는 분이라 앞으로 큰 도움이 될 것입니다. 그리고 이 일이 아니더라도 그대는 의학수준이 낙후된 일본에서 좋은 일을 많이 할 것입니다."

27 장

성경

성
경

      아침에 영학을 찾아 왔던 요시토시는 그날 밤을 꼬박 새우고 다음날 아침이 되어서야 돌아갔다. 돌아가면서 그는 영학에게 성경책을 선물로 줬다.

    영학은 요시토시가 두고 간 성경책을 뒤적거렸다. 가나문자로 기록된 문장의 중간 중간에 쓰여져 있는 한자가 반갑게 느껴졌다. 옆에서 지켜보던 시게노부가 영학에게 말했다.

    "제가 야소교를 신봉한지 5년이 넘었지만 아직 성경책을 갖지 못했는데, 선생은 일본 땅에 오자마자 그 귀한 책을 선물로 받았군요. 성경책으로 일본어도 공부하고, 마음으로 하나님을 받아들이면 큰 축복을 받을 것입니다. 성경에 쓰여진 말씀을 복음(福音)이라고 합니다. 열심히 공부하면 복도 받고, 이국땅에서의 외로움도 덜 수 있을 겁니다."

시게노부의 말을 듣고 영학은 그에게 성경공부를 함께 하자고 청했다. 그랬더니 시게노부는 모레 요헤이와 함께 교토로 떠나야 된다고 했다. 그 말에 영학은 당황해서 물었다.

"아니, 그럼 저는 어떻게 합니까?"

그러자 시게노부가 영학을 안심시키며 말했다.

"교토, 오사카에 갔다가 다시 대마도로 오려면 아마 달포는 걸릴 것인데, 그동안 대마도주인 소 가문에서 불편함이 없도록 모든 편의를 제공할 것입니다."

"왜 일정을 그렇게 잡은 것입니까?"

"선생은 일본 백성들을 위해서 큰일을 하실 분입니다. 저의 주군께서는 교토에서 선생을 만나기를 학수고대하고 있습니다. 그래서 제가 먼저 교토와 오사카로 가서 선생이 활동할 수 있는 여건을 미리 만들어 놓아야 하지 않겠습니까."

"그대의 주군이 누굽니까?"

"차차 아시게 될 것입니다."

시게노부는 더 이상 말을 하지 않았다. 이때 영학은 조선에서 시게노부가 했던 말을 기억하고 다시 물었다.

"조선에 있을 때 왜국에서 저를 꼭 만나기를 원하는 사람이 있다고 했는데, 그 사람이 누굽니까?"

그러자 시게노부는 여전히 미소를 지으며 말했다.

"누군지 이야기해도 잘 모르실 것입니다. 아무튼 일본에서는 아주 높은 사람입니다. 교토에 다녀온 후 상세히 말씀 드리겠습니다. 그동안 대마도에 계시면서 일본어와 성경 공부 열심히 하십시오."

그 말에 영학은 실망감을 감출 수 없었다.

'일본에서 아주 높은 사람이라니, 그럼, 나를 일본에서 기다리는 사람은 가희가 아니란 말인가? 가희가 아니라면 도대체 일본의 누가 나를 만나자고 하는 건가? 혹시 내가 치료를 해 줬던 그 젊은이인가? 그렇지만 조선을 정탐하러 적지에 왔던 그 젊은이가 높은 사람일리는 없지. 아무리 왜국이 조선의 풍습과 다르다 하더라도 지체 높은 사람이 목숨을 걸고 외국의 첩자로 올 리는 없지 않은가? 그렇다면 혹시 가희가 왜국에서 아주 높은 남자와 혼인을 한 것은 아닐까? 그렇지만 그 짧은 기간에 그럴 리가.'

영학은 오만가지 상상을 다 해보았지만, 그 사람이 누구인지 짐작이 가지 않았다.

다음날은 하루 종일 비가 내렸다. 영학은 지루하게 내리는 겨울비를 바라보고 있자니, 자꾸 고향 생각만 아른거렸다.

'아, 지금쯤 어머니와 민지는 무얼 하고 있을까?'

영학은 고향생각을 떨쳐버리기 위해 일부러 성경읽기에 집중했다. 왜어로 쓰여 있어 떠듬떠듬했지만, 조금씩 흥미가 붙기 시작했다. 그리고 시게노부와 요헤이가 성경 이야기를 들려주어 성경공부에 재미를 붙일 수 있었다.

성경은 야훼를 유일신으로 숭배하는 히브리족의 역사를 기록한 구약과 야소와 그 제자들의 행적을 담은 신약으로 이루어져 있다고 한다. 그런데 그 속에는 왕과 귀족들보다는 고난과 역경 속에서 살아가는 민중의 이야기를 중심으로 인간의 온갖 어리석음과 죄악이 적나라하게 적혀 있다.

그 말에 영학은 공자의 춘추(春秋)를 떠올렸다. 춘추가 위대한 역사서로서의 의미를 가지는 것은 문체가 화려하거나 내용이 감동적이기 때문이 아니었다. 최초의 편년체역사서이기 때문도 아니었다. 춘추의 위대함은 역사상 최초로 권력을 비판하고 권력자를 평가했다는 점에 있었다.

동양에서의 역사는 대부분 관에 의해 기록되었고, 개인이 썼다 하더라도 모두 벼슬아치들에 의해 기록되었다. 그러다보니 역사는 관의 입장에서 미화되고 과장되기 마련이었다. 그런데 공자는 자신의 고국인 노나라의 역사를 쓰면서 냉정하게 정치를 비판하고 평가했다. 이 때문에 영학은 사서오경 중에서 춘추를 가장 좋아했다. 그래서 그런지 영학은 성경에 더욱더 마음이 끌렸다.

다음날 아침 시게노부와 요헤이는 이즈하라 포구에서 배를 타고 대마도를 떠났다. 포구에는 요시토시가 아침 일찍부터 나와 있었다.

시게노부와 요헤이는 배를 타기 전에 요시토시와 한참 이야기를 나누었다. 영학이 보아하니 요시토시가 시게노부와 요헤이에게 무언가를 지시하는 것 같았다. 시게노부와 요헤이는 요시토시의 말에 수시로 고개를 끄덕거리고 있었다.

이윽고 시게노부와 요헤이가 탄 배가 포구로부터 멀어지면서 작은 점으로 변하자 요시토시가 영학에게 물었다.

"어제 무엇을 했습니까?"

"왜어도 공부할 겸 해서 하루 종일 성경을 읽었습니다."

"서양의 세계를 알기 위해서는 성경만큼 좋은 게 없지요. 성경의 어느 부분을 읽었습니까?"

"창세기를 읽었지만, 아직 몇 쪽 읽지도 못했습니다."

영학은 성경에 관한 이야기는 다음에 하자고 하면서 슬그머니 꽁무니를 뺐다. 그러고선 요시토시에게 물었다.

"아까 시게노부나 요헤이와 무슨 이야기를 했습니까?"

요시토시는 친절하게 설명해주었다.

"우선 시게노부와 요헤이는 자신의 주군인 오토모 가쿠에이를 만나 선생께서 대마도에 무사히 도착했다는 것을 알릴 것입니다. 그러면 오토모 가쿠에이는 아마 선생의 일본 도착을 주군인 가토 기요마사에게 보고할 것입니다."

"오토모 가쿠에이와 가토 기요마사가 누구입니까?"

"오토모 가쿠에이는 작년에 선생께서 화살을 뽑아준 젊은이의 아버지입니다. 그리고 가토 기요마사는 도요토미 히데요시의 조카뻘 되는 친척이자 히데요시의 가장 두터운 신임을 받는 무장이지요."

"오토모 가쿠에이는 그렇다 하더라도 가토 기요마사가 왜 저에게 관심을 가지는 것입니까?"

"가토 기요마사는 해외견문도 넓고 독실한 불교신자인데다, 백성들의 생활에 애정과 관심이 많습니다. 그래서 가토는 일본의 낙후된 의료수준을 향상시키기 위해 선생께 큰 관심을 보이는 것이지요."

그 말을 들은 영학은 아마 치료를 받은 그 젊은이가 아버지에게 자랑하듯 말했고, 아버지는 아들을 살려준 데 대한 고마운 마음에서 자신의 주군인 가토 기요마사에게 부풀려서 이야기한 것이 아닌가 하는 생각이 들었다.

그런 생각에 이르자 영학은 덜컥 겁이 났다. 사실 자신의 의술이라고 해봤자 스승의 도움과 가르침이 없다면 아직 세상에 내어 놓기도 힘든 초보에 불과하다고 생각했기 때문이다. 그런데 마치 자신이 엄청난 실력을 가진 명의인 것처럼 왜국에 소문이 났다면, 그것이야말로 보통 낭패스러운 일이 아니었다. 그리고 왜의 실력자인 듯 보이는 가토 기요마사가 대체 어떤 요구를 해 올 것인지도 자못 궁금했다.

영학은 그때 치료를 받은 젊은이의 이름을 다시 물었다. 요시토시는 그 젊은이의 이름은 오토모 신조라고 또박또박 말한 후 다시 말을 이었다.

"3년 전 교역선단을 따라 규슈 섬에 가게 되었는데, 그때 규슈의 유력가문인 오토모가의 일원, 오토모 가쿠에이를 만났습니다. 그때 오토모 부자는 대마도의 주민들에게 야소교 선교를 해줄 것을 부탁하면서, 10권의 성경을 선물했습니다. 그 뒤부터 저는 가끔 오토모 일가와 교류를 하면서, 성경을 공부하고 있지요."

"그러면 오토모 신조라는 젊은이는 명문가의 자식인데, 어떻게 그 아버지는 자식을 조선에 첩자로 보낼 수 있습니까? 그것은 자식을 사지로 내모는 비정한 행동이 아닙니까?"

요시토시는 질문의 취지를 이해하기 어려운 듯 잠시 어리둥절한 표정을 짓다가 반문했다.

"그게 왜 비정한 행동입니까? 당연한 것 아닌가요?"

"아니, 그런 위험한 일은 아랫사람들에게 시켜야지, 어떻게 명문가의 자제가 야비하게 외국에서 간첩질을 한단 말입니까?"

요시토시는 약간 어이없다는 표정으로 말했다.

"외국에서 첩보활동을 하기 위해서는 외국어도 잘해야 하고, 몸놀림도 빨라야 하며, 외국에서 보고 들은 것을 제대로 정리해서 보고할 지적 능력이 있어야 하지 않겠습니까? 기본적인 소양과 고도의 지식을 갖추지 않은 사람은 그런 중요한 임무를 수행하기 힘들지요. 외국어도 못하고, 외국의 역사나 문화도 제대로 이해 못하는 무식꾼을 보내서 엉터리 정보를 얻을 바에야 차라리 안 보내는 게 낫지 않겠습니까?"

들고 보니 요시토시의 말이 옳았다. 간첩은 한 나라의 정치나 정책의 향방을 가늠할 결정적인 자료를 수집하는 자였다. 그렇기 때문에 간첩은 사명감이 투철하고, 체력도 튼튼한 것은 물론, 외국어도 잘하고, 교양도 있어야 했다.

영학은 지금까지 만나온 왜인들이 하나같이 역사와 세계사에 능통하고, 인문학에 대한 교양이 풍부한 것을 보아 모두 왜의 간자들이라고 생각했다. 그것도 모르고 '자기네 나라에서 오죽 할 게 없었으면, 간첩질이나 할까'라고 생각하면서 그들을 업신여겼던 자신이 어리석게 느껴졌다.

요시토시는 이어 쓴소리를 내뱉었다.

"조선의 사회는 왜 그렇게 사람을 차별하는 것입니까? 사농공상으로 차별하고, 귀천(貴賤)으로 차별하고, 고하(高下)로 차별하고, 유무(有無)로 차별하고, 노소(老小)로 차별하고, 남녀(男女)로 차별하고, 경향(京鄕)으로 차별합니다. 어디 그뿐입니까? 나중에는 같은 벼슬아치들끼리 문무(文武)로 차별하지요. 까놓고 보면 사람이란 똑같이 밥 먹고 똥 싸는 존재인데, 자기는 쌀밥 먹고 똥 싼다고, 꽁보리밥 먹고 똥 싸는 사람에게 손가락질하고 욕을 합니다. 이게 말이 됩니까?"

영학은 그 말을 듣고 아무 대꾸를 할 수 없었다. 요시토시가 다시 말을 이었다.

"조선은 차별이 하도 많아 단결하지 못합니다. 몇 명만 모여도 서로 서열을 정하기에 바쁘고, 편 가르기부터 하지요. 그래서 얻은 결과가 무엇입니까? 서로 지지고 볶고 싸우기에 바쁘지요. 일본인의 눈에 조선이 얼마나 한심하게 보이는지 아십니까? 그렇지 않아도 군침을 흘리면서 대륙진출의 기회를 노리는 일본의 주전파들은 조선인들이 서로 차별하고 싸우는 모습을 보고, 좋아서 입이 다물어지지 않을 지경입니다. 이 때문에 우리 대마도인들은 정말 죽을 지경입니다. 대마도는 지리적으로 일본보다 조선과 더 가까워서, 일본과 조선과의 관계가 좋을 때 제일 덕을 보는 곳이지만, 거꾸로 관계가 안 좋을 때 제일 먼저 피해를 보는 곳이기도 합니다. 그러다보니 대마도인들은 지금 조선인들에게 제발 정신 좀 차리라고 돼지머리 놓고 고사라도 지내고 싶은 심정이지요."

"그 점에 대해서는 저도 할 말이 없습니다. 어쩌다가 나라꼴이 이렇게 되었는지, 생각해보면 한숨만 나올 뿐입니다."

"그 이유는 아주 간단합니다. 차별 때문이지요. 인간들 사이에서 차별이 없을 수는 없지만 정도의 차이란 게 있지 않습니까? 그런데 조선은 법과 제도가 차별을 시정하는 게 아니라, 오히려 조장하고 있으니 그게 문제이지요. 그러니 선생께서 나중에 조선에 돌아가거든 제발 좀 차별이 줄어들도록 만들어주십시오. 만약 그대가 그런 결심만 해준다면 제 전 재산을 걸고 밀어 주겠습니다."

"바랄 걸 바라야지. 제가 무슨 힘이 있다고 그러십니까."

"세상일이란 알 수가 없지요. 혹시 압니까. 조선에서도 도요토미 히데요시 같은 인물이 나올지……. 고려 때만 해도 노예 신분으로 정권을 잡은 이의민이라는 인물이 나오지 않았습니까?"

그 말에 영학은 고개를 저으며 힘없이 말했다.

"고려 때는 그래도 노비들에게 숨 쉴 틈이나 있었지만, 조선은 노비들에게만큼은 워낙 비정하고 악랄한 시대라 아예 불가능합니다."

영학이 풀 죽은 모습을 보이자 요시토시는 그의 기를 살려 주기 위해 일부러 힘주어 말했다.

"시대는 변하는 법입니다. 조선에서도 불과 100년 전에는 노비에게도 출세할 길이 열려있었지 않습니까? 지금의 철저한 신분차별도 곧

느슨해질 것입니다. 그렇지 않으면 조선은 망합니다. 그건 그렇고 가까운 곳에 슈젠지(修善寺)라는 절이 있습니다. 이 절은 900년 전 백제 출신의 비구니가 세운 절이니 바람이나 쐴 겸 구경이나 가시지요."

영학은 요시토시를 따라 슈젠지로 갔다. 그리 멀지 않았다. 영학은 백제의 귀족 출신 비구니가 세운 절이라고 해서 조선의 절과 닮았을 거라고 기대했지만 막상 보니 그렇지 않았다.

슈젠지는 겉으로 보기에는 절 같지 않았다. 그냥 백성들이 사는 여느 집과 크게 다르지 않았지만, 일반 백성들이 사는 집보다는 규모가 조금 더 크고, 정돈이 잘 되어 있었다. 절에 모셔져 있는 금동불상은 손바닥만 해서 금방 눈에 띄지도 않았다. 군데군데 세워진 비석과 줄지어 배치된 석상들을 보고, 비로소 이곳이 절인가 보다 하는 생각이 들었다.

조선의 절에서와 같은 위압감은 찾아볼 수 없었다. 적어도 2~300년은 나이가 먹었음직한 굵은 소나무로 만든 문기둥도 보이지 않았고, 무거운 기둥을 받치고 선 서까래도 눈에 띄지 않았다. 흙에다 회칠을 한 벽도 없이, 나무판자 집일 뿐이었다. 조선의 절에서 느껴지는 고즈넉함이나 적막감도 느껴지지 않았다. 조선의 절은 모두 한적한 산속에 있는데 반해 왜국의 절은 마을 안 백성들의 집과 이웃해 있었고, 백성들도 마치 이웃집 드나들 듯 거리낌 없이 그곳을 드나들고 있었다.

조선의 절은 입구에 무시무시한 사천왕(四天王)이 악인이나 귀신들을 짓밟고, 큰 칼을 겨누고 있다. 살려달라고 애원하는 악인을 눈을 부릅뜨고 노려보면서, '요걸 어떻게 하나' 고민하는 모습이다. 그래서 중생들은 절의 입구에서부터 양쪽에 서 있는 사천왕의 위용에 눌려 어깨를 움츠리기 마련이다.

조선의 민중들이 절에 들어가는 모습은 백성들이 관청에 들어가는 모습과 비슷하다. 차이가 있다면 절에서는 손을 합장하여 위로 올린 채 사천왕에게 허리를 숙여 인사를 하지만, 관청에 들어갈 때는 손을 합장하여 아래로 늘어뜨린 채 문지기에게 깊숙이 허리를 숙인다.

조선의 절은 관청과 비슷한 구조로 가람이 배치되어 있다. 사천왕이 버티고 선 문을 통과하고 몇 개의 층계를 지나서야 비로소 부처님을 모신 대웅전에 도달할 수 있다.

범인 대중들은 대웅전 앞의 층계를 걸어서는 안 된다. 그 층계는 주지스님이나 주지스님에 버금가는 지체 높은 사람들만이 이용하는 곳이다. 또 범인 대중들은 대웅전의 정면이 아닌 양쪽 옆문을 이용해야 한다. 대웅전 정면의 문은 주지스님을 비롯한 높은 사람들을 위한 출입문이다. 관청에서도 그렇다. 백성들은 관청의 문을 들어서기가 보통 곤욕스러운 게 아니다.

문밖에서 문지기에게 고하고, 문이 열린 다음에는 수문장에게 아뢰고, 수문장이 허락하면 그제야 안으로 사람을 보내어 여쭙는다. 그런 복잡한 절차를 거쳐 관장 앞에 이르면, 관장은 동헌의 마루 위에 앉아서 지그시 백성을 내려다보고, 백성은 뜰에 꿇어앉아 코를 땅에 박고 아뢴다. 그러면 아뢰는 백성은 관장의 얼굴도 볼 수 없고, 백성의 아버지라는 관장이 자신의 사연을 제대로 듣는지조차 알 수가 없다. 그런데 다 관장은 대웅전의 부처님처럼 말이 없다. 그러다 마루 밑에서 대기하는 아전이 "그만 물러나라"고 외치면 아무리 궁금하고 불안해도 군말 없이 뒤로 물러나야 한다. 멀리서나마 관장의 얼굴을 보거나 몇 마디 대화를 나누는 것은 아랫것들로서는 감히 바랄 수 없는 크나큰 은전이다.

영학은 왜국의 다른 절이나 신사도 슈젠지의 분위기와 비슷한지 궁금해, 요시토시에게 다른 절이나 신사를 한 번 구경하고 싶다고 말했다. 요시토시는 쾌히 승낙했고, 하치만구 신사(八幡宮 神社)라는 곳으로 영학을 데리고 갔다. 이 신사는 600년 전에 만들어졌으며, 어부와 군인들을 보호하는 신을 모신 곳이라고 한다. 모시는 신들 중에서 가장 두드러지는 신은 1,400년 전 대륙의 땅인 신라를 공격하여 큰 전공을 쌓았다는 신공황후(神功皇后)라고 한다.

신공황후의 어머니는 신라의 왕자 천일창(天日槍)의 후손이었다. 왕자를 밴 무거운 몸에도 굶주림에 시달리는 백성들을 위해 신라로 쳐들어가서 신라의 왕으로부터 식량과 말을 바치겠다는 약속을 받아 내는 신(神)의 공(功)을 세웠다고 한다.

그리고 이 억척스러운 여인은 신라 앞바다에서 출산이 임박하였지만 배에다 돌을 대어 출산시기를 늦추었다고 한다. 그 뒤 그녀가 왜국으로 돌아가자마자 바로 아들을 출산하였는데, 이 아들이 바로 오진(應神) 천황이라고 한다.

신공황후의 전설을 들으면서 영학은 척박한 자연 속에서 살아가는 왜인들의 삶이 얼마나 고달프고 힘든지 어렴풋이 짐작이 되었다. 얼마나 식량사정이 어렵기에, 만삭의 황후가 고국과의 인연을 내세워 식량을 구하려 저 거친 바다를 건너갔을까?

영학은 신공황후가 세운 공은 신라군과의 전투가 아니라, 백성들의 굶주림을 덜기 위해 만삭에도 거친 파도를 무릅쓰고 바다를 건넌, 이러한 애틋한 애민정신이 담긴 행동이 아닐까 생각했다. 그런데 지금의 왜인들은 그 갸륵한 애민정신보다는 전공을 애써 강조한다. 아마 식량을 구해오라고 만삭의 황후를 친정에 보냈다고 말하기는 자존심이 허락하지 않는가 보다. 영학은 예나 지금이나 알량한 자존심을 차리기 위해 은근슬쩍 역사를 왜곡하는 것은 어느 나라나 매한가지인 것 같아 씁쓸함을 느꼈다.

그런데 어부와 군인들을 보호하는 신을 모시는 하치만구 신사는 각 지방에 일만 개가 넘는다고 한다. 그 말을 듣고 영학은 왜국에 수만, 수십만의 신이 있다는 요시토시의 말을 실감했다.

시게노부와 요헤이가 떠나고 난 후 요시토시는 영학이 생활하는 데 불편함이 없도록 세심하게 배려했다. 그 배려 덕분에 영학은 이왕 외국 생활을 하는 김에 하나라도 더 세상을 배우고 싶다는 의욕을 가졌다.

우선 성경과 세계사 공부에 몰두했다. 왜어가 익숙해짐에 따라 책장을 넘기는 속도가 조금씩 빨라졌다. 시간이 흐를수록 공부에 재미를 느꼈고, 세상을 바라보는 눈이 나날이 새로워짐을 느꼈다.

공부를 하던 중 창세기 부분부터 큰 충격을 받았다. 영학은 지금까지 단 한 번도 '세상은 어떻게 만들어졌으며, 인간은 왜 그리고 무엇을 위해 사는가?'라는 의문을 가지지 않았다. 세상은 그냥 있는 것이고, 자신은 양반으로 태어났기 때문에 선택받은 삶을 사는 것이 당연하다고 생각했다.

그런데 창세기에 적힌 세상의 모습은 영학이 보고 믿어왔던 세상과 달라도 너무 달랐다. 지금껏 살아오면서 만고불변이라고 믿고 있었던 세상의 모습이 단 며칠 만에 너무도 달리 보일 수 있다는 사실이 신기했다.

특히 마태와 누가의 기록을 읽고는 정신을 차리기 힘들 정도로 큰 충격을 받았다. 서양인들이 숭배하는 야소는 다름 아닌 사생아였다. 그의 어머니는 혼인도 하지 않은 채 처녀의 몸으로 아들을 낳았고, 그렇게 낳은 아들을 키운 아버지는 천한 목수였다.

조선에서라면 야소의 어머니나 아버지는 뱃속의 아기를 낳기도 전에 강상의 윤리와 천륜을 어긴 중범죄자로서 혹독한 고문과 함께 목이 잘릴 것이고, 그 목은 장대에 내걸려 백성들의 손가락질을 받았을 것이다. 그뿐만이 아니다. 그 지역을 다스리는 수령까지 미풍양속을 바로잡지 못한 죄로 즉각 파직되고, 투옥되었을 것이다. 그런데 야소는 수많은 사람들의 축복 속에서 탄생했고, 수많은 제자들을 거느리면서 야훼의 뜻을 세상에 전했다.

조선의 관점에서 본다면, 로마라는 나라는 법과 기강이 무너진 형편없는 나라임에 틀림이 없다. 그런데 영학과 이야기를 나눈 왜인들은 하나같이 로마의 사상과 법은 숭고한 이념이 되어 제국이 무너진 지 1,000년도 더 지난 지금까지도 세상을 지배한다고 말하니, 영학은 도대체 이해할 수 없었다.

야소의 행적 또한 기이하기 그지없다. 자고로 군사부일체(君師父一體)라 임금과 스승과 아버지는 같은 존재이거늘, 어떻게 스승이 제자들의 발을 씻어줄 수 있는지 이해할 수 없었다. 한둘도 아닌, 열둘이나 되는 제자들의 발을, 그것도 다른 사람들이 보는 앞에서 무릎을 꿇은 채 말이다. 영학의 머릿속에는 의문이 꼬리에 꼬리를 물고 이어졌다.

'도대체 야소는 자존심과 부끄러움을 알기나 하는 사람인가? 그러면서 자신은 하느님의 아들이라고 말하면, 어느 누가 그 말을 믿겠는가? 하나님의 아들이라면 그에 걸맞는 기적을 행하고, 인간들에게 감히 범접하기 어려운 위엄과 권위를 보여주어야 하지 않는가?'

그에게 기적을 행할 능력이 없는 것도 아니었다. 이미 다섯 개의 보리떡과 두 마리의 물고기로 수천의 군중을 실컷 먹이고도 열두 바구니나 되는 떡을 남기는 신통력을 보여주었다. 그런데다 문둥이의 썩어가는 육신에 새살이 돋게 하고, 앉은뱅이를 일으키는가 하면, 소경의 눈을 뜨게 만들었다.

그런데 유대 나라의 권력층으로서 형식과 율법을 고수하는 바리새인들과, 부유층으로서 물질만능에 사로잡힌 사두개인들이 야소에게 '기적을 보여 달라'고 요구할 때, 야소는 이를 거절하고 그들의 탐욕과 그릇된 인식을 꾸짖었다. 그런데 곰곰이 생각해 보면, 성경에서 야소의 꾸지람을 듣는 1,600년 전의 바리새인과 사두개인은 지금의 양반에 비하면 실로 엄청난 자유와 권리를 백성들에게 주었다.

그 옛날에도 유대인들은 혼인의 자유를 가졌으며, 배운 게 없거나 육체노동에 종사한다는 이유로 법적으로 차별받거나 천대받지 않았다. 그리고 혼인 전의 여인이 임신을 하거나 남편의 씨가 아닌 아이를 낳더라도 사회로부터 따돌림을 받거나 형벌을 받지 않았다.

그런데다 유대의 백성들은 생각대로 말하고 행동할 수 있는 자유와 함께 생업을 선택할 수 있었다. 선지자의 가르침에 감복해 세리라는 알짜배기 관직을 서슴없이 던져버리고, 야소를 스승으로 추종한 마태라는 제자는 조선의 풍토에서는 감히 상상도 할 수 없다. 그럼에도 야소는 바리새인과 사두개인의 형식주의와 탐욕을 준엄하게 꾸짖고, 뉘우치지 않으면 천벌을 받을 것이라고 경고했다.

영학은 마태라는 제자가 기록한 성경구절에서 소름끼치는 전율을 느꼈다.

"저들은 말만 하고 행하지 아니하며, 또 무거운 짐을 묶어 사람의 어깨에 지우되 자기는 이것을 한 손가락으로도 움직이려 하지 아니하며, 저희 모든 행위를 사람에게 과시하기를 좋아하나니….
잔치의 상석과 회의장의 상좌에 앉으려 하고, 사람들로부터 문안 받는 것과 스승이라 칭송받는 것을 좋아하느니라. 그러나 너희는 스승이라 칭함을 받지 말라. 너희 스승은 하나이요, 너희는 모감 형제니라."

"누구든지 자기를 높이는 자는 낮아지고, 낮추는 자는 높아지리라. 화를 부를지니, 서기관들과 바리새인들이여, 너희는 천국 문을 사람들 앞에서 닫고 너희도 들어가지 않고, 들어가려 하는 자도 들어가지 못하게 한다."

"화를 부를지니, 위선적인 서기관들과 바리새인들이여, 너희가 박하와 회향과 근채의 십일조를 드리되 율법의 중요함만 여기고, 의와 인과 신을 버렸도다. 그러나 율법을 행하되 다른 것을 버리지 말아야 하느니라."

영학은 이 구절을 읽으면서 야소가 만약 조선의 양반들을 보았다면 그들을 얼마나 신랄하게 꾸짖었을까 하는 생각과 함께 한편으로는 어처구니가 없어 아예 말문을 닫아버렸을지 모른다는 상상을 했다. 그러면서 '조선의 양반은 천국 문을 사람들 앞에서 닫고, 아무도 들어가지 못하게 하는 게 아니라 자기들이 천국을 독차지하려고 선량한 백성들에게 천국의 문을 지옥의 문이라고 속이는 족속들'이라는 서글픈 심정마저 들었다.